忘れられた少女 下

おもな登場人物

アンドレア（アンディ）・オリヴァー——米国連邦保安局の保安官補
レナード・バイブル——同右。通称キャットフィッシュ
マイク・ヴァーガス——同右。証人保護プログラム担当
セシリア・コンプトン——アンドレアの上司。司法警備部門の副部長
エスター・ローズ・ヴォーン——連邦判事
フランクリン・ヴォーン——エスターの夫。元大学教授
エミリー（エム）・ローズ・ヴォーン——エスターとフランクリンの娘
クレイトン（クレイ）・モロウ——エミリーの友人
バーナード（ナード）・フォンテーン——エミリーの友人
エリック（ブレイク）・ブレイクリー——エミリーの友人
エリカ（リッキー）・ブレイクリー——エミリーの友人。ブレイクの双子の妹
ジャック・スティルトン——エミリーの友人。現警察署長
メロディ・ブリッケル——エミリーの友人
ディーン・ウェクスラー——元高校教師
スター・ボネール——ウェクスラーの農場で暮らす女性
ジュディス——エミリーの娘
ギネヴィア——ジュディスの娘
ローラ——アンドレアの母親
ゴードン——アンドレアの養父
ニコラス・ハープ——アンドレアの実父

6

アンドレアはモーテルの部屋でベッドの端に腰かけ、スター・ボネールが撮った写真を見つめていた。彼女は白い小麦粉に、指である言葉を書いていた。

助けて。

バイブルとふたりきりになるのを待って、この写真を見せた。彼は、連絡するからシャワーを浴びて準備をしておけと言っただけだった。あれからもう一時間以上になる。アンドレアはシャワーを浴びた。準備はできている。バイブルからまだ連絡はない。

助けて。

こんな形で助けを求めなくてはならないなんて、彼女はどれほど怯《おび》えていたのだろう？

アンドレアはアリス・ポールセンの写真を再び表示させた。あまりの飢えのひどさを見て、喉が締めつけられる気がした。拒食症はある意味自分をコントロールすることだが、ある意味では自殺もそうだ。文字どおり、自分の命を自分の手の中に握るのだ。アリス・ポールセンは二度と戻ることはないと知りながら、あの畑にやってきた。どれほどの勇気がいっただろう？　どれほどの絶望だっただろう？

おそらくは、助けを求めるこの写真を撮ったときにスター・ボネールが抱いていたのと同じ絶望。

アンドレアはそれ以上写真を見ていられなくなった。机に携帯電話を放った。ベッドの向こうにあるテレビの真っ黒な画面に、自分の無力さが映っている。カーテンは引いてある。明かりは消してある。ウェクスラーにつかまれた左の手首が痛んだ。記憶の断片が頭をよぎる――ハンドルに押しつけたウェクスラーの顔、煙草に火をつけるナード、キッチンを歩く幽霊のようなスター、納屋から出てきたふたりの女性。黄色いワンピース。長い髪。裸足《はだし》。がりがりの手足。お揃《そろ》いの足輪。

餌食になっている。タグをつけられている。おとしめられている。

カルト。カルト。カルト。

スティルトンの言うとおりだ。カルトに入ることを禁じる連邦の法律も州の法律も存在しない。あの女性たちを救い出す手立てはない。スター・ボネールの母親はすでにもっとも過激な救出手段を試みている。その結果逮捕され、接近禁止命令が出されて実の子供と会えなくなった。

アンドレアは立ちあがった。うろうろと歩きまわる。いらだたしいほどの無力さを感じていた。あれだけの訓練を受けたのに、なにも、なにひとつとしてスター・ボネールを助ける役には立たない。ほかのだれのことも。バイブルがかけてくることを願いながら、携帯電話を見た。おそらく、彼女と同じ袋小路に行き当たっているのだろう。机の上に置いたノートとペンに目を向けた。〈ディーンズ・マジック・ビーンズ〉の内実についてインターネットで探りはじめたとき、アンドレアはやる気に満ちていた。

一時間たっても、ノートは真っ白のままだった。

アンドレアは、その事業についてわかったわずかなことを頭の中で反芻《はんすう》した。〈ディーンズ・マジック・ビーンズ〉は、一九八三年にデラウェア州の法人として登録されている。設立の際の登録書類は見つかった。ディーン・ウェクスラーが社長として記載され、バーナード・フォンテーンが副社長だった。一九八三年というのは、ナードの父親が銀行詐欺で逮捕された頃で、当時、ナードはわずか十九歳だったから興味深い事実だ。捜査には役に立ちそうもないが。

こちらも興味深いだけでまったく役に立たないのが、バーナード・フォンテーンが、二〇〇三年の秋にデラウェアで設立された慈善団体〈ＢＦＬトラスト〉の書記になっていることだった。国税庁《ＩＲＳ》はこの団体を、好ましい状況にある５０１（Ｃ）３団体と認定しているが、寄付金がどのように使われたかについて情報を集める格付け機関〈チャリティ・ナビゲーター〉には、この団体についての情報はない。

グーグルで「〈ディーンズ・マジック・ビーンズ〉＋カルト」で調べてみると、健康オタクと空豆ファンのファン・ページが山ほどヒットしたが、空豆の処理をしている女性たちが事実上飢えていることに触れているサイトはひとつもなかった。インターンについてのサイト、大学の掲示板への投稿、夏に楽しく働ける職場を見つけることに特化したフェイスブックのページ、そのいずれも〈ディーンズ・マジック・ビーンズ〉をほめちぎっていた。アマゾンに星ひとつのレビューはあるものの、好意的なレビューの山に埋もれてしまっていた。

ディーン・ウェクスラーの名前が記されている投稿やページはなかった。

ナード・フォンテーンについて触れられているものも。

ウェクスラーは短縮ダイヤルに大勢の弁護士を登録しているとスティルトンは言っていた。訴訟沙汰の多いカルトが、検索結果の否定的なコメントを目立たせないようにすることに長《た》けているのはうなずける。そうでなければ、一日中ノートパソコンの前に座って、望ましくない書き込みを削除する二十人のボランティアが必要だ。

　女性たちが昼休みを取っているとも思えない。

　書き込みを削除したり、金で買ったりできない数少ないサイトがＰＡＣＥＲ——Public Access to Court Electronic Records——で、法的書類や動議、記録など裁判所の資料にアクセスしデータベース検索することができる。運のいいことに、アンドレアはゴードンのログイン認証情報を知っていた。苦し紛れにこのサイトを調べる気になったわけではなかった。勘が働いた。ウェクスラーが女性たちのことを、インターンではなくあくまでもボランティアと呼んでいたことが、引っかかっていた。二十年前の訴訟記録でその理由が判明した。

二〇〇二年、司法省は主要受益者テスト《Primary Beneficiary Test》なるものに不合格だったとして、公正労働基準法に基づいて〈ディーンズ・マジック・ビーンズ〉を訴えていた。無償インターンシップにはその正当性を判断する七つの基準があって、教育機関における学習の継続、大学の単位の付与、学校のスケジュールに従うといったことが定められている。言い換えれば、インターンシップはスポンサーだけではなく、インターンの利益にもなっていなければならないということだ。

搾取したいのであれば、その相手はインターンではなくボランティアでなくてはならない。

ＰＡＣＥＲのあとは、なにを調べても空振りだった。モーテルの部屋が刑務所のように感じられてきたので、アンドレアは無理やり休憩を取った。自動販売機で卵サラダサンドイッチを買ってから自分の部屋に戻り、さらに三十分かけて、サセックス郡の結婚、離婚、死亡記録を調べた。

リッキーとナードの結婚と離婚についての記録は見つかったが、死亡証明書を検索してもエリック・ブレイクリーの名前は出てこなかった。バイブルからの連絡がこれ以上遅くなるようなら、ペットの狂犬病の登録まで調べはじめてしまうかもしれない。

携帯電話の着信音が鳴った。アンドレアはのろのろと机の上の電話を手に取った。マイクがまたショートメールを送ってきた。今回は、表示された動物を知っていた。全長三十センチほどの、ディクディクという小さなアンテロープだ。アンドレアはその写真に対するうまい返しを思いつかなかった。

親指が、〝通話〟ボタンの上をうろついた。たわごとに耳を貸しさえしなければ、マイクはとても聞き上手だ。けれど、一年と八カ月前に突然アンドレアが姿を消したとき、彼は大人の対応をした。いまの彼女にできるのは、自分が大人になってあのときの決心を守ることだ。どれほど彼の声を聞きたいと思っていたとしても。

彼の情報を削除していると、電話が鳴った。

アンドレアは目を閉じた。いまいちばん、避けたいことだった。画面をタップして応答した。「もしもし、お母さん」

「スウィートハート」ローラが言った。「長話はしないからね、あなたが忙しいのはわかっているから。でも部屋を見つける手伝いができるんじゃないかと思ったの」

「部屋？」

「住む部屋がいるでしょう。アパートを探すのに、あなたの代わりにオンラインで面談の予約を取りつけてあげようかと思って」

悪態がアンドレアの口から出かかった。彼女が必要としている部屋はオレゴン州ポートランドではなく、ボルチモアだという事実がなければ、母の申し出はとても助かっただろう。

「あわてて決めて、後悔するのは嫌よね。どのあたりがいいかだけ教えてくれれば、わたしが探しておく。そっちの仲介業者を通したほうがいいわ。そうすれば、なにかと安心だから」

「わからない」アンドレアは電話を切りたくてたまらなかった。「ローレルハーストとか？」

「ローレルハースト？　どこでそれを聞いたの？　ほかの保安官補が住んでいるの？」

アンドレアがそこを知っていたのは、スリーター・キニーがその地区にあるバーで演奏したという記事を『ローリング・ストーン』誌で読んだからだった。「オフィスで耳にしたの。いいところだって」

「それはそうでしょう。値段を見てごらんなさいよ」ローラは自分のオフィスでデスクトップパソコンを使っているようだ。無骨なキーボードを叩《たた》く音が聞こえていた。「あら、これは――ううん、だめね、ペットがいなきゃだめって書いてある。ペットを飼ってほしい大家なんているのね？　ポートランドってよくわからないところだわ。えーと、これもよさそうだけれど――」

アンドレアは、寝室がひとつの地階アパートについてローラがあれこれと感想を述べるのを聞いていた。これって間違いなくワンルームアパートよね、バスルームにはウィッカの祭壇があるんじゃないかしら、でもどちらにしても予算オーバーだわ。

「ええと」ローラは言葉を継いだ。「ローレルハーストはポートランドの北東から南東にかけての地域なのね。公園のひとつにジャンヌ・ダルクの像がある。でもこのあたりはものすごく高いわよ、ダーリン。ふらりと隣の家を訪ねていって、うちの食料品庫からピーナツバターを持ち出すようなわけにはいかない」

ローラがより低価格の地域を探し始めると、アンドレアはベッドの端に腰をおろした。

「コンコーディア？　ホスフォード＝アバナシー？　バックマン周辺？」

アンドレアは手で頭を支えた。

これ以上は無理だった。「ねえ、お母さん。わたし、もう行かないと」

「わかった。でも――」

「あとで電話する。愛してる」

アンドレアは電話を切った。ベッドに倒れこみ、ざらざらした天井を見あげた。水の染みが茶色い雲のように残っている。母親とばかみたいなポートランドの茶番を続けている自分にうんざりしていた。この二年間、アンドレアはとんでもなく上手な嘘《うそ》つきだったローラを罰してきたというのに。まさにカエルの子はカエルというところだ。

「オリヴァー！」バイブルがドアをノックした。「おれだ、相棒。準備はいいか？」

「やっと」アンドレアは体を起こした。ドアを開けた。バイブルはジーンズとＵＳＭＳのＴシャツに着替えていて、アンドレアとまったく同じ格好になっていた。ふたりとも腰に銃を帯びている。おかげで、彼の背後に立つ濃紺のパワースーツとハイヒールという装いの小柄な女性が、より一層場違いに見えた。

「実は、ボスに来てもらうことにした。セシリア・コンプトン副部長、彼女はオリヴァー保安官補です」

「あ――」アンドレアはシャツの裾をジーンズにたくしこんだ。「マーム、ボルチモアにおられるのだとばかり」

「夫がここで働いているのよ。入ってもいい？」コンプトンは返事を待たなかった。部屋に入ってきた。あたりを見まわし、上司はもちろんのこと、アンドレアがだれにも見られたくなかったものをすべて見て取った。開いたままのダッフルバッグ、床に散らかった下着。小さな冷蔵庫の横にはランニングウェアが丸まっていて、バックパックはベッドの上に転がっている。アリス・ポールセンとスター・ボネールのことで頭がいっぱいで、エミリー・ヴォーンのファイルを取り出していなかったのは、幸いだった。

「さてと」コンプトンは、その上でアンドレアの食べかけの卵サラダサンドイッチが崩壊しかかっている机の端に腰かけた。「バイブルから農場の話は聞いた。あなたの印象は？」

アンドレアは心の準備ができていなかった。セシリア・コンプトンが仕事のできる威圧的で恐ろしい女性だという事実は、助けにはならなかった。

「深呼吸しろ、オリヴァー」バイブルは閉めたドアにもたれていた。「スターの話から始めるといい」

「スター」アンドレアは口を開いた。「彼女はほかの女性たちと同じようにがりがりでしたが、もっと年かさで、二十代後半だと思います。裸足。長い髪。ほかの人と同じストンとした黄色のワンピースを着ていました」

「しばらく前からあそこにいると思う?」

「スティルトン署長から聞いた話では、少なくとも二年はいるようです。農場で作業をするのではなくて母屋にいたという事実から、なにかを推測できると思います。ウェクスラーのことを名前で呼んでいました。母親が町に住んでいるとスティルトンが言っていました」

「母親のことは聞いている。失敗したとはいえ、誘拐の件は責められないわね。アリス・ポールセンはどうなの? 自殺に見えた?」

その質問に答えるには、準備が足りないとアンドレアは感じた。正直に答えることにした。「わたしは捜査官として、まだ二体の死体しか検分していません。どちらもグリンコの死体安置所でした。なのでいまの質問に対する答えですが、わたしの限られた経験から判断するかぎり、アリス・ポールセンは自殺を図ったように見えます」

コンプトンはもっと聞きたがった。「続けて」

アンドレアは考えをまとめようとした。「以前に自殺をしようとしたときの比較的新しい傷が両手首に残っていて、その点についてはスティルトン署長が裏付けてくれました。現場には空の薬瓶が残されていました。口のまわりに、乾いた泡がついていました。眼球に、絞殺であることを示す点状出血は見られませんでした。防御創も索条痕もありませんでした。痣《あざ》はいくつか残っていて、特に手首のものが顕著でしたが、暴行を受けたようには見えませんでした」

「かなり入念に確認したようね」コンプトンが言った。「写真を見せてもらえる？」

アンドレアはｉＰｈｏｎｅのロックをはずして、彼女に渡した。

コンプトンは時間をかけた。一枚ずつズームして眺めている。前後の写真を比較している。スター・ボネールの助けを求める写真すら確認していた。すべて見終えるまで、なにも言おうとはしなかった。

「アリス・ポールソンはデンマーク国籍よ。向こうの大使館との調整は国務省がする。わたしは地元を担当する。デンマークの人たちに、この件を軽く扱っているとは思われたくないのよ」彼女は携帯電話をアンドレアに返した。「解剖はするけれど、この写真を見るかぎり、あなたの意見に同意するわ」

「最後の写真はどう思いますか？　スター・ボネールは助けを求めています」

「前にも同じことがあったのよ」コンプトンが言った。「ここに来る前にスティルトン署長に会ってきた。率直に話してくれたわ」

アンドレアはいらだちを覚えた。スティルトンがセシリア・コンプトンをスウィートハートと呼んだとは思えなかった。

「二年前、スター・ボネールは倉庫に来た配送運転手にメモを渡している。今日と同じことが書かれていたそうよ——助けて。スティルトンは彼女に会いに行った。ふたりきりで話をした。彼女はメモを書いたことを否定した。彼は帰るしかなかった」

アンドレアは首を振った。いつだってできることはあるはずだ。

「二度目もほぼ同じだった」コンプトンは言葉を継いだ。「スターは真夜中に母親に電話をしたの。助けてほしいと言って。スティルトンはまた農場に行った。スターは電話をしたことを否定した」

アンドレアは首を振り続けていた。ジャック・スティルトンが女性に対してどんな話し方をするのか、じかに体験している。彼ほどその役目にふさわしくない人間はいない。

「相棒」バイブルが、アンドレアのいらだちに気づいたようだ。「だれかにメモを渡しておいて、渡していないと言うのは違法じゃない。母親に電話をかけておいて、翌日には帰れと言うのも違法じゃない」

「彼女は母親に助けを求めたわけじゃない」アンドレアは言い張った。「わたしに求めてきたんです。彼女は写真を撮るのに、わたしの携帯電話を使ったんです」

「それなら、やってみるか」バイブルが言った。「おれたちは母屋に戻る。スターと話をさせてくれと頼む。それから？」

「スターと話をします」

「いいだろう。だが彼女が写真を撮ったことを否定したら、どうするんだ？」

アンドレアは口を開いた。そして閉じた。

「バーナード・フォンテーンが、ツイッターで学んだような法律を振りかざして、帰れと言ってきたらどうする？　あるいは、ハラスメントでおれたちを訴えるように弁護士をけしかけたら？」バイブルは両手をあげた。「おれたちは警察官だ、オリヴァー。法律に従って動く必要があるんだ」

「スターとふたりきりなれれば――」

「どうやって？　食料品店で彼女を捕まえるなんていうのは無理だぞ。農場の外に出ることがある娘はスターだけだとスティルトンが言っていたが、必ずナードかディーンが一緒だ。それに、実の母親がすでに彼女を連れ出そうとしているんだ。見事に失敗した。母親が刑務所に入らずにすんだのは、運と弁護士のおかげにすぎない」

アンドレアは彼らの話を受け入れることができなかった。自分たちは米国の連邦保安官だ。なにかできることがあるはずだ。

「オリヴァー保安官補」コンプトンがハンドバッグから携帯電話を取り出した。「スター・ボネールを合法的に助け出すにはどうすればいいのか教えてくれる？　いますぐそのとおりにするから」

アンドレアは頭がぐるぐる回るのを感じた。解決策はすでに考えてみた。経験があるのは彼らのほうだ。なにか考えついてもいいはずなのに。

「オリヴァー？」バイブルが促した。

アンドレアがたどり着いたのは現実だった。「最悪ですね」

「そういうことだ、相棒。まったくもって最悪だ」バイブルは長々とため息をついた。「こういうときは、おれは女房のカシーに助けを求めるんだ。頭のいい女性でね、この手のややこしい状況の裏にある政治がわかっている」

コンプトンは憤慨して言った。「いい加減にして、レナード」

「だが、カシー――」

「うるさい」コンプトンは腕を組んだ。「たったいま言ったことを全部トイレに流すつもりはないから。あんたの女房も、あんたのボスと同じ意見でしょうね」

アンドレアはベッドに座りこんだ。「結婚しているんですか？　おふたりは？」

「仕事とは混同しないようにしている」コンプトンが答えた。「レナード、あんたがこの女性と一緒にいたのはほんの一日ちょっとなのに、もう規則を破ることを教えているわけ？」

「おれのボスみたいな口ぶりだな」

「くそったれ」コンプトンは前かがみになって、ハイヒールを脱いだ。「あんたはあたしたち両方を難しい立場に追いこんでいるのよ」

「そいつはすまないな、ダーリン」バイブルは彼女を落ち着かせようと、両手を宙でひらひらさせた。「だが教えてくれないか、おまえがおれの立場だったらどうする？」

「そうね、まずはここにいる娘さんから離れて異動する。あんたがめちゃめちゃにしなければ、彼女には明るい未来が待っているんだから」

アンドレアはベッドカバーの柄に紛れて消えてしまいたかった。

「いい考えだ。検討しよう。で、それからどうする?」

コンプトンは腕時計を見た。「ヴォーンの屋敷に行くまで、あと二時間半。本来の任務を忘れたのかしら、保安官補？　エスターは言葉だけとは思えない脅迫をされた。ビーチで休暇を取らせるために、あんたをここによこしたわけじゃないのよ」

「了解、ボス」バイブルはにやりと笑った。「だがおれは、女房に訊《き》いているんだ」

「まったく」彼女はさらりと妻という立場に戻った。「わたしはここにいるぼんくらに調子を合わせているだけだから。あんたに必要なのは情報を提供してくれる人間よ。彼らが不安のあまり間違いを犯すように仕向けられる内部の人間」

「なるほど。だが、あそこにいる娘たちはだれも警察官とは口をきかないし、おれのボスからスター・ボネールには近づくなと言われたばかりだ」

「グループを抜けた人間が必要ね。進んで話をしてくれる人が」

　バイブルは首を振った。「元ボランティアのリストがあるとは思えないね」

「話をしてくれるかもしれない人を知っています」自分の口から出た言葉に、アンドレアはほかのふたりと同じくらい驚いていた。サセックス郡の公記録を二十分間、検索した甲斐《かい》があった。「軽食堂のオーナーのリッキー・フォンテーンです。彼女はバーナード・フォンテーンと結婚していました。離婚は円満ではなかったと思います」

「それで？」コンプトンが先を促した。

「それで――」彼女の頭の上で輝いている電球が見えないのだろうかとアンドレアは不思議だった。リッキーは元妻だとナードは言ったが、郡の記録によればふたりの離婚がまとまったのは二〇〇二年八月四日で、農場にとって重要な日付にとても近い。

　彼女はコンプトンに説明した。「どういう関係があるのかはなんとも言えませんが、二〇〇二年、フォンテーン夫妻の離婚とほぼ時を同じくして、農場はインターンシップの違反について司法省《DOJ》から訴えられています。司法省の宣誓供述書によれば、デラウェア州ロングビル・ビーチのビーチ・ストリートにある公衆電話から、匿名女性による密告があったそうです」

バイブルはなにも言わなかったが、奥歯を嚙《か》みしめているのがわかった。

「さすがね」コンプトンが言った。「バイブル、あなたはもっとパートナーとよく話をして、妻は巻きこまないほうがいい。さげすまれた女っていうのは、演じるのがいちばん簡単なんだから。それで、そのリッキーという人はいまなにをしているの？」

バイブルはアンドレアに向き直った。「そんなことをどうやって知ったんだ？」

アンドレアは肩をすくめた。「人はどうやっていろいろと知るのかしらね？」

「やられたわね、バイブル。彼女、あなたにそっくりよ」冗談はそこまでにして、コンプトンはアンドレアに尋ねた。「リッキーについて教えてちょうだい。彼女が元夫に盾突くように仕向けることはできる？」

アンドレアは思わず、うろたえた顔でバイブルを見た。これは深みどころではない。海のど真ん中だ。「電話をしたのがリッキーだと確信しているわけじゃありません。ＰＡＣＥＲでそのことを読んで、農場にいる女性のだれかが密告したのかもしれないと思っただけです。どちらにしろ、バイブルのほうが――」

「言い出しっぺって知ってるか？」バイブルは腕時計を見た。「ランチの混雑は終わっている頃だ。おれが軽食堂に電話して、リッキーがいるかどうか確認する」

アンドレアは言葉を濁したいところだったが、その暇がなかった。

ドアが乱暴に二度ノックされた。

バイブルの手が銃の台尻に置かれた。「だれか来る予定だったのか?」

アンドレアの手も銃に伸びた。「いいえ」

「メイドかもしれないわね」そう言いながらも、ボスモードに戻ったコンプトンは無言でバイブルの顔を見てから、さっとドアを開けた。

そこに立っている人物が何者なのかに気づいて、アンドレアは叫びたくなった。

「やあ、ベイビー!」マイクは顔いっぱいに、ばかみたいな笑みを浮かべて言った。「驚いたろう?」


アンドレアが両手を宙にあげたのは、マイクとふたりでモーテルの裏側へとまわってからだった。「いったいここでなにをしているわけ?」

「落ち着けって」マイクは野生の馬をなだめるみたいに言った。「おれたちは——」

「わたしを丸めこもうとするのはやめてくれる? あなたはわたしの恋人じゃないし、もちろんフィアンセでもないんだから」

「フィアンセ?」マイクは笑った。「だれがそんなことを?」

「バイブル、コンプトン、ハリー、クランプ——」アンドレアはまた両手をあげた。「いったいどういうこと、マイク?」

彼はまだ笑っている。「ハニー、彼らはきみをからかっているだけさ。婚約したなんて、おれは一度も言っていない。噂話《うわさばなし》をしていたんじゃないのか？　噂はだいたい本当だからね」

「笑うのはやめてよ、まったく」アンドレアは、母親と同じように足を踏み鳴らしていたことに気づいた。「面白くないから。ふざけているわけじゃないのよ」

「いいか――」

「よくない。いったいここでなにをしているの？　くだらないメールを送ってきたり、わたしの部屋を――それもわたしのボスの前で――訪ねてきたりするなんて信じられない。わたしには仕事があるの」

「わかったよ。説明することがたくさんありそうだ」彼の口調が柔らかくなった。いまいましい温度計というやつだ。「おれにもするべき仕事があるってことは、わかっているか？　おれは証人保護プログラムの監査役で、そいつはつまり、担当する証人への脅威を評価して防ぐのが、おれが存在する理由だってことだ」

「仕事の内容ならわかっているわよ、マイク。四カ月間、勉強してきたんだから」

「それなら、質問に答えてくれ」マイクの温度計が壊れた。「どうしておれはきみにメールをした？　きみの注意を引くためだ。どうしておれは、おれたちが付き合っているとみんなに話した？　そうすれば、みんながきみに注意するからだ。どうしておれはきみの部屋のドアをノックした？　おれは、元夫が精神病質者で、彼の故郷でスズメバチの巣を片っ端からつついている娘がいる危険な立場の証人を担当しているからだ」

アンドレアは唇をぎゅっと結んだ。

「いまの脅威をどう判断する、保安官補？　きみは四カ月の訓練を積んだ。教えてくれ、おれの証人は安全だろうか？」

「もちろん安全よ」ローラが彼の助けを一度も必要としていないことには、あえて触れなかった。「母は大丈夫。わたしがオレゴンにいると思っているの」

「なるほど、それなら大丈夫だな。おれは、地元の間抜けがクレイトン・モロウに電話をして、きみがこの町であれこれ嗅ぎまわっていると話すんじゃないかと心配していたんだが、そいつはよかった。ローラはきみがオレゴンにいると思っているんだな、それならなにも問題はない」

「彼は連邦刑務所に入っているのよ」アンドレアは念押しした。「外との連絡は全部監視しているはずでしょう」

「こんなことを言うのは心苦しいんだがね、ベイビー、囚人たちはいつだって携帯電話を手に入れることができる。発信者番号をごまかして証人や麻薬の売人に連絡を取ったり、ときには黙らせたい人間を殺させたりもする」彼は質問を繰り返した。「おれの証人は安全だろうか？」

かっと燃えあがったアンドレアの怒りは、苛《さいな》まれるような不安に変わった。彼女の父親はひどく危険な男なのかもしれない。「どうしてそれを二日前に言わなかったの？　ジャスパーとわたしを会わせたのはあなたよ。どうなると思っていたわけ？」

「こんなことだとは思わなかった。DCで動きがあったときに近いところにいられるようにきみをボルチモアに行かせるつもりだと、ジャスパーからは聞いていた。コンプトンはロックスターだ。バイブルはレジェンドだ。今朝十時に、ミット・ハリーがスラックで連絡をくれるまで、きみがロングビルにいるとは知らなかった」

アンドレアは、どうしてミット・ハリーとマイクが彼女の話をしているのかとは尋ねなかった。ふたりはまるで女学生みたいだ。「ジャスパーがわたしを助けるつもりだと思ったの？」

「いけないか？　きみの伯父さんじゃないか」

彼女の伯父は二枚舌の下劣な男だが、家族のこととなるとマイクはなぜか目が見えなくなる。アンドレアは訊いた。「わたしに何をしろって言うの？　なにか意図があって来たのよね？」

「ここから異動しろ。望みどおり西に行くんだ。コンプトンはなにも訊かないだろう。おれが証人保護プログラム《ウィトセック》担当だってことは彼女も知っている。じきにすべてを理解するさ」

「冗談でしょう?」アンドレアはとても信じられなかった。「わたしに逃げ出せって言っているのよ」

「アンディ――」

「よく聞いて。いい? 耳の穴かっぽじって聞いてよ。わたしはもう二年前のような、無力な若い女じゃないの。あのローラ・オリヴァーの娘なのよ。わたしは逃げたりしないし、あなたに助けてもらう必要もない」

マイクはどこをつつけばいいのか、わからないような顔をした。「無力な若い女?」

「そう。わたしはあの頃とは違う。あなたがさっさとそれを理解してくれれば、わたしたち双方にとっていいことだと思うけれど」

マイクは困惑した表情になった。「アンディ、ぼくはきみを助けに来たわけじゃない。ぼくがここにいるのは、もしもクレイトン・モロウがきみに近づいたことがわかったら、きみのお母さんは世界を歯で引きちぎるだろうからだ」

アンドレアは首を振ったが、マイクの言葉が大げさでないことはわかっていた。「彼はわたしを傷つけたりしない」

「彼はハンニバル・レクターじゃないよ、クラリス。彼に行動規範はない」

アンドレアは反論しなかった。不意に激しい疲れを感じていた。一歩前に進むごとに、二歩後退させられているような気がした。わたしにスターは救えない。エミリー・ヴォーンを殺した犯人も見つけられない。農場についてリッキーから情報を得るようにとコンプトンに命じられたら、きっとそれも失敗するだろう。

「アンディ」

アンドレアは首を振り、泣くなと自分に言い聞かせた。涙は、いま言ったことすべてをなかったことにしてしまう。この二年間が無駄になってしまう。マイクと距離を置いたことが無駄になってしまう。

「ベイビー、なにか言ってくれ」

「いいえ」アンドレアは首を振った。「それはできない。わたしは自分の仕事をしなきゃいけないの」

マイクが彼女の手を握ろうとした。

手首を引っ張られる形になってしまい、アンドレアは顔をしかめた。

「アンディ？」

アンドレアは彼から顔を背け、心の中で罵り言葉を羅列した。くそったれの仕事。くそったれの農場。くそったれのウェクスラー。彼のくそったれの喉を殴ってやるんだった。くそったれの舌骨を折って、くそったれの病院に送りこんでやるんだった。

「アンドレア」マイクが彼女の正面に立った。胸を突き出し、こぶしを握り締めている。

「だれかになにかされたのか？」

耐えられなくなった。アンドレアは彼の胸に額を押し当てた。とたんに安堵《あんど》が広がった。重荷の一部を委ねたことで、すっと体が軽くなったようだ。彼の手がそっと後頭部を包んだ。彼の心臓の鼓動が感じられた。抱きしめてもいいというサインを彼女が出すのを待っている。

アンドレアはサインを出すつもりはなかった。

「わたしは大丈夫。本当に」アンドレアは顔をあげた。「自分の面倒は見られる。あなたに助けてもらう必要はないから」

マイクの手が離れた。「どうしていつもそう言うんだ?」

「だって、そうでなきゃいけないから」アンドレアは涙がこみあげるのを感じた。自分の体が裏切ったことに腹を立てながら、こぶしで涙を拭った。「わたしは常にあなたの助けを必要としている偉そうなあなたのお姉さんたちでもなければ、あれこれ世話を焼いてもらいたがるお母さんでもない。三十三歳の女なの。自分の面倒は自分で見られる」

「そうか」マイクはアンドレアから離れた。彼女の愚劣な言葉は思いどおりの効果があったようだ。マイクは一歩、さらにもう一歩、あとずさった。うなずきながら、腕を組んだ。

「よくわかった。はっきりとね」

アンドレアは、口元までせりあがってきた謝罪の言葉を呑《の》みくだした。彼にはどんなことでも言えるが、姉と母親の話は言っていい限度を超えている。

いまはなにを言おうと、状況を悪化させるだけだ。「またあとで」

「そうだな」

アンドレアは歩き出した。角を曲がるまで、焼けるような彼の視線が背中に感じられた。彼がいまなにを考えているのかは想像もつかなかったが、彼女自身は、わたしは母のようになっているということばかりを考えていた。

ローラはダーリンやマイ・ラブという言葉を多用するが、時々冷酷無比な嫌な女になる。彼女の育ちや、クレイトン・モロウにどれほど傷つけられたかを考えれば、それも納得できた。アンドレアはこれまで、氷の光線のように母親が冷ややかさのスイッチを入れたり切ったりするのを見てきた。今日は家族とクリスマスを祝っていたかと思ったら、翌日にはゴードンに終わりだと告げるのだ。それが自分自身を守る母親のやり方だった。だれかとの距離が近くなりすぎると、彼女はその人を押しのける。母親の鋼のような決意を真似《まね》し続けるのなら、アンドレアはそのあとに残る傷も引き受けなくてはならない。強い人間になるための二年間の戦いは、基本的なものを変えてはくれないのだ。

〝どこに行こうと、あなたはそこにいるのよ〟

マイクのレンタカーが、彼女のモーテルの部屋の前に駐《と》まっていた。それがマイクの車だとわかったのは、彼はいろいろなレンタカーを運転するので、どれが自分の車なのかを判別するために、いつもバックミラーにウサギの足をぶらさげるからだ。

「もう大丈夫か？」バイブルは自分のＳＵＶにもたれていた。アンドレアのバックパックを持ち出してくれている。

「大丈夫です」アンドレアはバックパックをつかむと、エクスプローラーに乗りこんだ。

マイクを振り返らないようにするために、意志の力を総動員した。

「軽食堂に電話した」バイブルは仕事モードに徹して、車を発進させた。「リッキーはいま家にいる。店から目と鼻のところだ。ホームグラウンドで話をするのは、好都合だ。彼女はリラックスして落ち着いているだろう。おれならこんなふうにする。やあ、レディ、きみの助けになりたいんだ。元夫のことについて話してくれれば、おれたちはあの男を牢《ろう》屋《や》に放りこんで、出てこられないようにできるぞ」

それほど簡単だとは思えなかったが、アンドレアは言った。「めっちゃ簡単」

「超簡単」バイブルがあとを引き取って言った。「いいじゃないか、相棒。あんたがうまくやれるのはわかっているんだ」

その言葉はありがたかったが、アンドレアはそれほど確信が持てなかった。マイクのせいで動揺している。

マイクは嘘をついていた。

ミット・ハリーが今朝スラックでメッセージを送ってきたとマイクは言った。アンドレアがロングビル・ビーチにいることを知ったのはそのときだと。けれど、彼がヌーの写真を送ってきたのは今朝の八時三十二分で、それはつまり彼がアンドレアに接触してきたのは仕事ではなかったことを意味している。彼は、彼女に接触したかったから接触した。デイクディクの写真は、モーテルから十五分の距離にいるときに送ってきていた。

ふたりの関係にまつわるゴシップのタイミングも話が合わない。知り合って五分もしないうちに、バイブルは婚約おめでとうと言った。だが昨日の午後、マイクはクレイトン・モロウの心配をする必要はなかった。その時点では、アンドレアはボルチモアにいると思っていたのだから。彼が噂を広めたのは、消火栓のように彼女を目立たせるためでも、彼女の人生を難しいものするためでもない。アンドレアに彼の名を口にしてほしかったからだ。

アンドレアは彼を傷つけた。

どうしてあたしは彼を傷つけたの？

「おれの息子はマイクと同じくらいの年なんだ」バイブルが言った。

このタイミングで彼が個人的なことを話しはじめたのは妙な感じがしたものの、アンドレアはその話題に乗った。「お子さんがいるなんて知りませんでした」

「ふたりいる。娘はベセスダで医者をやっている。母親に似て、すごく頭がいい」バイブルの笑みは誇らしげだった。「息子は、うん、誤解しないでほしいんだ。あいつはいい子だ。陸軍士官学校で全額支給奨学金をもらった。その後、ジョージタウンで法律の学位を取ったんだ」

だがと続くのだろうとアンドレアは予想した。

「おれとカシーはこの話はあまり人にはしないんだが、ジョージタウンの二年生のとき、息子はおれたちに会いにきた。刑事事件を扱いたいと言ったんだ」

アンドレアは仕方なく微笑《ほほえ》んだ。警察官は刑事事件弁護士を見下している。必要になるときまでは。「ご心配なく。わたしは秘密を守るのが得意ですから」

「わかっていたよ」例によって、バイブルの言葉にはもうひとつの意味があった。どうしてディーン・ウェクスラーとナード・フォンテーンとリッキー・フォンテーンについてそれほど詳しいのか、アンドレアに説明する機会を与えようとしている。

だが説明はできない。いまは、アリス・ポールセンとスター・ボネールに集中しなくてはいけない。エミリー・ヴォーンに捕らわれていては、リッキー・フォンテーンを元夫に歯向かうように仕向ける機会を逃してしまう。これが、農場で行われていることをやめさせる唯一の機会だと、コンプトンは言明した。

バイブルが言った。「おれの最初の仕事は麻薬の取り締まりだった。マイクから聞いたか？」

彼女の口を開かせるために、バイブルはなにか別の話をするつもりなのだろうとアンドレアは思った。窓の外を眺めながら、適当に調子を合わせた。「マイクはなにも言っていませんでした」

「そうか。ウィトセックの連中は変わっているからな」バイブルは咳払《せきばら》いをしてから、先を続けた。「こういうことだ、ある日おれは机に向かっていた。するとDCの上の上のお偉いさんから電話があった。エル・パソで国境を行き来するトラックの運転手が必要で、そのために麻薬取締局《DEA》が新顔を捜しているという話だった。まあ、でっちあげだ――ヘロインを運んできて、金を持ち出す、そういうことだ」

保安官がさまざまな特殊部隊に駆り出されることがしばしばあるのは知っていた。軍人のようなタトゥーと強いテクサーカナ訛《なま》りのあるバイブルはうまく溶けこんだだろう。

「そんなわけで、おれはエル・パソに向かった。メキシコのシナロアからコカインを持ちこんでいる売人を捕まえるのが目的だった。行ったことはあるか?」バイブルはアンドレアが首を振るのを見てから、言葉を継いだ。「マジできれいなところだ――シエラ・マドレ、バハ・カリフォルニア・スル州。そこで暮らす善良な人たち。ものすごく親切なんだ。それに食べ物ときたら――」

バイブルは舌がとろけそうだという仕草をしながら、ゆっくりと角を曲がった。バックミラーの中のビーチ・ロードが見えなくなる。町のこちら側に豪邸はなく、ブルーカラーの人たちの小さな家と古い車が並んでいる。

「とにかくだ」バイブルが言った。「おれはメキシコのクリアカンから正式な招待を受けた。かなりでかい取引だった。落ち着いて振る舞ったよ――ビールを飲み、取引相手を心から褒めて、おれは日曜の朝みたいに付き合いやすい相手だってわからせるようにした」

アンドレアは空気が変わったのを感じた。

バイブルはただぺらぺらと喋《しゃべ》っているわけではない。メキシコの麻薬カルテルの上層部に潜入した話をしているのだ。アンドレアは、彼の顔に残る細く長い傷痕を眺めた。いままで気づかなかったが、その傷は首からシャツの襟の下まで続いていた。

彼が語っているのが普段は口にしない話だということを理解していると伝えるため、アンドレアは彼に向き直った。

バイブルは賭けであることを認めるようにうなずいた。そして大きく息を吸ってから、話しはじめた。「数カ月が過ぎて、おれは内部の情報提供者を動かしはじめた。少なくとも、動かしていると思っていた。だが、そいつはおれの友《アミーゴ》だちじゃなかったとだけ言っておくよ。まずいことになった。気がつけばおれは椅子に縛りつけられて、やつらはおれで遊び始めた」

アンドレアは彼の傷から目を離すことができずにいた。

「そうだ、体中にある」バイブルは顔をこすった。自信のなさそうな彼を見たのは初めてだ。声の高さまで変わっていた。「おれを追ってきた男は、エル・シルハノと呼ばれていた。あんたはスペイン語は？」

アンドレアは首を振った。

「外科医って意味だ。そいつが人を切り刻む方法を医学部で教わったとは思わないがね」

アンドレアは胸を締めつけられる気がした。その手の恐怖を表現する言葉は知らなかったが、耐えがたいほどの痛みなら経験している。「拷問されたんですか？」

「いいや、違うね。拷問っていうのは、情報を得るためだ。おれはすぐに、やつらが知りたいことは全部喋った。あの男はただおれを傷つけたかっただけだ」

アンドレアは言うべき言葉を見つけられなかった。

「六年前だ。そうは思えないだろうが、当時はおれもまだ若かった。保安官補を続けたかった。だが女房のカシーが、断固として反対した。おれを引退させたがった。これから死ぬまで、桟橋から釣り糸を垂れて過ごすおれを想像できるか？　マクラメ編みを始める？　工芸を習う？」

アンドレアはまだなにも言えずにいたので、首を振った。

「そういうことだ。だがそんなとき、ヴォーン判事が病院にやってきた。リハビリ病院に半年いたって言ったかな？」

アンドレアは再び首を振った。ローラを見ていたから、リハビリがどんなものかは知っている。相当重症でないかぎり、半年も入院させておくことはない。

「まるでそこが自分のものみたいな足取りで、エスター・ヴォーンがおれの病室に入ってきた。まったく自分が情けなくてたまらなかったよ。彼女はおれのベッドにつかつかと近づいてきたが、こんにちはとも、会えてうれしいとも、こんな目に遭って気の毒にとも言わなかった。こう言っただけだ。〝わたしの法廷に配属された保安官補が気に入らないの。あなたはいつから来られる？〟」

「あなたとは知り合いだったんですか？」

「ちゃんと会ったことはなかった。廊下で一、二度会釈しただけだ」

保安官補が連邦裁判所で働くことがあるのは知っていた。「奥さん——じゃなくて、あなたのボスが——」

「いいや。判事の独断だ。エスター・ヴォーンに指示できる人間はいないよ」バイブルはさらりと言ったが、彼女の訪問に意味があったことは確かだ。「回復するまで、それからさらに二カ月かかった。その後、彼女の法廷でおれは四年、座っていた。保安官補がいることを好む判事がいるんだ。とりわけ、年配の判事は。生涯の役職だ。むかつくやつが多いがね」

エスター・ヴォーンがどんな人間なのかを突き止めたとアンドレアが思うたびに、だれかが現れてそれをひっくり返してしまう。

「エスターは具合がよくない。喉の癌《がん》が再発した。今度は勝てないだろう。闘うことに疲れてしまったんだ」

アンドレアは、ジュディスとギネヴィアのことを思った。ふたりはまただれかを失うのだ。

「エスター・ヴォーンはおれを救ってくれた。彼女が死ぬ前に、娘を殺した人間を見つけたいんだ。あの事件についておれが詳しいのはそういうわけだ」

アンドレアは話を逸《そ》らそうとした。「あなたが調べていることを判事は知っているんですか？」

「おれたちは仕事は仕事、個人的なことは個人的なことと分けている。自分にどれくらいの力があるか、判事はよくわかっているよ。個人的なことのために、それを使うことは絶対にない。体面を気にかけているからね」

プライドが果たしている役割のほうが大きいのではないかとアンドレアは考えた。「容疑者の尋問はしたんですか？　それとも――」

「まだだが、するつもりだ。ドアをノックするのは、向こう側になにがあるかをわかってからだ」バイブルは一拍の間を置いた。「おれはこの二日間いろいろと調べていて、そこにあんたが現れたと思ったら、おれと同じくらいこの件について知っていた。その理由をそろそろ説明してもらってもいいんじゃないかと思うね」

アンドレアはまさにバイブルが画策したとおり、追いこまれた気分になった。本当のことを話したくてたまらなかったが、それができないことはわかっていた。マイクは、アンドレアがグリンコで過ごした四カ月をからかったが、証人保護プログラムのいちばんのルールは、なにがあろうとプログラムについて人に話してはならないということだ。たとえ、相手が保安官補であっても。その保安官補が、これまで出会ったもっとも信頼できる人間だと思えるようになったとしても。

アンドレアはこんなことを言っている自分が嫌でたまらなかった。「どうしてわたしがなにか知っていると思うんです？」

「あんたは表情管理が必要だな、相棒。ついさっき、農場で自分が話している相手がディーン・ウェクスラーとナード・フォンテーンだと気づいたとき、いまにもなにか口走りそうな顔をしていた」一拍の間を置く。「それに、リッキー・フォンテーンが離婚した年や、だれも聞いたことのない二十年も前の裁判記録の詳細をいきなり持ち出してきた」

アンドレアの喉はからからだった。表情が無理でも、口では嘘をつける。「インターネットで見つけたんです。エミリーが殺されたことについて。飛行機が遅れたので、時間がたっぷりありましたから」

「マイクが現れたのも無関係なのか？」

マイクの話を持ち出されて、アンドレアは立ち入りすぎていると感じた。咄嗟《とっさ》に押し返した。「マイクとわたしとのことは複雑なんです」

「おれの子供たちがその話をしたくないときにいう台詞《せりふ》だな」

アンドレアは沈黙で応じた。

「いいだろう」やがてバイブルは、いいと思っていないときに使うあの耳慣れた口調で言った。SUVを路肩に止めた。ギアをパーキングに入れた。「ここだ」

アンドレアは顔をあげた。険しい丘の頂上に乱平面造りの家が建っている。フロントポーチに続く階段はあまりに傾斜が急なので、ふたつの踊り場をはさんでジグザグにのぼっている。ガレージのドアは開いていた。二台分の駐車スペースはどちらも段ボール箱と収納棚で一杯だ。リッキーは、軽食堂に入りきらないものを収納する場所として使っているようだ。汚れたエプロンとタオルが、使い古した洗濯機と乾燥機のまわりに積みあげられていた。

バイブルが言った。「おれは車で待っている。行く前に保安官規則第五条を教えておいてやる。ひとつの尻では二頭の馬に乗れないんだ」

いつもの彼のくどい小言のように聞こえたが、アンドレアはすでに自分なりに解釈していた。エミリー・ヴォーンの件はひとまず棚上げしろと彼は言っているのだ。

「リッキーには、ウェクスラーとナード、もしくは農場についての実用的な情報を与えてもらう必要がある。そうすることで、スター・ボネールを助けられる」

「そうですね」

アンドレアは車のドアを開けた。痛む手首をこすりながら、家へと続く垂直にも思える階段をのぼっていく。手首には痣ができはじめていた。この怪我《けが》が貴重なものに思えるのはなぜだろうと考えた。グリンコで腎臓を殴られたときには、血尿が出た。目のまわりが黒くなったし、唇も裂けたが、どちらも名誉の印のように思えた。

今回の手首の怪我が違うものに感じられるのは、ディーン・ウェクスラーのせいだろうとアンドレアは考えた。ウェクスラーは彼女を痛めつけようとした。スターやアリスやそのほか農場にいるほかの女性たちにしているように、アンドレアにも身の程を思い知らせようとした。

保安官は通常、捜査をしないが、アンドレアが受けた訓練のうちの数時間は、聞き込みや尋問の仕方に割かれていた。リッキー・フォンテーンは容疑者ではないものの、農場で起きていることを目撃している可能性がある。目撃していない場合でも、逃げ出した女性たちを知っているかもしれない。リッキーと信頼関係を結び、安心感を抱いてもらう一方で、情報は念入りに調べるし、犯罪行為が行われているのであれば必要な処置を取ると納得してもらうために、アンドレアの能力も示さなくてはいけない

アンドレアは手首から手を放し、私道に駐められている緑色のホンダのシビックの脇を通り過ぎた。車の中をのぞいた。ひどく散らかっていて、紙屑《かみくず》やゴミが一面に散乱している。それから、おそらくはエリックとエリカ・ブレイクリーが育ったのであろう家を見あげた。クレイトン・モロウもこのコンクリートの長くきつい階段をのぼったのだろうかと、

考えずにはいられなかった。四十年ほど前に父親が足を置いたその同じ個所《かしょ》に、彼女も足をのせているのかもしれない。

「いらっしゃい、ハニー。あの階段はごめんね。ふくらはぎが死んじゃうよね」リッキーが網戸を開けた。ショートパンツとTシャツという格好だ。足首につけられているのは、マドンナのバングルだけだ。何本かのリボンが、黒と銀のブレスレットに彩りを与えていた。

アンドレアはふたつめの踊り場で向きを変え、最後の階段をのぼった。リッキーを見てまず感じたのは、有能な母親のような雰囲気がなくなっているということだった。エスター・ヴォーンとは正反対の変化だ。すっかりエネルギーが枯渇しているように見えたが、軽食堂は週七日、朝六時から真夜中まで営業していることを考えれば、無理もないだろう。

リッキーが言った。「あなたがあたしを捜しているって、店から連絡があった。ソーダでも飲む?」

「いただくわ」人を落ち着かせるいちばん簡単な方法は、給仕をさせることだとアンドレアは教官に教わっていた。「会ってくれてありがとう。あまり時間を取らせないようにするから」

「話をしながらなにかしていても気にしないでね。乾燥機のタイマーをセットしてあるの。洗濯を中断すると、いつまでも終わらないんだもの。こっちよ」

リッキーはアンドレアを連れて居間を通り抜けた。床の上の三つの籠にきれいに洗ったタオルとエプロンが入っている。ソファと椅子は新しいように見えたが、黄褐色の絨毯《じゅうたん》は元からあったものらしい。パステル色の壁にかけられた絵は、フリーマーケットで〝カウチサイズ〟と宣伝されていたものだろう。廊下の近くのコンソール・テーブルには額に入れられた写真がたくさん飾られていた。木の天板の下には薄いふたつの引き出しがある。リッキーは華奢《きゃしゃ》な足のあいだに筋交いを入れて台にし、大型の本をのせていた。じっくり見ている時間はなかった。リッキーはすでに、オープンタイプの階段をあがりはじめている。

キッチンはかび臭いにおいがした。散らかっているせいだろう。楕円形《だえんけい》のテーブルには、おそらくはアンドレアが生まれた頃の日付の黄色くなった請求書や書類が山積みにされていた。リッキーがひとりで食事をするためなのか、ぽっかりと開いた小さな空間が悲しかった。リッキーが室内装飾に興味を持っていた時期があったらしいとアンドレアは考えた。シンクの上に水色のペンダントランプが吊《つ》るされている。カウンターの天板は黒の石英だ。キャビネットは鮮やかな青色に塗られていた。電化製品はすべて白で、冷蔵庫だけが黒だった。絵葉書や招待状や写真やそのほかのありふれたものがドアに貼られていた。

「年は取るもんじゃないね」リッキーは薬瓶の蓋を開けながら言った。ディスカウントストア〈ターゲット〉の赤い薬瓶だ。リッキーはアンドレアの前で、薬を二錠口に入れた。

カウンターには少なくとも一ダース以上の薬瓶が並んでいる。

リッキーは並べあげていった。「血圧、コレステロール、抗炎症剤、甲状腺や胃酸の逆流や背中の痛みや神経の薬。ペプシでいい？」

飲み物のことを言っているのだとアンドレアが気づくのに、しばらくかかった。

「ええ、ありがとう」

リッキーは冷蔵庫を開けた。カットオフ・ジーンズをはいた十代の少年の色あせたポラロイド写真がアンドレアの目を引いた。むさ苦しい髪型は典型的な七〇年代後半のスタイルだ。シャツは着ておらず、痩せた胸と骨ばった肘が思春期の入り口にいることを教えている。

エリック・ブレイクリー。

ナードがリッキーの兄について言ったことを思い出した。

とっくに死んだよ、かわいそうにな。

「さてと」リッキーはグラスに氷を入れた。ペプシの缶のプルトップを開け、慣れた様子で手首を返してグラスに注ぐ。「判事のことで来たんでしょう？」

アンドレアは、自分には演技の練習が必要であることを知っていた。感情を顔に出さないようにしながら答えた。「どうしてそう思うの？」

リッキーは口からチューインガムを出し、ナプキンに包んだ。「ジュディスはなにも言わないけれど、判事の癌が再発して、今回はよくなさそうだってことは町の人みんなが知っている。気の毒に、年末まではもたないだろうって。もしあたしだったら、死ぬ前にエミリーの身になにが起きたのかを知りたいだろうって思う」

アンドレアはペプシを飲みながら、どう対処すべきだろうと考えた。エミリーの話はしないと自分の中ではっきり決めてはいたが、証人に共感を示すのが信頼関係を築くもっとも手っ取り早い方法であることもわかっていた。

アンドレアは言った。「真実がわかれば、判事も少しは心が安らぐでしょうね」

必要としていたのは彼女の承認だとでも言うように、リッキーはうなずいた。「ついてきて」

アンドレアはカウンターにグラスを置くと、再び階段をおりるリッキーのあとを追った。

リッキーは廊下近くのコンソール・テーブルの前で足を止めた。額に入った写真のひとつを手に取った。

見覚えのある写真だった。ゆうべ、ジュディスのコラージュでそのコピーを見ていた。ただしこちらは、エミリーが見えなくなるようにアコーディオンのように折り畳んであった。

「ごめんね。いまも彼女の顔を見るのがつらいの。全部、思い出してしまうから」リッキーは額をひっくり返すと、裏を開けた。写真を開いて、アンドレアに見せる。「かわいいでしょう？」

アンドレアは、その写真を見るのが初めてのふりをしながらうなずいた。適当に指さしたのはナードだった。「これはだれ？」

「あたしの元夫のろくでなし」リッキーはそう言ったものの、辛辣な口調ではなかった。写真のクレイを指さした。「これはクレイトン・モロウ。あなたは警察官だから、彼のことはあたしより詳しいかもしれないね。これはもちろんあたし。おっぱいが垂れて、髪が白くなる前のね。そしてこれが兄のエリック。ブレイクって呼ばれていた」

アンドレアはきっかけをつかんだ。「呼ばれていた？」

リッキーは丁寧に写真を折り畳んだ。「エミリーが死んだ二週間あとに死んだの」

アンドレアは、リッキーが額を元どおりにするのを眺めた。リッキーの青春の祭壇であるかのように、テーブルにはたくさんの写真が並んでいる。コンバーチブルの運転席の前で煙草を吸っているクレイとナード。アル・カポネ時代のギャングのような格好をしたブレイクとナード。お揃いのタキシードを着たブレイクとリッキー。エミリー・ヴォーンがグループの一員であることを知らなければ、ここに彼女がいないことには気づかないだろう。

リッキーが言った。「エミリーが襲われてから一週間ほどたった頃、早めに卒業するだけの単位は取ったってクレイが言ったの。大学が始まる前に仕事を見つけたいから、ニューメキシコに向かうって」

アンドレアはふたつの引き出しの下に置かれている、大型の本を見おろした。数冊のイヤーブック。ドージア小学校。ミルトン中学校。ロングビル・ビーチ高等学校。

「ブレイクは、ドライブに付き合うってクレイに言ったの。あの頃の三千キロはいまとは違っていた。故障しても携帯電話はない。長距離電話の料金は天文学的に高かった。自分の家の電話さえ借り物だった。C&Pから借りていたのよ」

リッキーはほかの写真の隣にグループの写真を慎重に置いた。兄の胸に指で触れた。

「ブレイクが逃げ出したかったのも無理はなかったと思う。あたしたちみんな、すごくぴりぴりしていた。あたしとブレイクもね。あたしたち双子だったの。知っていた？」

知っていたが、アンドレアは首を振った。「赤ちゃんの父親がだれなのか、エミリーはあなたに話したの？」

「いいえ」リッキーの声には後悔がにじんでいた。「最後の頃は、エミリーはあたしとはまったく口をきかなかった。だれなのか、見当もつかない」

アンドレアは、トラックの中でウェクスラーから聞いたことを考えた。エミリーはパーティーでレイプされた。そのパーティーにはリッキーも出ていたはずだ。エリックも。ナードも。クレイも。ひょっとしたらジャック・スティルトンとディーン・ウェクスラーも。

感応精神病《フォリアドゥ》と呼ばれる精神疾患がある。ひとりではしないような行為を団体で行ってしまう、グループで共有する妄想性障害だ。アンドレアは、彼女の父親が元々は異質な人たちの集団を取りこんで、自分たちの最悪の部分を表に出すように仕向けたのだろうと考えた。それから彼は町を出ていき、ディーン・ウェクスラーがその役割を引き継いだのだ。

アンドレアは別の方向から攻めてみた。「エミリーを殺した人間に心当たりは？」

リッキーは肩をすくめた。「最初のうち、警察はクレイに焦点を合わせていた。だから、彼はあんなにあわてて町を出ていったのよ。ブレイクには出ていきたい別の理由があった。祖父とうまくいっていなかったの。お金のことでぶつかってた。あたしたちどちらにとっても、すごくつらい時期だった。ほとんど話もしていなかった」

アンドレアは咳払いをした。慎重に進めなくてはいけないことはわかっていた。リッキーが彼らのことをひどい人間だと思っていたなら、友人グループの祭壇を作ってはいないだろう。「警察はどうしてクレイに焦点を当てたの？」

「スティルトンが彼を毛嫌いしていたの」リッキーは答えた。「親子してね。クレイは普通とは違っていた。頭がよくて、皮肉っぽくて、ハンサムだった。彼らのちっぽけな脳みそでは理解できない人で、そのせいで彼を憎んでいた」

クレイトン・モロウは精神病質者で有罪判決を受けた犯罪者だと、アンドレアはいま一度自分に言い聞かせなくてはならなかった。

「こんなこと言うべきじゃないんだろうけど、あたしたちみんな、クレイにある程度恋していたんだと思う。エミリーは彼を崇拝していた。ナードは彼になりたがっていた。ブレイクは彼を完璧だと思っていた。あたしたちはひどく変わった小さな結社だったのよ」リッキーはクレイと兄の写真に視線を落とした。「ふたりはアルバカーキからすぐのサンディア山脈でハイキングをしていたの。ティエラスの近くで泳ぎに行った。ブレイクは滝の下で潜って、そのまま浮かんでこなかった。それほど泳ぎが得意じゃなかったの。二日後に、遺体が見つかった」

エリック・ブレイクリーの死亡証明書がサセックス郡に登録されていない理由がこれでわかった。彼は別の州で死んだのだ。

リッキーは写真から目を逸らした。腕を組んだ。「彼女を殺したのはきっとクレイよ、そうでしょう？　だって、そう考えれば筋が通るんだもの」

ナード・フォンテーンとディーン・ウェクスラーがどれほど残酷なことができるのかを自分の目で見ていなければ、もっと筋が通っただろうとアンドレアは思った。

「妊娠してるって打ち明けられたとき、あたしはエミリーにすごくひどい態度を取ったの」リッキーの視線は窓の下のソファに流れた。「あたしたち、まさにこの部屋にいて、あたしは意地の悪いことをたくさん彼女に言った。どうしてあんなに腹を立てたのか、自分でもわからない。終わりだって思ったからだろうね。あたしたちの小さな結社。もう二度と同じになることはないって」

アンドレアは、リッキーが落ち着きを取り戻すのを待った。ごく自然に、話を望む方向へ持っていこうとした。「あなたから聞くエミリーは、ディーン・ウェクスラーが描いた絵とずいぶん違うわ」

「ディーン？」リッキーは驚いたようだ。「どうして彼がエミリーの話をするの？」

アンドレアは肩をすくめた。「彼女は麻薬やアルコールの問題を抱えていたって言っていた」

「そんなの嘘よ。エミリーは煙草すら吸わなかった」リッキーは突然、いらだちはじめた。「ディーンと話をしたなら、ナードとも話したのよね？　彼はエミリーについてなんて言っていた？」

「エミリーのことは言っていなかった。バイブル保安官補とわたしは、農地で死体が見つかったから農場に行ったの。でも、そのことは知っていたんでしょう？　彼女のことをバイブルに話したのはあなたよね？」

リッキーはぐっと顎を引いた。「前にも言ったけど、チーズは役立たずの飲んだくれよ。ディーンは彼の弱みを握っているんじゃないかって思うことが時々ある。もう何年も、何十年もあの農場で続いているいかれた行為。なのにチーズはするべきこともしないで、そっぽを向いているんだから」

「いかれた行為って？」

「ボランティアとか?」リッキーのいらだちが増した。「あそこの歴史が知りたいなら、二十年前の裁判記録を調べてよ。あいつらは、あの女の子たちを食い物にしているんだ」

「裁判記録は読んだ」リッキーの声は冷静とは言えなかったから、アンドレアは冷静さを保って言った。「FBIに匿名で通報があった。ビーチ・ロードの公衆電話から女性が電話をかけてきたそうよ」

リッキーの顔を罪悪感がよぎった。うしろのポケットから携帯電話を取り出した。タイマーを表示させると、残り四分と表示された。「乾燥機がそろそろ終わる」

アンドレアは彼女を解放するつもりはなかった。「農地で見つかった子はおそらく自殺よ」

「そうらしいね」

「彼女はがりがりで、餓死寸前だった」リッキーは再びタイマーを確認した。「農場にいる女性はみんなまともに食べていない。まるで、強制収容所で暮らしているみたいに見えたわ」

「彼女たちのために祈っている」リッキーはシャツの裾で携帯電話の画面を拭いた。「彼女たちの両親のためにも。ディーンには待機している弁護士の大隊がいるの。彼からはなにひとつ聞き出せない。いつだって彼の勝ちなのよ」

アンドレアはリッキーを失いかけていることに気づいていた。「あそこを出ていった女の子を知っている？　その子たちなら話してくれるかもしれない」

「洗濯をしないと、もう時間がないの。以前いた子たちと、あたしがいまでも連絡を取っていると思うの？」

アンドレアはもう一度試みた。「もしなにか知っていることがあるのなら、匿名の通報でもいいから――」

「ハニー、耳の穴をほじくって聞いてくれる？　あたしはだれのことも知らない。この二十年、農場の近くに足を踏み入れたこともない」リッキーは電話がきれいになったことにようやく満足したらしかった。「あたしには永続的な接近禁止命令が出ていて、ナードの六メートル以内に近づいたら逮捕されることになってる。離婚訴訟のあいだ、ディーンには散々やられて、店を手放さずにいるのがせいいっぱいだった。この家が信託されていて本当によかった。そうでなかったらホームレスになっていたところよ」

彼女が怯えているのがわかった。「ナードが離婚するとき、ディーンが金銭面の援助をしたの？」

「ディーンはあらゆる面でナードを援助している。ナードは農場でただで暮らしているの。給料さえもらってなくて、おかげで離婚訴訟のあいだ、あたしは本当に大変だった」リッキーの口調は、元夫よりもウェクスラーの話をしているときのほうが辛辣だった。「あの農場はドル箱で、ディーンは人を買うか、もしくは彼女たちをひどい目に遭わせるためにそのお金を使っている。まるで独裁国家だよ。なにをすべきかを彼に言える人はだれもいない」

リッキーの話はこれからだとアンドレアにはわかっていた。

「あそこでディーンが女の子たちになにをしているのか——あたしがいた頃とは違うって断言できるよ。ナードはいかれたゴミ野郎だけれど、そこまでいかれてはいない。それにあたしは、強制労働以上のものは見ていない。ディーンが政府と和解したときに、それも終わったんだって思っていた」リッキーは服の袖で涙を拭いた。泣きはじめている。「エミリーにあんな態度を取ったあたしは臆病者だって言ったけれど、でもあんなものを見たら。むかつく？　邪悪？　あそこであいつらがしていることをなんて呼んでもいいけれど、あたしは黙ったままではいられない」

「あなたの言うとおりよ」アンドレアがそう言ったのは、リッキーが聞きたがっている言葉だったからだ。「ひとりの女性として、わたしは激怒している。でもわたしは保安官だから、捜査を始めるためには法的な理由が必要なの」

リッキーはまた涙を拭った。「あたしになにかできればいいのに」彼女の無力さがひしひしと伝わってきた。「ひとりの女性の母親が娘を助けようとしたって聞いた」

「いかれた女が自分の娘を誘拐しようとしたんだよ」リッキーは無理に笑い声をあげた。

「あたしの子供があんなところで暮らしていたら、自分がなにをするかわからない。ありがたいことに、あたしたちに子供はいなかったけれどね。あのろくでなしと結婚したのは、お金を持っていたっていうただそれだけの理由だもの。でもその一年後には父親が破産して、彼はディーンのカルトに取りこまれた。あたしにもう少し運があれば、こんなことにはなっていなかったのに」

マドンナの『ホリデイ』がリッキーの携帯電話から流れてきた。リッキーはアラームを止めたが、動こうとはしない。そうする代わりに、また涙を拭った。顎が動いている。どうするべきかを考えている。どこまでなら話してもいいものかを決めようとしている。

やがて彼女は言った。「いままで考えたことはなかったけれど、でもあんたがエミリーの話を持ち出したし、ディーンの話も始めたから……」

沈黙が広がり、運転が終わったことを知らせる乾燥機のブザーの音が聞こえた。リッキーにも聞こえているはずだが、まだリスクについて考え続けているのだろう。離婚から二十年もたっているのに、ディーン・ウェクスラーにされるかもしれないことをいまも恐れている彼女がいる。

リッキーはもう一度涙を拭いた。咳払いをした。

「こんなふうに考えたことは一度もなかったけれど」彼女は言った。「あの農場で起きていることは、三十八年前にエミリー・ヴォーンの身に起きたことと同じだと思う」

一九八一年十月二十一日

エミリーは学校の図書室の奥で床に座り、膝に顔をうずめていた。涙が止まらなかった。頭がガンガンする。ゆうべは眠れなかった。脚はつりっぱなしだ。吐き気が止まらない。もう友だちじゃないと言ったリッキーと、彼のあそこに手を触れさせたブレイクのことで頭はいっぱいだった。

あの双子は前からあんなに残酷だった？　それともあたしがばかなだけ？

エミリーは通学鞄《かばん》からティッシュペーパーを取り出して、鼻をかんだ。図書室の向こうで笑い声があがった。エミリーは壁の前で小さくなった。だれにもここにいることを知られたくない。化学の授業をさぼっていた。いままでさぼったことは一度もない。今週までは。彼女の人生が激変してしまうまでは。

エミリーが耐えられなかったのは、クラスメートたちの視線だった。廊下で。化学の実験室で。彼女を指さしてくすくす笑う者がいれば、汚らわしい最低の生き物を見るような目で彼女を見る者もいた。リッキーはお喋りだが、指差したり、嘲笑《あざわら》ったり、露骨な敵意を向けてくるのは、ほとんどが少年だったから、彼女が妊娠しているという噂を流したのはブレイクだとわかっていた。噂という言葉は疑念や不確かさを含んでいるから、エミリーのいまの状態は噂とは言えないけれど。

そのみだらな情報の出所がどこにせよ――ブレイクだろうが、リッキーだろうが、あるいはディーン・ウェクスラーであろうが――彼女が妊娠していることをクレイが知っているのは間違いなかった。今朝、ダウンタウンの商店街を歩いていたとき、エミリーは彼を見かけた。クレイはひとりで、学校へ行く前に最後の煙草を吸っていた。ふたりの目が合った。クレイが彼女に気づいたことは確かだった。距離はあったものの、彼女を認めたことは表情でわかったし、歪《ゆが》めた口は笑みに変わった。エミリーは手を振りかけたが、彼の笑みはすぐに消えた。排水路に煙草を捨て、閲兵式の兵士のようにくるりときびすを返すと、反対方向へと歩いていった。

破綻したアメリカの現代社会の規範に逆らう反逆者を気取っていたクレイ・モロウもこれまでだ。マールボロを熊手に持ち替えたほうがいいかもしれない。それとも、自分の過ちから逃げているのだろうか？

クレイ？

エミリーが、コロンボノートに最初に書いた言葉がこれだった。だれかと話をすればするほど、相手は彼に違いないという気がした。

そんなに悪いこと？

エミリーは昔からクレイが好きだった。恥ずかしくなるような甘ったるい夢を抱いていた。彼がそばにいるときや、意味ありげな目で見られたときには、欲望としか表現できないなにかを感じることがあった。なにかが起きることはないとクレイは言っていたし、エミリーもそれを受け入れていたけれど、パーティーの夜に彼女が迫ったのかもしれない。クレイはひどく酔っていて、自分の決断に反することをしたのかもしれない。十代の少年は自分をコントロールするのが難しいと、エミリーの父親は言っていた。自分は被害者だとずっと考えていたけれど、ひょっとしたら加害者だったのかもしれない。

ありうることだろうか？

エミリーは腕で涙を拭った。肌がかさついている。ディーン・ウェクスラーにつかまれた首は、濃い青色の痣になりはじめていた。大きく息を吸った。バッグの奥に押しこんでいたコロンボノートを取り出した。

昨日リッキーとブレイクと会ったあとで書いた文字は、涙でにじんでいた。ふたりはそれぞれ別の形で最悪だった。ブレイクが彼女の手を股間に持っていったことを思い出して、エミリーは身震いした。耳に差しこまれたぬるりとした舌。気持ち悪い舌がまだそこにあるような気がして手を耳に当てたエミリーは、もう一度体を震わせた。

エミリーはノートを閉じた。三つの書き込みはすっかりそらんじている。あの夜、ナードとブレイクは家の中にいたとディーン・ウェクスラーは言った。ブレイクも同じことを言った。チーズのコロンボ理論に従えば、同じことを語っているふたりの人間がいることになり、それはつまりどちらも真実を語っている可能性が高いということで、それはつまり、ディーンとブレイクは除外できるということだ。

そうでしょう？

エミリーは確信が持てなかった。ディーンとブレイクが同じ話をしているのはあらかじめ口裏を合わせていたからかもしれない。ナードに確認しようとしても無駄だ。実のところ、意外だと感じなかったのは、エミリーの妊娠に対する彼の反応だけだった。

昨日リッキーは、エスター・ヴォーンとフランクリン・ヴォーンを金で問題を解決しようとする金持ちのろくでなしと言って非難したが、今回先手を打ってきたのはフォンテーン家のほうだった。今朝、朝食の前に手書きの手紙が届いた。エミリーはバーナード・フォンテーンに話しかけてはならないし――それ以上に重要なことに――彼について虚偽や、否定的なことや、扇動的なことを広めたりした場合、高額な訴訟を行う用意があると、ヴォーン夫妻に向けてジェラルド・フォンテーンが通告してきた。

「ばかげたことを言っているわね」手紙を読んだエスターは言った。「名誉棄損《ライブル》という言葉は虚偽だったり、中傷的だったりする文書に使われるものなの。口頭の中傷は、名誉棄損《スランダー》というのよ」

表現にまつわる話で母はポイントを稼いだ気でいるようだったが、代償を払うのはエミリーだ。

「エム？」

エミリーは顔をあげた。チーズが長い本棚に肩をもたせかけていた。エミリーが〝聖書〟の棚の裏に隠れているのは、たまたまそこに迷いこんでくる人間はいないとわかっているからだ。

エミリーがいつも〝聖書〟の裏に隠れていることを知っている人間は別として。

彼が訊いた。「大丈夫？」

エミリーはうなずき、同時に肩をすくめたが、口からこぼれ出た言葉が真実だった。

「ううん、大丈夫じゃない」

チーズはちらりとうしろを振り返ってから、エミリーの横に立った。壁にもたれてずるずると腰を落とし、膝が触れ合うくらいのところに座った。

「なにか進展はあった？」

エミリーは笑い、そして泣きはじめた。また両手で頭を抱えた。

「えーと、エム」チーズは彼女の肩に手をまわした。「つらいね」

エミリーは彼にもたれた。彼はオールド・スパイスとキャメルのにおいがした。

「きっと大丈夫だよ」チーズはエミリーの腕を撫《な》で、手に力をこめた。「きみは――きみのご両親は――その……」

エミリーは首を振った。両親はすでに産ませると決めている。

「そうか」チーズが大きく息を吸うと、胸が持ちあがった。「ぼくが――きみがそうしてほしければだけど、ぼくにできることが――」

「ありがとう、でもいいの」エミリーは彼の牛のような大きな目を見つめた。「ブレイクから結婚してほしいって言われている」

「いや、そうじゃなくて」チーズは体を引いた。「違うんだ、エミリー。そう言おうとしたわけじゃない。ぼくは――きみにこんなことをしたやつを叩きのめしてやるって言おうと思った」

彼の言葉を信じていいのかどうかはわからなかったが、素直に受け止めることにした。

「あんたを停学になんてしたくないから」

「ブレイクと結婚したりしないよね？」チーズは心配そうだ。「エム、彼は三人の中でも最悪だよ」

エミリーはもう少しで笑うところだった。「どうしてそう思うの？」

「彼は腹黒い。ただ卑劣なナードとは違う。退屈しているだけのクレイとも。ブレイクがだれかを毛嫌いするときは、心底毛嫌いする」

むくむくとエミリーの不安がふくれあがった。「ブレイクになにかされていないよね?」

チーズはうなずいたが、エミリーは信じなかった。「もしその気があるのなら、ぼくのためにできることがあるよ。そんなことを頼む権利はぼくにはないけれど、でも――」

「なに?」いままで彼からなにかを頼まれた記憶はない。

「もうぼくをチーズって呼んでほしくないんだ」彼はエミリーの顔を見た。「きみにそう呼ばれても気にならないけれど、あいつらがそう呼んでいるから――」

「わかった、ジャック」その名前は奇妙に聞こえた。彼とは、幼稚園でクレヨンを食べられて以来の付き合いだ。「初めまして、ジャック」

彼は笑わなかった。「きみはひとりじゃないよ、エム。ぼくがいる。きみの親はきっと怒り狂っているだろうけれど、いずれ乗り越える。学校の人間は、そうだな、あいつらはどうせ落ちこぼれの集まりだ。なにを言われようと気にする必要なんてないだろう? 来年の今頃には、ぼくたちはみんなこんなくだらないところを出ていっているんだから。どうでもいいじゃないか」

エミリーはごくりと唾を飲んでから聞いた。「みんながなんて言っているのか教えて」

「汚らわしいみだらな娘だってさ」ナードが言った。

嫌味《いやみ》ったらしい声を聞いて、エミリーとジャックはぎくりとした。

「こんな隅っこでアツアツカップルはなにをしているんだ?」

ナードは本棚にもたれていた。「不義の子を仕こんだのがここなのか？」

「失《う》せろ」ジャックは苦労して立ちあがった。両手でこぶしを作っている。彼はナードよ
り大柄だったが、ナードのほうがはるかに冷酷だ。ジャックはろくにエミリーを見ようと
もせず、足を踏み鳴らしてその場を去っていった。

「おやおや」ナードが言った。「まったく芝居がかかったやつだ、チーズは」

「ジャックって呼んでほしいそうよ」

「おれはサー・ディックス＝アロット・カントファッケリーって呼ばれたいね」ナードは
これ見よがしに床に腰をおろした。「悲しいかな、人は望みどおりのものを手に入れられ
るとはかぎらない」

このつらいばかりの出来事の中でたったひとつだけよかったことは、もう彼の嫌味《いやみ》な言
葉を聞き流すふりをしなくてもいいということだ。「あんたと話しちゃいけないって、ご
両親に言われているけど」

「それじゃあ楽しみが台無しじゃないか、エミー・エム？」ナードはいちばん下の棚から
数冊の本を落とした。「おまえのオーブンに種を仕こんだやつを捜しているって聞いた」

エミリーは目を拭いた。「どうでもいい」コロンボ捜査などもうどうでもよかった。ナードにいなくなっ
てほしいだけだ。

「そうなのか？　ブレイクに思い知らせてやったじゃないか」

どういう意味なのか、エミリーにはわからなかった。

「自分の思いどおりにできる金持ちの女と結婚するのが、昔からやつの夢だったんだ」ナードは悪意に満ちた笑い声をあげた。「おまえの母親と結婚した父親みたいにな」

エミリーはもう一度目をこすった。泣いているところを、彼に見られたくはない。「面白くないから」

「おいおい、ちょっとからかっただけさ」ナードが口をつぐんだのは、エミリーがもういいからと言うのを待っているのだろう。

エミリーは言わなかった。

いいとは思えない。

「これからおまえはぶくぶく太ってみっともなくなるんだろうな。それが最悪なところだってディーンが言っていた。風船みたいに膨らむんだ」

エミリーは数時間より先のことを考えないようにしていた。腹部に手を当てた。美人の範疇《はんちゅう》に入っていたことはないが、そこそこの見た目だと言われてきた。八カ月後のわたしを見た男の人はどう思うんだろう？　一年後、泣きわめく赤ん坊を抱いたわたしを見たときには？

「それをひり出したらすぐに、ダイエットを考えたほうがいいな。おまえは元々細いからラッキーだったよ。リッキーを見てみろよ。あいつが妊娠したりしたら完全にデブになって、きっと死ぬまでそのままなんだぜ。叔母のポーリーンがそうだったんだ。見ただけでぞっとするよ」

ナードがそんなことを言える立場だとは思えなかった。彼は昔からぽっちゃりしている。けれど、男の子はそれでも許されるのだろう。「なんの用なの、ナード？」

「ただ話をしているだけさ」ナードはさらに数冊の本を床に落とした。「リッキーはそのうち機嫌を直すさ。あいつはブレイクに妙な対抗意識を持っているが、結局はおまえのことが恋しくなる。あいつはおまえとは違う。ほかにだれも友だちがいないんだ」

これほど簡潔な表現を聞いたのは初めてだったが、たしかにそのとおりだ。問題は——あたしはリッキーに戻ってきてほしいだろうか？　リッキーが言ったひどい言葉の数々を忘れることなんてできるだろうか？　彼女を信頼するのはもう無理だ。

「あいにく親が先手を打ったんで、おれはおまえの代わりに非難を受けるような高潔なことはできない」ナードはくすくす笑って言った。「おれたちが結婚するなんて想像できるか？　ハネムーンに出発する前に、ふたりともリッキーに喉をかき切られるだろうな」

エミリーは、無駄に結婚の話をする少年たちにうんざりしていた。

「だが、考えたことがなかったわけじゃないんだぜ」ナードはまた一冊本を落とした。「おまえとおれ。もっとひどい組み合わせだってある。まあ、もうそういう可能性はなくなったけどな。不良品になっちまったことだし」

また一冊、本が床に落ちた。さりげなく振る舞おうとしているが、彼には必ず底意がある。

「パーティーの夜だっていうのは間違いないのか？」

エミリーは全身に緊張が走るのを感じた。「うん」

「なにがあったのか、覚えていないんだな？　だれだったのかも？」

エミリーは唾を飲みこもうとしたが、喉がうまく動かなかった。リッキーは彼になにもかも話したのだ。「そう、覚えていない」

「なんてこった」ナードは言った。「おれもあの夜のことはあまり思い出せないんだ。だからおまえに偉そうなことは言えないな」

彼がやってきてから初めて、エミリーは彼の顔を見た。いつも皮肉っぽく歪んでいる口元の笑みは消えている。彼が嫌なやつの仮面をはずすことは滅多《めった》にない。彼を深く愛しているとリッキーが思っているとき、その目に映っているのはこの少年だ。そしてそれは、ナード・フォンテーンをもっとも親しい友人のひとりとして考えているときのエミリーが見ているのと同じ少年だった。

エミリーは訊いた。「なにひとつ覚えていないの？」

「ほとんどね。でも、ブレイクは完全におかしくなっていた。それだけは覚えているよ」

ナードは床に落とした本の中から、一冊を拾いあげた。親指でその縁をなぞる。「おれはソファにうつぶせになって、二匹のほこりのウサギが『くるみ割り人形』のオープニングシーンを踊るのを見ていた。そうしたら上から哀れっぽい泣き声が聞こえたんだ。羊みたいだった。ブレイクだったんだよ、信じられないだろうが」

エミリーは首を振った。いまはもうなにを信じていいのかわからない。

「二階にあがってみたら、よりによってやつはおれの親のバスルームにいて、中から鍵をかけていた。おれは鍵を壊してやつを助け出さなきゃいけなかった」ナードは本をひっくり返して、背を眺めた。「やつは膝をついて、両手で自分のものをつかんでいるみたいな格好をしていたが、ズボンのファスナーはあがったままだった。便器から一メートルも離れたところで。やつがなにを考えていたのかは知らないが、まったく間抜けだよ。初めてのトリップで、小便するところを夢見るなんてな。ジーンズの前はびしょ濡《ぬ》れだった。泣き声の話は聞かないでくれ。本当に間抜けな野郎だ」

エミリーは、ナードが歯を見せて笑うのを眺めていた。

「少なくともおれは、本物のユニコーンを見たぞ。おまえは？」

エミリーはもう一度唾を飲もうとした。「本当に覚えていないの」

「なにひとつ？」ナードはまた同じ質問をした。「あそこに行ったことも？」

「それは覚えている」エミリーはうなずいた。「あんたの家の玄関に向かったことは覚えている。クレイからＬＳＤをもらったことも。そのあと思い出せるのは、ミスター・ウェクスラーに家まで送ってもらったこと」

「ああ、そうだった」ナードは目をぐるりと回した。「そいつはおれも覚えているよ。おまえはなにかでヒステリックになっていた。おれがおまえを送るのは無理だった。自分の手さえろくに見えなかったからな。ブレイクは小便まみれ。あの野郎におまえを迎えに来てもらうのに、残りのドラッグをやらなきゃならなかった」

エミリーは彼の声の抑揚に耳を傾けていた。いつもの辛辣さは消えて、練習を積んだ台詞を語っているような響きがある。「クレイはどうなの?」

ナードは片方の肩をすくめた。「おれが知るはずないだろう。おまえはなにかのことで彼を怒鳴りつけていた。それから、家の中へ駆けこんでいった。実際、おまえはちょっとおかしくなっていたよ。母さんの上等な磁器を壊すんじゃないかって心配だった。父さんのスコッチをかなり飲んでいたしな。ふたりが帰ってきたら、ひどく怒るだろうって思っていた」

エミリーは、ナードの両親が怒っているのを一度も見たことがなかった。

「おまえをはらませたのがディーンじゃないってことは、間違いない。あいつのタマは、子供の頃にだめになっちまっているからな。欲しくても子供を作れない」

エミリーは自分の手を見つめた。ディーン・ウェクスラーが相手かまわず打ち明けるような話ではない。つまり彼はすでにナードと話をしたということだ。

「おまえは——」ナードは持っていた本を床に落とした。「クレイかもしれないと思っているのか?」

「あたし——」エミリーは口をつぐんだ。ナードが訊いてきた質問のリストを頭の中で反芻してみる。彼はエミリーをコロンボしていた。足りないのは、〝あともうひとつ〟だけだ。

エミリーは咳払いをして、声の震えを振り払おうとした。ディーンとナードだけではない。彼ら全員が——ブレイク、リッキー、クレイ、ナード、そしてディーン——戦略を練っている。全員が協力している。ナードならこの件をなんとかできると、全員が考えたのだ。

エミリーは訊いた。「あ、あんたはクレイだと思うの?」

「おれは——」ナードは肩をすくめた。「おまえを傷つけたくはないが、おまえをそんなふうには見ていないってクレイははっきり言っていた。LSDは、素面《しらふ》のときにしないことをさせたりはしない。それにはっきり言って、彼なら選び放題だ。なにも小さな池で魚を釣る必要はないさ」

エミリーは自分の手を見つめていた。

「考えてみろよ、おまえだって希望的観測に囚《とら》われたくはないだろう?」ナードはエミリーが顔をあげるのを待って言った。「そんな疑惑を立てられたら、クレイの人生が台無しになりかねない」

彼らはまたクレイを守ろうとしている。どうしてだれも彼女の人生が台無しになることを心配してはくれないのだろうと、エミリーは不思議だった。リッキーでさえ、少年たちのことばかり言っていた――エミリーの妊娠が彼らにどう影響するのか、彼らの人生がどう狂ってしまうのか。

「よく考えなきゃだめだ」ナードが言った。「だれの仕業なのかわからないっておまえが自分で言ったんだ。ほかの夜だったかもしれない。そうだろう？　おまえには結社以外にも友だちがいたしな。バンドとかディベートとかの」

エミリーはブレイクの台詞を真似て言った。「自分のヴァギナがなにをしたかはわかるわよ、ナード。あたしにくっついているんだから」

品のない台詞にナードは驚いた顔をした。

エミリーはわかりやすく説明した。「あんたはブレイクと一緒にバスルームにいたって言った。ミスター・ウェクスラーは子供を作れない。ほかのだれだっていうの？」

「チーズはどうなんだ？」

ここ数日で初めて、エミリーは声をあげて笑った。「ばか言わないでよ」

「真面目に言っているんだ」

「そもそもあそこにいなかったじゃない」

「おまえが家に入っていったとき、目の前に立っていたじゃないか」ナードが反論した。

「おいおい、エミリー。ＬＳＤをおれたちに売ったのがだれだと思っているんだ？」

7

アンドレアは、リッキー・フォンテーンが出ていった網戸を見つめていた。ガレージにある洗濯機まで行くには、外の階段を使わなくてはならない。乾燥機からタオルを取り出すためにジグザグの階段をおりていくリッキーのサンダルがコンクリートに当たる、パタパタという音が聞こえていた。

〝あの農場で起きていることは、三十八年前にエミリー・ヴォーンの身に起きたことと同じだと思う〟

強烈なインパクトのある言葉だったが、いろいろ考えてみると無理がある。エミリー・ヴォーンは餓死寸前ではなかった。襲われた夜、彼女は妊娠七カ月だった。目撃者の証言によれば、ストンとした黄色のワンピースではなく、青緑色か緑がかった青色のプロム用のドレスを来ていた。腰まであるまっすぐな髪ではなく、肩までの長さの髪にはパーマがかかっていた。彼女は裸足だったが、農場にいる人間の多くは裸足で動きまわるものだろうと考えるのは、アンドレアが南部の出身だからなのかもしれない。

それなら、似ているのはなに？

アンドレアは会話の最初の部分を思い起こした。バイブルに農場の死体の話を聞かせたのはリッキーだが、四時間後に保安官が訪ねてくると、彼女はエミリー・ヴォーンのことばかりを話したがった。トラックでのウェクスラーも同じだったが、アンドレアがひと目で気づいたとおり、彼はろくでなしだった。

「くそ」アンドレアはつぶやいた。

網戸に近づいた。リッキーはひとつ目の踊り場にいる。バイブルは道路に駐めたSUVの中だ。アンドレアは携帯電話で彼の番号を捜した。

一回目の呼び出し音で彼が応答した。「なんだ？」

「彼女が戻ってきたら教えて」

「わかった」

アンドレアはポケットに携帯電話を押しこんだ。神経がぴりぴりしている。リッキーは彼女を家に招き入れた。それはつまり、家に入ることに同意して、憲法修正第四条を放棄したことを意味する。

この家は捜索可能だ。

コンソール・テーブルに近づきながら、アンドレアはポケットからまた携帯電話を取り出した。額に入れられた写真を写していく。それから膝をついて、一九八一－八二のロングビル・ビーチ高校のイヤーブックを探した。クラスメートたちがそこにサインできるように、最初の数ページは空白になっている。リッキーはあまり友人がいないようだったが、アンドレアはそこに記されたサインと短い言葉の写真を撮った。たくさんのK.I.T.――連絡してね《Keep In Touch》――と、〝ゴー、ロングビルズ!〟がいくつか。

アンドレアは引き出しを見つめた。ストップウォッチのように心臓が鼓動を刻む。アンドレアが持つ権限は、道理をわきまえた人間が承諾すると思う範囲に限られている。さっきまでその前に立っていた引き出しをアンドレアが開けることを、リッキーは道理が通っていると思うだろうか? リッキーはグループや写真やエミリー・ヴォーンや兄について、率直に話をしてくれた。

うさん臭く感じたが、それでも正当化できる理由には変わりない。

左側の引き出しは開けるのに少しこつが必要だった。紙切れ、古いレシート、バースデーケーキの蠟燭《ろうそく》を吹き消しているリッキーとブレイクの写真、軽食堂のカウンターに座っているナードとクレイの写真が見つかった。アンドレアはできるかぎりの写真を撮った。携帯電話で時間を確認した。リッキーがいつ階段をおりていったのかは覚えていなかったが、乾燥機から洗濯物を出し、代わりに濡れたタオルを入れ、洗濯機を回したあとここまで戻ってくるのにそれほどの時間はかからない。

右の引き出しを乱暴に開けたときには、アンドレアの手は汗ばんでいた。

ここにも思い出の品々。若き日のリッキーとナードの結婚式の写真。ＦＡＢとイニシャルが彫られた銀のジッポーのライター。エリック・アラン・ブレイクリーの名が記されたニューメキシコの死亡証明書。アル・ブレイクリーの葬儀費用保険証書。備考欄に〝遺灰〟と記された、ロングビル・ビーチ葬儀社からの二百ドルの領収書。かすれかかった赤い〝支払い済〟のスタンプと店員のイニシャルが残された〈マギーズ・フォーマルウェア〉の領収書。引き出しの奥に手を入れてみると、手のひらよりわずかに大きな平たい金属の箱に触れた。引っ張り出した。

自分がなにを見ているのか、アンドレアにはさっぱりわからなかった。

その金属の箱は縦十センチ横十五センチくらいで、安っぽい茶色に塗られていた。小さな葉巻を入れるためのものだろうかと考えたが、温度計のように見えるものが蓋に埋めこまれている。白い文字盤には数字ではなく、アルファベットを二文字組み合わせたものが記されていて、銀の金属の指針がその上で上下するようになっていた。

やはり見当すらつかない。留め金かボタンかロゴかあるいは通し番号くらいはないだろうかと思いながら、アンドレアは箱をひっくり返した。

携帯電話が鳴った。

バイブルが言った。「階段をあがろうとしている」

「くそ」アンドレアは違う角度から急いで三枚の写真を撮ってから、引き出しに金属の箱を戻した。お尻で引き出しを閉めた。大急ぎで部屋を横切り、玄関でリッキーを出迎えた。

「手伝うわ」アンドレアは申し出たが、リッキーは籠を引いた。

「大丈夫」リッキーはまたガムを嚙んでいた。さっきとはまったく違う態度だ。ガレージでだれかに電話をしたんだろうか、それとも喋りすぎたと気づいたんだろうかとアンドレアは考えた。「悪いけれど、そろそろ帰ってもらえないかな。それでなくても仕事に遅れているんだ」

アンドレアは帰るつもりはなかった。「農場についてあなたが言っていたことだけれど――エミリーの身に起きたのと同じことがあそこで起きているって。どういう意味かしら？」

「よくわからない」リッキーは籠の中のタオルをソファに空け、ガムを鳴らす音と銀のバングルがぶつかる音を伴奏にして畳みはじめた。「あたしは機嫌が悪かったの。ディーンとナードには我慢できないから。あたしはいわゆる信頼できる目撃者じゃない。接近禁止命令も出ていることだしね」

アンドレアは、リッキーのきびきびとして手慣れた動作を眺めた。いつもより早口だ。だれかに電話をしたわけではないのかもしれない。さっきキッチンで水なしで飲んだ二錠の薬が、ようやく効いてきたのかもしれない。

「もっと役に立てればよかったんだけれど」リッキーはタオルを一枚取り出し、三つ折りにした。「エスターについてあなたが言ったこと――あなたの言うとおりよ。彼女には安らぎが与えられるべきね。あたしが話せるのは、四十年前にボブ・スティルトンに言ったことだけ。あの夜クレイは、ほとんどずっとチアリーダーの子と体育館で踊っていた。名前はもう思い出せないけど」

アンドレアは、リッキーの供述書に書かれていた正反対の内容を読んでいないふりをした。彼女は、プロムには行かなかったと証言したのだ。「だれの可能性があると思う？」

「そうね――」リッキーは洗濯物の山からもう一枚タオルを引っ張り出した。「親って、自分の子供を守るためならなんでもするでしょう？」

アンドレアは警告フラグが立つのを感じた。「そうね」

「わかっていないみたいだね」リッキーはもう一枚タオルを取り出した。「エミリーは人につらく当たることができない子だった。そうされても仕方がない人であってもね。クレイはそれを、彼女の壊れた玩具《おもちゃ》のコレクションって呼んでいた。中でもいちばん壊れていたのがチーズ。彼はいつもエミリーにまとわりついていた。まるで、ひとりぼっちの子犬みたいに。エミリーは彼に優しくしていたけれど、そういう対象じゃなかった」

アンドレアは、リッキーが言わんとしていることを自分が正確に理解しているとは思えなかった。「いまの警察署長であるジャック・スティルトンがエミリー・ヴォーンを殺したって言っているの？」

「だれも告訴されなかった理由がそれで説明できるかもしれないって言っているだけ。父親が息子をかばっていたならね」リッキーは手元のタオルから顔をあげた。「あたしの言うことに耳を貸さないでね。テレビで殺人ドラマを見すぎなんだ」

もう充分だとアンドレアは判断した。「時間を割いてくれてありがとう。なにか思い出したことがあったら、連絡ください」

リッキーはガムを噛むのを中断して言った。「そうする」

アンドレアは玄関を出た。頬の内側の盛りあがったところを舌でなぞりながら、階段をおりていく。バイブルに訊かれるだろうから、いま起きたことを頭の中で整理しようとした。

バイブルは、アンドレアが車のドアを閉めてシートベルトを締めるまで待った。「どうだった？」

「手に負えない状態《ゴート・ロープ》っていう言い回しを聞いたことがありますか？」

「ああ、あるぞ」バイブルは車を発進させた。「たいていの場合、動物たちのその手の大混乱は人間の過失によるものだ。あんたがそんな失敗を犯したとは思えないが」

バイブルはわかっていない。「リッキーはスティルトンがエミリー・ヴォーンを殺したって考えています」

バイブルは驚いたように笑った。「息子か？　父親か？」

「息子です。父親がそれを隠したって」

「そいつはすごい話だな」納得しているとは言えない口調だった。「だがいま聞いた話からすると、あんたの尻はどうも二頭の馬に乗っているみたいだ」

アンドレアは非難されていると感じたが、比喩の話を続けた。「リッキーに手綱を引かれてたんです。ゲートを出て、エミリー・ヴォーンのところに連れていかれた。ペプシを飲む暇さえありませんでした。さっきはトラックの中で、ディーン・ウェクスラーが同じことをしました。まるでどちらも同じ原稿を読んでいるみたいだった――まず判事の話をして、それからエミリーを持ち出して、それからゴート・ロープが始まるんです」

バイブルは顔をしかめた。「リッキーのことを詳しく聞かせてくれ」

アンドレアは簡潔に説明しようとした。「エミリーが死んだ二週間後、ブレイクがニューメキシコで溺死したそうです。自分はエミリーにとってひどい友人だと言っていました。その後わたしが農場の話を持ち出すと、ディーン・ウェクスラーを非難しはじめました」

「ナードのことは？」

「ウェクスラーがなにをしているにせよ、彼は関わっていないと言っていましたが――わかりません。彼は知っていたはずです。それに、彼は間違いなくサディストです。ひょっとしたら、見ているのが好きなのかも」アンドレアは情報を整理するために、こういったことすべてを書き記す必要があると感じた。「彼女が農場で暮らしていたときには、カルトっぽいことは行われていなかったそうです」

「あんたはそれを信じるのか？」

「わかりません」その言葉を自分の額にタトゥーで刻むべきかもしれない。「彼らを怖がっているんだと思います。ナードよりもウェクスラーを」

「筋は通る。やつが財布を握っているからな。責任者はやつだ」バイブルは言った。「続けて」

「ウェクスラーはリッキーに対して、永続的な接近禁止命令を申し立てています。調べられますか？」

「リータにやらせよう」バイブルは運転しながら携帯電話を捜査した。「〝永続的〟と聞いて、なにか気づいたことは？」

「はい、一時的な命令であれば、判事は宣誓陳述書にサインをするだけです。その効力は数カ月か数年で失効します。永続的なものにするためには審理が必要で、危険があることを供述し、暴力や虐待の証拠や具体的な詳細を提出しなくてはなりません」

「正解だ」バイブルが言った。「ほかには？」

「いちばん妙だと思ったのは、いま農場で起きていることはエミリーの身に起きたのと同じだってリッキーが言ったことです」

バイブルはその意味を考えているようだった。「わけがわからないな。説明を求めたのか？」

「訊こうとしましたが、ちょうど乾燥機のブザーが鳴ったんです。戻ってきたときには、彼女にはねつけられました」

「なるほど。修正第四条の戦利品はどうだ？」

アンドレアはｉＰｈｏｎｅを取り出した。休暇中の写真をうっかりＵＳＭＳのクラウドに送ったりしないように、あとでアルバムに整理しておかなくてはいけない。写真をスワイプしながら、バイブルに言った。「小学校からのイヤーブックがありました。グループ写真がたくさんありましたが、エミリーは省かれていました。ジッポーのライター。ニューメキシコで発行された一九八二年六月二十三日付のエリック・ブレイクリーの死亡証明書。一九九四年のアル・ブレイクリーの死亡証明書。ビッグ・アルのことだと思います。彼の葬儀費用保険の証書もありました」

「ふむ」

アンドレアは金属の箱の写真をバイブルに見せた。「これは小さな葉巻入れですか？それとも名刺入れかなにか――」

バイブルは笑った。「これはポケットインデックスだ」

「さっぱりわかりません」

「みんなが人生をポケットの中に持ち歩いていた石器時代のものさ」バイブルは文字が記

されている窓を指さした。「その小さなつまみを対応する文字に合わせるんだ。例えば、バイブル《Bible》だったらA‐Bに、オリヴァー《Oliver》だったら——」

「O‐Pですね」アンドレアは言った。「住所録なんだ」

「そういうことだ、相棒。もしおれがあんたの番号を知りたければ、つまみをO‐Pに合わせて、ケースの下にあるボタンを押す。すると上の部分がぱっと開いて、O‐Pのページが現れるって寸法だ」

アンドレアは底の部分が写っている写真をズームした。ボタンと言われているのは、ケースにはめ込まれたとげのようなものにすぎない。「どうやってこれを押すんですか?」

「指の爪だ。気をつけないと、爪の下に痣を作ることになる。かなり不愉快だぞ」バイブルが言った。「あんたたち若者は、自分がどれほど恵まれているかをわかっていないんだ
携帯電話がなければ、アンドレアの人生は二千パーセントほどストレスが少なかっただろうに。「このアドレス帳はリッキーの兄か祖父のものに違いありません。引き出しに入っていたほかのもの全部に、ふたりの名前がありましたから」

「引き出し?」バイブルの口調が変わった。「引き出しの中を見るだけの理由があったのか?」

アンドレアの顔が赤く染まった。「正当な理由がありました」

「相棒、今後のために言っておくが、おれは正当な理由とやらは受けつけない。規則に従

ってもらわなくては困る。間違った方法では、正しいことはできないんだ」彼の口調は和らいだが、叱責であることは明らかだった。「わかったか?」

アンドレアはなんとか彼の顔を見て答えた。「わかりました」

「よし、これで学んだな。それはしまっていいぞ」

アンドレアは携帯電話を閉じた。自分がどれほど彼に感心してもらいたがっていたのか、彼を失望させて初めて気づいた。「無駄でした。スター・ボネールや農場にいたほかの女性たちを助けられるような情報はなにもつかめませんでした。リッキーはわたしをからかったんです。すみません」

「レディ、あんたはおれの相棒を追い詰めるのをやめないとな」バイブルは再び路肩に車を止めた。シートベルトをはずし、正面からアンドレアの顔を見た。「ひとつ言っておくことがある。今後、末長く成功を収めるであろうあんたの警察官としてのキャリアの中で、出会う人間は二種類いる。話したがる人間とそうじゃない人間だ」

「はい」アンドレアにはもっと訓練が必要らしい。

「どちらのタイプであっても、あんたは自分に〝なぜ?〟と尋ねなきゃいけない。そいつが口をつぐんだからといって、悪いやつだとは限らない。そいつは、自分に似た男をあんたに似た人間が痛めつけているビデオを見たのかもしれない。あるいは、いつもどおりの暮らしを続けたくて、黙っているのかもしれない。それはかまわないんだ。警察と話をしないというのは、アメリカ国民として不可侵の権利なんだから。あんたは自分の雇用契約書を読んだことがあるか？　弁護士が同席していないかぎり、警察官に尋問することはできないと警察のすべての労働組合ははっきりと記している。まったく皮肉なもんだ」

アンドレアは頬の内側を嚙んだ。「リッキーは明らかにわたしと話したがっていました」

「もうひとつのタイプだな。そういうタイプは、ただ役に立ちたいというだけのときもある。実はなにも知らないのに、関わり合いになりたいということもある。あるいは、自分に有利になるようにあんたを誘導しようとしているのかもしれない。あるいは自分が犯人で、あんたがなにを知っているのか探りを入れているのかも。あるいはただの愚か者か――騒ぎを起こして喜んでいるんだ」

「リッキーはそのどれでもおかしくありません」アンドレアは認めた。「彼女の目的はわかりませんが、話が終わる頃には、彼女はなにか隠していると感じました」

今度はバイブルが携帯電話を取り出した。目を細くしながらタップしていたが、すぐに目当てのものを見つけると、電話機をアンドレアに渡した。

アンドレアはなにを見ることになるのだろうと考えたが、手紙をスキャンしたものだったのは予想外だった。十二ポイント。タイムズ・ローマン体。白地に黒。一文ですべて大文字――

夫がおまえと娘を肉体的に虐待していたのに、おまえが娘を守るためになにもしなかっ

たことを世間に知られたらどうなるだろうな？

アンドレアはバイブルを見た。

「続けて」彼が言った。

アンドレアは次のページに進んだ――

おまえは自分のキャリアのために、子供を犠牲にした！　癌に死刑を宣告されるのは当然の報いだ！

アンドレアは再びバイブルの顔を見た。「これは判事に送られてきた脅迫状ですか？」

「そうだ」

アンドレアは目を細くした。「だとすると、最初の手紙はフランクリン・ヴォーンが妻と子供を虐待したと主張しているわけですね」

「そういうことだ。先に進んで」

アンドレアはさらに読み進めた――

おまえは癌で死にかけていて、夫は植物状態なのに、おまえの頭にあるのは自分のレガシーとやらだけだ！

彼女の個人的なことについて注目すべきことが書かれていたために、脅迫には現実味があると思われたのだとバイブルが言ったのをアンドレアは覚えていた。「判事の癌は公然の秘密だってリッキーは言っていました。末期だということはみんなが知っているって」

「読み続けて」

アンドレアは次に進んだ――

おまえは死ぬんだ、傲慢で、愛情に飢えた、役立たずのくそ女！　おまえがペテン師だってことはだれだって知っている。必ずおまえを苦しませてやる！

そして次――

あんなことをしたおまえには、ゆっくりした、苦痛に満ちた、恐ろしい死がふさわしい！　いつ墓の中で腐っていこうと、だれも気にする人間はいない！　近いうちに殺してやる。気をつけろ！

バイブルが説明した。「裁判所で判事たちが受け取る郵便物は、司法警備部門がすべてチェックしている。一通目はどうということがないように思えたから、そのまま保管された。翌日に二通目が届いて、それには判事の癌のことが書かれていたから、司法警備部門は彼女と話をして警備を申し出たんだが、大騒ぎする必要はないというのが答えだった。翌日と翌々日に三通目と四通目が届いたが、判事はそれも無視した。それが彼女の権限だ。おれたちは無理やり警護することはできない。だがボルチモアの自宅に五通目の手紙と一緒にネズミが送られてきて、そこでおれの登場になったわけだ」

「ずいぶんと熱心ですよね、毎日送ってくるなんて」

「そうなんだ」

「エスターがあなたを指名したんですか？」

「その必要はなかった。脅迫状については、ボスが最初からおれに情報を共有してくれていた。女房のカシーは、数年前エスターがおれにしてくれたことに感謝していたから、常に彼女を気にかけていた」

アンドレアはようやくパズルを解き明かした。「あなたのボスと奥さんはどちらも、脅迫の件が解決するまであなたが彼女を警護するべきだと考えたんですね」

「思ったとおり、あんたは頭がいい」

アンドレアは参加賞は欲しくなかった。「判事は、彼女とエミリーが夫から虐待されていたことを認めたんですか？」

「判事は答えたくない質問には答えない」

いかにもエスター・ヴォーンらしかったが、その沈黙が虐待を認めているのか、あるいは否定しているのかを判断するのは難しかった。

尊大な人間を相手にするというのはこういうことだ。

アンドレアは画面をスクロールして、五通の手紙をもう一度読んだ。あとになるにつれ、中身は陳腐になっている。サバンナ芸術工科大学《SCAD》のフェイスブックのページでフィリップ・ガストンについての議論に何気なく加わったときには、もっと強烈な言葉をぶつけられた。インターネットの世界で、自分の意見を述べた結果、レイプの脅しをされたことのない女性をアンドレアは知らなかった。

携帯電話が震えた。バイブルにEメールが届いていた。

アンドレアは件名を読まずにはいられなかった。「リッキーの接近禁止命令についての検索要求に、リータが返信してくれています」

「読んでくれ」

アンドレアはタップしてメールを開き、それから添付ファイルを開いた。リッキー・ジョー・ブレイクリー・フォンテーンに対する、判事の命令書だった。

当該者がこの永続的な命令に意図的に違反することは犯罪行為であり、即座に逮捕されることを通告するものである。

「驚いた」アンドレアはつぶやいた。明白だった。法的な定型文は読み飛ばして、接近禁止命令のための元々の申し立てを探した。画面をスクロールして、バーナード・フォンテーンの申し立てを表示させ、バイブルのために声に出して読みはじめた。

「〝この十年間、わたしの元妻であるリッキー・ジョー・ブレイクリー(フォンテーン)は、数回にわたってわたしやわたしの仕事上のパートナーであるディーン・ウェクスラーの家にやってきて、言葉でわたしを脅しました。最後には酔って現れ、わたしの家の玄関に吐物《とぶつ》を残していきました(写真を添付)。この半年のあいだに、彼女の行為はエスカレートしていきました。わたしの自動車のタイヤすべてに穴を開けました(写真を添付)。

わたしの家の寝室の窓に石を投げました（写真を添付）。わたしの仕事場の作業員を脅しました（宣誓供述書を添付）。わたしの仕事上のパートナーとわたしが違法な行為をしていると、さまざまな政府関連機関に匿名の手紙を送りました（コピーを添付）。ゆうべ彼女はわたしの仕事場にやってきて凶器（ナイフ）を振り回し、わたしを殺すと脅しました。警察を呼びました（報告書を添付）。拘束されているあいだ、彼女はわたしとディーン・ウェクスラーを殺すと声高に叫び続けていました。彼女はいま留置されていますが、釈放されたときのことを思うと、わたしは命の危険を感じます〟」

「なるほどね、これではすべての枠に〝永続的〟のチェックが入るな」バイブルが言った。

「リッキー・ジョーおばさんはかなり荒っぽいらしい。それはいつのことだ?」

「ありえない、ほんの四年前です」日付を見て取ったアンドレアは、危うく携帯電話を落としそうになった。ゴート・ロープどころではない。ゴート大虐殺だ。

さっき話を聞いたときには、リッキーは離婚でひどく傷ついているようなことを言っていたし、ナードとウェクスラーを恐れているような口ぶりだった。本当に恐れているのなら、十六年もたってから人のタイヤを切り裂いたり、玄関先で吐いたりはしない。そういうことをするのは、注意を引きたいからだ。

アンドレアはバイブルを見た。彼はアンドレアがなにかに気づくのを待っていて、それは接近禁止命令とは関係のないことのようだ。

「わたしがリッキーの話をしていたら、あなたは判事に送られてきた脅迫状を見せてきた」

「間違いのない流れだ」

アンドレアは経験に基づいた推測をした。「リッキーが脅迫状を書いたと思っているんですね」

バイブルはうれしそうな顔をした。「そいつも間違いない、相棒」

「くそ」アンドレアがそうつぶやいたのは、まったく考えていないことだったからだ。いまにして思えば、それで脅迫状に性的な脅しが書かれていなかったことの説明がつく。ネズミも。遊歩道にはいたるところに罠《わな》が仕掛けてあった。リッキーが手に入れるのは簡単だ。消印のある手紙は、ビーチ・ロードのはずれにある青い郵便ポストに投函《とうかん》されたものだろう。

アンドレアは尋ねた。「どうしてですか？　判事はリッキーになにをしたんです？」

「五十年ばかり前、軽食堂は火事で燃えた」

アンドレアは、〈RJイーツ〉のホームページに火災の話が載っていたことを思い出したが、エスター・ヴォーンが放火犯だというのでないかぎり、関連があるとは思えなかった。「それで？」

「リッキーとエリックの両親が船の事故で死んだあと、ビッグ・アルがふたりを育てていた」バイブルはアンドレアの反応に注意しながら言葉を継いだ。「二十万ドルの賠償金を子供のための信託財産にするということで、操船者と法的決着がついていた。被信託人はビッグ・アルだ。子供たちもその金のことは知っていた。大学に進学するための費用だと彼らは思っていた。新しい車と家の頭金にするつもりだったかもしれない。たとえふたりで半々にしても、それだけの金があれば当時はずいぶんといろいろなことができた」

アンドレアは、サバンナ芸術工科大学《SCAD》に通った二年半で、ほぼそれと同額を費やした。

「でもその後、軽食堂が燃えた」

「そうだ。被信託人であるビッグ・アルは、軽食堂の再建にその金を使うことが子供たちのためになると考えた。もう何年も彼らの一部だったからね。彼は裁判所に申し立てをした。裁判所はそれを認め、金は使われた」

「裁判所に申し立てた？」

「デラウェア州衡平法裁判所は、公民権、不動産、後見人、信託といったものを裁定する。その当時、エスターが裁判長《chancellor》だった。彼女は、金を軽食堂の再建に使いたいというビッグ・アルの要請を認めた。それどころか、大学教育は役に立つものだが、ふたりの子供たちが生きているあいだ、軽食堂はそれなりの収入をもたらすだろうとまで言ったんだ」

自分の今後の人生の方向がひとりの人間によって変わってしまうのがどういうことか、アンドレアは考えてみた。それほどの想像力は必要なかった。

たんですか？」

「証拠はないんですよね。そうでなければリッキーは逮捕されているはず。彼女を尋問し

「ガラガラヘビは真正面から攻めたりせずに、尻尾をつかむもんだ」

その言い回しなら聞いたことがあった。容疑者の口を割らせる最善の方法は、知られていないと相手が思っている情報をぶつけることだ。おそらくは、それが司法警備部門の調査官の役割なのだろう。アンドレアとバイブルはベビーシッターであって、捜査官ではない。

「判事は、脅迫状を書いたのがリッキーだって知っているんですか？」

「知っている」バイブルは答えた。「だがあくまでも見解であって、立証可能な事実ではないからな。万が一おれが間違っている場合に備えて、保安官がヴォーン一家を見守っている。なかなか信じられないとは思うが、相棒、おれも間違うことがあるんでね」

「ちょっと待ってください」アンドレアは、彼の論理に大きな穴があることに気づいた。「あなたはゆうべ、判事を脅している人間のプロファイルとして、自殺を図ったことがある中年の白人男性って言いましたよね」

「たしかに。だとするとリッキーは除外される。保安官規則第――」

「もうそれはいいです」

「そうか。わかった」彼のしたり顔はマイクを連想させた。「最初からリッキーがおれの

レーダーに引っかかっていたと、あんたに話すことはできた。様子を見ていたのさ、相棒。あんたはなにか隠している。おれもなにか隠している。おれたちは信頼関係を築かなきゃいけないだろう？　納得か？」

アンドレアは食いしばった奥歯をかろうじて緩めた。「納得です」

「そいつはよかった。というわけで、あんたが知っておくべきことがある。リッキーを除外できるのは、女だというところだけだ。おれが知っているだけでも、彼女は少なくとも三回は自殺未遂をしている」

驚きのあまり、アンドレアの口が開いた。

「最初は二十代の頃の車の単独事故だ。二度目は四十歳の誕生日に通りの真ん中でドラッグの過剰摂取。なかなかの見ものだったらしい——渋滞を引き起こした。三度目は、勾留中のことだった。接近禁止命令に反したと言ってディーンが通報し、スティルトンに逮捕された彼女は留置場で首を吊ろうとした」

「あなたが自殺について訊いたのに、スティルトンはリッキーのことはなにも言わなかった」

「そうだ。やつは嘘をついているってことだ。最初の二件は忘れていた可能性があるが、最後のは四年前だし、やつの縄張りで起きたことだからな」

頭の整理をするために、アンドレアにはしばしの時間が必要だった。スティルトンがふたりの保安官補を遠ざけようとしたことには、明らかになにか理由がある。「ジャック・スティルトンがエミリーを殺したとリッキーが言っていたと話したとき、あなたは笑いましたよね」

「ジャックがおれのリストに載っていないとは言わないが、もっとふさわしい容疑者がいる」

クレイトン・モロウ、ジャック・スティルトン、バーナード・フォンテーン。エリック・ブレイクリー。ディーン・ウェクスラー。

「ばかみたいな質問ですけど」アンドレアは前置きをした。「信託財産がなくなったことが、エミリーを襲う動機になりますか？　リッキーは確かにいまもそのことを根に持っていますし、人生を台無しにされたことで、彼女と兄が判事を責めるのも理解できますが」

「犯行時刻に体育館でエリックを見たという証人はいないだろう？　リッキーも目撃されていない」

「ですが、目撃証言は常に信頼できるというわけじゃありません。エミリーのグループの全員になんらかのアリバイがあります。だれもが本当のことを言っているとはかぎりません」

「確かに。それに人はたいていの場合、相手が聞きたがっていると思うことしか言わないもんだ」

「ばかみたいな質問に、わたしは自分で答えたみたいですね」アンドレアは言った。「これは判事と信託財産には関係ない。エミリーを殺した人間はエスターに腹を立てていたわけではない。エミリーに腹を立てていた。彼女の顔はぐしゃぐしゃにつぶされていました。椎骨が二本折れていた。服を脱がされていた。ゴミ箱に捨てられていた。どうしてわざわざこんなことをしたんでしょう？　ほんの二十メートル先にある海に放りこむんじゃなくて？」

「個人的な恨みがあるからだ」バイブルが答えた。「そして、殺人に慣れていないから」

「だとすると、最初にだれもが考えた動機に戻りますね。エミリーは父親の名前を公表するつもりだったから、彼が口をふさいだ」

「そうだ」バイブルも同じ結論に達していたことは明らかだった。「三十八年前、ウェクスラーはリストからはずされた。彼は子供を作れないそうだ」

アンドレアがすでに知っていることだった。「ボブ・スティルトンはその言葉を信用したようですが、診療記録や医師の宣誓供述書は――」

「ファイルにはなかった？」

バイブルはまたにやりと笑った。エミリー・ヴォーンの捜査ファイルを読んでいることを、アンドレアに認めさせたのだ。

彼は言った。「ほかに言っておくことはないか？」

もうひとつ情報があったが、それはエミリーのファイルで見つけたものではなかった。

「エミリーはパーティーでドラッグをやっていたとディーン・ウェクスラーから聞きました。そこで彼女は妊娠したんだということでした。だれの仕業なのか、エミリーはわからないままだったそうです」

それを聞いてもバイブルは驚いた顔をしなかったが、彼はすでにエミリーの母親を含め、アンドレアより多くの人間から話を聞いている。

「あの夜なにがあったのか、あんたは仮説を立てているんじゃないか?」

アンドレアはうなずいた。「エミリー・ヴォーンは一九八二年四月十七日六時から六時半のあいだに襲われた。その日の日没は七時四十二分頃でした」

これこそ聞きたかったことだとでも言うように、バイブルはうなずいた。

「攻撃の激しさは、犯人が知り合いであることを示唆しています。武器は元々路地にあったものですから、衝動的な犯行です。木枠から黒糸が発見されていますが、あの夜は少年たち全員が黒の服を着ていました。襲撃後、犯人はおそらくゴミ袋の背後にエミリーを隠し、暗くなるのを待って移動させたのだと思います」

「ほかには?」

「証人の供述書があります。スティルトンは早めにプロムを引きあげて、自宅で母親とテレビを見ていたと言っています。クレイはチアリーダーとダンスをしているところを目撃されていますが、時刻はまばらです。ナードも同じです——ある時点では彼の姿があり、別の時点ではない。お目付け役として参加していたディーン・ウェクスラーも同様です。目撃されていたり、されていなかったり。エリックはプロムに出ていました。襲撃される少し前、エミリーと言い争いをしているところを見た人間がいます。その後、彼はどこかに行ったそうです。本人の供述によれば、早めに家に帰り、その後はずっと妹と映画を観《み》ていたそうです」

アンドレアは言葉を切って、息を継いだ。新たな情報がある。「当時のリッキーの供述書は、エリックの証言を裏付けていました。ですがついさっき彼女は、クレイはプロムでひと晩中チアリーダーと踊っていたのだから、犯人ではありえないとわたしに言ったんです」

「ちょっと振り返ってみよう」バイブルのポーカーフェイスは崩れていた。「リッキーの家でのことを思い出してくれ。あんたが着いたとき、彼女はどんな態度だった？　帰るときにはどうだった？　そのあいだのことを振り返るんだ。不安そうだったか？　あんたの目を見て話したか？　それとも——」

「ドアを開けたときの彼女は疲れている様子でした。まるで徹夜したみたいな。それがガレージから戻ってきたときには興奮している感じで、最後までそのままでした」アンドレアはすでにその理由に見当をつけていた。「わたしが着いたとき、リッキーは薬瓶のひとつから錠剤を二錠取り出して飲んだんです。ガレージから戻ってきたときに、薬が効きはじめたんだと思います。そのせいで、台本からはずれてしまったんでしょう。その場にいなかったはずなのに、うっかり犯行現場の近くにいたと言ってしまった。もっと悪いことに、クレイ・モロウの容疑を晴らしてしまったんです」

「どうしてそれがもっと悪いことなんだ？」

「それは——」アンドレアは肩をすくめた。今度ばかりは、クレイと自分との個人的な関係など取るに足りないことだと思えた。「賢明とは言えません。町の人間はだれもがクレイがエミリーを殺したと考えているんです。どうしてわざわざ彼のアリバイを申し出たりするんです？　だれかに殺人の罪をなすりつけたいのなら、刑務所に入っていない人間にするべきでしょう」

バイブルはなんの反応も見せなかった。窓の外に目を向け、考えこみながら顎を撫でている。

アンドレアは長々と息を吐いた。胸のつかえは消えていた。エミリー・ヴォーンについて話す許可を自分に与えたことで、背中に乗っていた重石《おもし》がなくなった。けれど、ローラと会う前からクレイ・モロウがサディスティックな人殺しだったのか、それともその後そうなったのかを探り出すと言う目的に少しも近づいていないことを考えれば、わずかな慰めでしかない。

「相棒、あんたが今後、滅多に耳にしないだろうことを言うぞ」バイブルが言った。「おれが間違っていた。どうもこいつは、ふたつの尻に一頭の馬ってやつらしい」

アンドレアは笑った。「馬のたとえをやめてくれるなら、お尻のひとつになってもいいですよ」

「取引成立だ。スティルトン、ナード、ディーン、そしてリッキー。彼らの共通点はなんだ？　農場で行われていることとエミリー・ヴォーンの殺人の両方に、直接的であれ間接的であれ、全員が関わっているってことだ」

アンドレアはうなずいた。彼ら全員がなんらかの形でつながっている。

「SODDI弁護って聞いたことがあるか？」

「ほかのだれかがやった《Some Other Dude Did It》」アンドレアは答えた。たいていの犯罪者はほかの犯罪者に罪をなすりつけることをためらわない。その取引で刑務所行きが免れるとなれば、なおさらだ。

「でもそれがいまなんの役に立つんです？　彼らのだれに対しても、使えるようなものはありません。脅迫状を書いたのがリッキーだとは証明できないし、ナードやウェクスラーの情報を流してくれる人間は農場内部にいない。エリック・ブレイクリーは死んだ。クレイ・モロウはわたしたちをばかにするでしょう。彼は退屈しているし、みんなをばかにしていますから。リッキーの自殺未遂のことは忘れていたとか、自分が勾留しているときに死なれるところだったので、恥ずかしくて黙っていたとスティルトンは言い訳できます。

実際、恥ずかしかったでしょうしね」

バイブルはアンドレアが言い終えるまで待った。「あんたが家を訪ねたとき、リッキーは不安のあまり薬を飲まなきゃいけなかった。ウェクスラーは保安官であるあんたを暴力で脅そうとした。ナードは黙秘権を持ち出しておきながら、あんたと喋ろうと追いかけてきた。スティルトンは世界一とろい警察官なのかもしれないし、あるいはおれたちがなにかを探り出すのを恐れて、農場に近づけまいとしたのかもしれない」

車内は再び静かになったが、今回考えこんでいたのはアンドレアだった。

「みんな怖がっているんですね。スティルトンは、アリス・ポールセンの自殺をあなたに知らせなかった。リッキーが彼女のことを軽食堂であなたに話したけれど、それはナードとウェクスラーと口裏を合わせてからのことだった」

「望みどおりの効果が出ているみたいだな」バイブルが言った。「おれの経験からすると、びくついている人間はたくさんミスを犯す。プレッシャーをかけられたときってことだ」

プレッシャーというのは、じわじわと効いてくるもののようだ。

グリンコをあとにしてからずっと、アンドレアはなかなか乗れずにいる波をどうにかしてつかまえようとしているサーファーのような気分だった。エミリー・ヴォーンの事件についてバイブルと話をしているときも同じ気分で、まだなにも解明できていない。そうしているあいだも、アリス・ポールソンは死んだままだし、スター・ボネールは自分の墓をゆっくりと掘っているに等しい歩く死体だ。

アンドレアがどうして連邦保安局に入ったのか、はっきりした答えはまだ出ていないが、四カ月以上もの地獄のような日々を耐えたのは、絶望した若い女性が助けを求めているときにただぼんやりと座っているためではない。

アンドレアは訊いた。「わたしたちになにができますか？」

「五時十五分だ、相棒。おれたちはこれからなにをするんだと思う？」

アンドレアは落胆を呑みこんだ。自分たちがしなければならないのは、ミット・ハリーとブライアン・クランプを解放することだ。ふたりは朝の六時から、ヴォーンの屋敷を警備している。アンドレアとバイブルは四十五分後に任務につくことになっている。

「保安官規則第三条」バイブルが言った。「自分の仕事は果たせ」

アンドレアはマクドナルドの壁にもたれ、注文した品物ができあがるのを待っていた。今夜の食事に軽食堂は避けたほうがいいということで、ふたりの意見は一致した。バイブルは町を出てすぐのところにあるファストフード店に彼女を連れてきた。駐車場に車を入れたところでアンドレアに向かってにやりと笑ったのは、そこは三十八年前にエミリー・ヴォーンがゴミ箱の中から発見された〈スキーターズ・グリル〉のあった場所だからだ。

アンドレアは携帯電話を見つめ、ほかになにもできることがなかったので、インスタグラムをぼんやりとスクロールしていた。この二十四時間が、十二トンの煉瓦《れんが》のように彼女にのしかかっていた。成人女性に四時間の睡眠は足りない。全身の神経がぴりぴりしていた。感情が枯渇したようだった。いまエミリー・ヴォーンの事件のファイルをもう一度読めば、頭が爆発するだろう。アリス・ポールセンとスター・ボネールのことを一秒でも考えたら、心臓も爆発するに違いない。

自分を罰するために、彼女の注意を引こうとしたマイクのメールを見直してみた。ヌーとディクディクの写真。彼は本当に仕事を遂行するためにいちばん早い飛行機でデラウェアに来たのかもしれないが、それなら電話でもよかったはずだ。彼は直接わたしに会いたかった。わたしが無事であることを確かめたかった。それなのにわたしは彼にひどい仕打ちをした。

アンドレアはメッセージ欄で点滅するカーソルを見つめた。マイクはきっと今頃、アトランタに戻る飛行機の中だろう。彼に謝る必要がある。謝らなくてはならない。わたしは嫌な女だ。

どうしてこんなに嫌な女になってしまったんだろう?

画面に通知バナーが表示された。ローラが、ポートランド中央部の地域別犯罪統計のリンクを送ってきた。

どのあたりに住みたいかを教えてくれれば、もっと詳しく調べられるわ。

アンドレアは画面を消した。海中にあるパイナップルの中に住みたい。

「三十六番」

アンドレアは、ビンゴを当てたかのように飛びあがった。カウンターの上の袋と飲み物を手に取った。SUVのドアを開けると、バイブルは電話中だった。

「わかりました、ボス」彼はアンドレアにウィンクした。「いまから判事の家に向かうところです。ちょっと遅れているんで、女房に電話する時間はなさそうです」

「彼女がわかってくれるといいわね」コンプトンは電話を切った。

バイブルは駐車場から車を出した。「おれたちのプレッシャー作戦は、熱がもう少しあがっても耐えられるだろうとボスは考えている」

アンドレアは謎かけに応じられるような気分ではなかった。ふたり分のコーラをカップホルダーに押しこみ、自分のハッピーミールを開けた。

「ボスの働きかけで、報道室がデンマークの大手新聞社の記者ふたりのインタビューに応じることになった。国民の半分以上が読むぞ。まあ、せいぜい二百人と社会活動に積極的なハリネズミが少々といったところだろうが、どこかほかの場所で関心をかきたてるかもしれないな」

アンドレアはフライドポテトをつまんだ。

「記者たちはこちらに向かっている。午後遅くにはロングビル・ビーチに到着するはずだ。

相棒、あんたはどうだか知らないが、記者ふたりが町で探りを入れているのを見たら、リッキーは汗をかきはじめるんじゃないかとおれは思うね。ディーン・ウェクスラーも、なにかが怪しい気がすると詮索好きなふたりのデンマーク人に言われるのは嫌がるだろうな」

『ハムレット』をもじって引用したことには感心したが、アンドレアはバイブルほど希望を抱くことはできなかった。「ヨーロッパの名誉棄損法は、わたしたちのものよりさらに厳しい。彼らもわたしたちと同じ問題に直面することになるでしょうね。農場の娘たちはなにも話さない。だれもなにも話さない」

「保安官規則第十六条：ゆっくりでも着実に進め」

バイブルは微笑みながらチーズバーガーの包みを開いたが、アンドレアの機嫌の悪さに気づいたようだ。彼はラジオをつけた。スピーカーからヨット・ロックが緩やかに流れ出す。バイブルはバーガーを控えめにかじりながら、片手で運転した。

アンドレアはフライドポテトを食べ終えた。どこまでも前向きなバイブルを見て、落ちこんでいる自分が申し訳なくなってきた。彼がメキシコの麻薬カルテルの言語に絶する拷問に耐えた事実を思えば、ハリネズミの冗談どころか、よく今朝ベッドを出られたものだと感心するべきなのだろう。気づけばアンドレアは、Ｔｏｔｏの『ロザーナ』をバックにした彼の咀嚼音《そしゃくおん》に耳を傾けていた。アンドレアの人生の中でもっとも長い一日も、あと数時間で日が暮れようとしている。脅迫者の見当がついたから、ヴォーンの屋敷を警護する十二時間が楽しみになっていた。

マイクからエミリー、アリス、スター、リッキー、クレイ、ジャック、ナード、ブレイク、そしてディーンへとぐるぐると移り変わる思考を止めるため、アンドレアは窓の外に視線を向けた。そこも住宅地だが、高所得層向けでもなければブルーカラー向けでもない。ロングビル・ビーチの町は、中央に国有林のある巨大なサークルだ。リッキーの家、ダウンタウン、ヴォーンの屋敷、そして農場は、それぞれ車輪のスポークに当たる場所にある。一方の側から反対側までは徒歩で二十分というところだろう。

「相棒?」バイブルがラジオの音量を絞った。「話さなきゃいけないことがある」

これまでの彼の告白は、衝撃的な暴露に近かった。「その言葉って、あなたが思っている意味とは違っていますよね」

バイブルは愉快そうに笑った。「ボスには秘密だが、ハリーとクランプにおれたちはちょっとばかり遅くなると話をつけてある。まっすぐ行けば判事の家まであと三分ほどだが、寄り道してもあんたは気にしないだろう?」

彼はアンドレアの答えを待たなかった。SUVの速度が落ちる。バイブルは路肩に車を止めた。

アンドレアはその前に車が止まった小さなコテージを眺めた。灰色の石綿瓦《がわら》。黒い飾り枠。郵便箱には貝殻が貼りつけられている。改装された屋根裏部屋は、こけら葺《ぶ》きの屋根に屋根窓《アイブロウ・ドーマー》が作られていた。庭の植物は伸びすぎているが、雑草は生えていない。あまり水を必要としない自然のままのその庭は、ローラの庭を連想させた。

バイブルが説明した。「ここでスター・ボネールは育った。いまも彼女の母親が暮らしている。ちょっと立ち寄って、メロディ・ブリッケルと話をしてみようと思ってね。農場での娘の状況をなにか知っているかもしれない」

アンドレアは、ドアを開ける前に彼が浮かべた意味ありげを見逃さなかった。バイブルは、彼女がその名前に気づくことをわかっている。その事実に驚くべきだったのだろうが、メロディ・ブリッケルがスター・ボネールの母親だというのはうなずける気がした。

アンドレアはあたりを見まわしてから、バイブルのあとを追って歩道を進んだ。リッキーの家のあるあたりに比べると、家と家の距離は離れているし、どれも整然としている。私道に黄色いプリウスが駐《と》まっていた。車につながれた長いコードが、カーポートのコンセントまでくねくねと延びている。雨どいから流れてきた雨水を溜《た》めておくためのタンクがあった。たわんだ屋根にはソーラーパネルが誇らしげに取りつけられている。アンドレアは小さな町で育っていたから、銅の鎖樋《くさりどい》ひとつで、メロディは頭がいかれていると地元の人間に思われかねないことを知っていた。

「スターは母親から園芸の才能を受け継いだんだろうな」

メロディはそのことを喜んではいないだろうとアンドレアは考えた。階段の下で足を止め、バイブルに先を譲った。メロディ・ブリッケルがAR－15でふたりを出迎えるとは思わなかったが、用心するに越したことはない。いかれた女は本当にいかれていることが時々ある。

バイブルは二度、小さくノックをした。ほぼ間髪を容れずにドアが開いた。

黒髪を短いシャギーカットにした年配の女性が、網戸の向こうからふたりを見つめていた。リッキーと同い年のはずだが、十歳は若く見える。とても引き締まった体をしていた。ぴったりした黒のタンクトップから、きれいな腕と肩がのぞいていた。右手の甲には色鮮やかな蝶のタトゥー。左の眉には小さな銀のフープのピアスがあった。

バイブルが訊いた。「メロディ・ブリッケル？」

「わたしだけど」メロディはバイブルのシャツを見た。「ＵＳＭＳ？　Ｍがモルモン《Mormon》教なら、お門違いよ」

「連邦保安局です」バイブルはにこやかに笑いかけた。「おれはバイブル保安官補。彼女はオリヴァー保安官補です」

「あらそう」彼女は胸の前で腕を組み、ちらりとアンドレアに視線を向けた。「わたしを連れていくのは、猫に餌をあげるまで待って。接近禁止命令に違反したことはわかっている。警察官に嘘をついて事態を悪化させたりはしないから」

バイブルが訊いた。「どんな猫を飼われているんです？」

メロディは目を細くしたが、それでも答えた。「毛がふさふさした小さな三毛と、お喋り好きなシャムネコ」

「おれもヘディっていうシャムネコを飼っているんですよ。おれがあんまりかわいがるんで、女房はおれの恋人って呼んでいます」

メロディはアンディを見つめ、それからバイブルに視線を戻した。「失礼だったら許してね。連邦保安官っていうのは飛行機の警備をしたり、逃亡犯を追いかけたりしているんだと思っていた」

「半分正解ですね、マーム。連邦航空保安局は、国土安全保障省の外局である運輸保安庁の一部です。米国連邦保安局は司法省の管轄です。逃亡犯を追うのは、おれたちの数多い仕事のひとつにすぎません」バイブルは再び笑みを浮かべた。「いまは、お話を伺いたいだけです」

メロディは笑わなかった。「警察に話をする前に電話をするようにって、弁護士に言われているの」

「いいアドバイスですね」

「あなたは弁護料を一度も払ったことがないのね」彼女はドアを開けた。「入って。さっさと終わらせましょう」

ウェクスラーの農家を見たときと同様、アンドレアはコテージの内装に驚かされた。植物が伸びすぎた庭や雨水のタンクから、メロディ・ブリッケルはキルトや魔除《まよ》けといったもので部屋を飾るタイプだろうと予想していた。けれど実際は一九七〇年代風の大きな花柄を好むらしく、そのうえ、色を最大限に爆発させているようなユーリズミックス（一九八〇年代のイギリスの二人組ミュージシャン）とゴーゴーズ（一九八〇年代前半のアメリカのガールズバンド）の時代錯誤のポスター数枚が貼られていた。

「母の家なの」メロディが釈明した。「スターがおかしくなったことがわかって、四年前に戻ってきたのよ。裏に行きましょう。そっちのほうが居心地がいいから」

バイブルはアンドレアを先に立たせ、メロディについて居間を通り抜けた。アンドレアはメロディの左の足首に視線を向けた。ズボンは裾が切られている。銀の輪はなかった。

「これがスターよ。少なくとも、わたしのスターだった頃」メロディは短い廊下いっぱいに飾られた何枚もの写真の前で足を止めた。「なにが言いたいのか、わかるわ。あの子の名前はリンゴ・スター《Ringo Starr》にちなんでつけたの。中学のときに、あの子がふたつ目のRをはずしたのよ。あの子がカルトに加わるように、わたしが仕向けたわけじゃない」

アンドレアは、〝カルト〟という言葉に反応しないようにした。写真に顔を寄せる。若い女の子がするあらゆることをしている写真の中の少女がスターだとは、とても思えなかった。いまのスターは幽霊のようで、カメラに向かってにこやかに笑いかけている活気に満ちた健康そうな少女とは似ても似つかない。

メロディは、全員が思っていることを口にした。「あそこに残っていたら、あの子はいずれ死んでしまう」

アンドレアは彼女についてキッチンに入った。リッキーの家のキッチンと同じくらい散らかっているが、温かくて心地いい雰囲気だ。コンロでは大きな鍋が湯気を立てている。イーストのにおいが漂っている。オーブンではパンが焼けていて、それを見るとパンを作っていたスターが一層痛々しく思い出された。

「教えてくれませんか」バイブルが切り出した。「保安官としてじゃなくて、興味があって訊くんです。どうして接近禁止命令に背いたんです?」

「農地で女性が死んでいるって聞いたの。それがスターなのかそうでないのかを確かめなきゃならなかった」メロディは鍋をかき混ぜる手を止めた。「今度はあなたが答えてちょうだい、ミスター・バイブル。保安官としてじゃなくて、ひとりの人間として。その女の子は自殺したの? それとも自分から死んでいったの?」

バイブルが訊き返した。「どういう意味です? 自分からっていうのは?」

「彼女たちがしているのは、ゆっくりした自殺よ。わたしが知っているだけでも、ふたりが餓死している。文字どおりね。体の限界がきて、死んだの」

「それはいつのことです?」

メロディはスプーンを置いた。「ひとりは三年前。もうひとりは去年の五月。名前は言わない。いまさらあなたたちにできることはないし、彼女たちの両親に希望を与えるようなことをすれば、悲しみに輪をかけるだけだもの」

バイブルはうなずいた。「そのふたりのことをどうやって知ったんです？」

「わたしは、ディーン・ウェクスラーに子供を奪われた親と家族が作っているグループの一員なの。ウェブサイトがあったんだけれど、閉鎖させられた。フェイスブックは何度も攻撃されている。ダークウェブですら見つかるのよ。全員が個人情報を盗まれて、脅迫状を送られている。あのいまいましい農場で作られたお金はすべて、ディーン・ウェクスラーを守るために使われているの」

メロディの苦悩が手に取るように伝わってきて、アンドレアは再び自分の無力さに打ちのめされた。「ナードはどうなんです？」

「彼はネジが飛んだ日和見主義っていうだけ。ディーンがあそこのチャールズ・マンソンなのよ」メロディは鍋の蓋を戻した。「この世に正義というものがあるのなら、あの男は苦痛に満ちた惨めな死を迎えるでしょうね」

「自分がしたことの報いはあるものですよ」バイブルが言った。「あそこを逃げ出した女性の名前を知りませんか？　彼女たちならあるいは——」

「どうあがいても無理なのよ。ミスター・バイブル、わたしには退職金も残っていない。いずれは社会保障のお世話になって、幼稚園児にピッコロを教えることになるんでしょうね。これまで稼いだお金はすべて、あそこから娘を取り戻すことに失敗した弁護士たちに注ぎこんだから。ディーン・ウェクスラーから離れる強さや勇気のある女性は、そっとしておいてあげるべきよ」

「よくわかります。あなたがさっき言っていた死んだ女性たちに話を戻しますが、どうしてだれも新聞社にその話をしないんでしょうね？」

「『ニューヨーク・タイムズ』とか？『ワシントン・ポスト』？『ボルチモア・サン』？」メロディは悲しそうに笑った。「世界的規模のパンデミックや愚かな不正選挙や社会の動乱や銃乱射事件に比べたら、ゆっくりとした意図的な餓死はたいして人目を引かないの。わたしの電話に折り返してくれた記者はほんの数人いただけで、それも時間が欲しいって言うだけだった」

「わかります」バイブルが応じた。

「ミスター・バイブル、悪いけれどあなたにわかるとは思わない。まさにその時間こそが、わたしの娘を殺すのよ」メロディは腰に両手を当てた。「スターが最初にこの狂気に囚われたとき、今後どういうことになるのか摂食障害の専門家に相談した。わたしの母は看護師だった。わたしは科学を理解する必要があったの。神経性無食欲は、あらゆる精神的な病のなかでももっとも死亡率が高い。典型的なのは、心臓が動きを止めてしまうこと。通常の心拍を保つために必要な電気を発生させるだけのカリウムとカルシウムが足りなくなるの」

アンドレアは、キッチンでのスターのゆっくりした動きを思い出した。動きと動きのあいだの長い空白。あまりに栄養状態が悪いせいで、ほんのわずかなエネルギーの消費で疲弊してしまうのだ。

メロディはさらに言った。「心臓が止まらなくても、カルシウムが足りないせいで骨量が減少する。彼女たちの骨はとても折れやすくなって、一度折れたら治らない。感染は命に関わる。免疫システムがうまく働かないから。痙攣《けいれん》発作や脳の構造変化による認知障害といった神経学上の問題も起きる。もちろん、貧血や胃腸障害や臓器不全やホルモンの変動や不妊――これはディーンとナードにとってはとても都合がいいことでしょうけれどね」

「どうしてです？」

「ミスター・バイブル、わたしはジャック・スティルトンが仕立てあげたような、熱に浮かされたヒステリックな女じゃない。彼らにファックされていないのなら、どうしてわたしの娘は飢えていて、むごい扱いを受けているの？」

メロディはその質問について考える時間を与えつつ、アンドレアたちをキッチン脇のサンルームに案内した。

アンドレアは再び、そこの内装に驚いた。一方の壁はレコードアルバムのコレクションで埋まっている。部屋の隅にはプロ仕様のドラムセットが置かれていて、彼女がリンゴ・スターに傾倒していたことが納得できた。壁に飾られた額入りポスターは、明らかにオリジナルだ。音楽祭だと分かった。ボナルー。バーニング・マン。コーチェラ。リリス・フェア。ロラパルーザ。バンド名の横にサインがある。

「いまはセッション・ドラマーとしての仕事がほとんどだけれど、夫とわたしは三十年間ツアーをしていたの」メロディは説明した。「わたしたちがツアーに出ているあいだは、わたしの母がスターの面倒を見ていた。二週間以上、家を空けたことはなかったけれど、ふたりはすごく親しい関係だった。四年半前、母が死んだの。それがきっかけで、スターは生きる意味を探しはじめたんだと思う。喪失感があったんでしょうね。わたしは母親なのに、彼女が必要としているものを与えられなかった。よかれあしかれ、農場はあの子に信じられるものを与えたのよ」

バイブルは布団に腰をおろしたが、ひどく低かったので膝が胸と同じ高さになった。

「ご主人はいまもツアーに?」

「デニーは母の一年前に亡くなった。いまから思えば、スターはその頃から悪くなっていたのね。ドラッグをやっていた。それはかまわないの。わたしも試したことがある――素晴らしかったわよ。でもスターはやめられなかった」メロディは床の上であぐらをかいた。ふっくらした三毛猫がどこからともなく現れて、彼女の膝に座った。「ディーン・ウェクスラーは別として、あの子が農場でボランティアを始めたときはほっとした。ドラッグもやめて、またわたしのかわいい娘に戻ったの。あとになれば、自分の過ちに気づくのはこんなに簡単なのにね」

バイブルは自分を責めるメロディから巧みに話題を逸らした。「どんな感じでした？　ツアーであちこちを回るのは？」

「ものすごく楽しかった」彼女は腹の底から笑った。「たいして有名じゃなかったけれど、暮らしていけるくらいには売れていた。それがなにより大事よね。わたしはエディ・ブリッケルと混同されないように、ブリッケルを縮めてメロディ・ブリックスって名乗っていたの。あの隅にいるのがわたし。R.E.M.（米国のオルタナティヴ・ロックバンド）のカバーをしているの」

アンドレアは追いこまれたような気分だった。アルファベット順に並べられたアルバムにぼんやりと視線を向ける。Bのところに、メロディ・ブリックス・エクスペリエンスのアルバムがあった。若き日のメロディがカバーに載っている。ドラムセットの向こうでマイクに向かって叫んでいた。アンドレアは曲名を読んだ。『エブリシング・ゴーン』、『ミゼリー・ラブズ・コミティ』、『アブセント・イン・アブセンティア』。かなりニュー・ウエーブだ。

メロディが言った。「サイン入りの『ミスアンダストウッド』があるのよ。ピンク（米国のシンガーソングライター）がデビューコンサートツアーで中西部を回ったとき、わたしも参加したの。好きに見てちょうだい」

アンドレアはアルバムを見るために来たわけではなかったが、バイブルは彼女に調子を合わせているようだったので邪魔はしたくなかった。

「厄介な話を始めるのはちょっと待ってね」メロディは立ちあがり、窓を開けはじめた。さわやかな風が入ってきた。「更年期は意気地なしだけがなるわけじゃないのよ」

「もっともですよ」バイブルはくすくす笑った。「女房のカシーはいったいどうしているのやら」

メロディは再び床に腰をおろした。「あなたと猫や更年期の話をするのは楽しいけれど、ミスター・バイブル、本題に入りましょうか」

「相棒とおれは今朝、農場に行ったんです」バイブルはそこで言葉を切った。「あなたの娘さんに会いました」

アンドレアはアルバムからメロディに視線を移した。目に涙が浮かんでいた。

「あの子は――」メロディは声をつまらせた。「あの子は無事なの？」

「生きています」バイブルが答えた。「話はしませんでしたが、でも――」

バイブルの仕事用の電話が鳴りはじめた。彼は発信者を確認した。

「ミスター・バイブル、お願いだからその電話には出ないで」

「おれのボスです。あとにしますよ」バイブルは電話を切った。「オリヴァー、スターがあんたの携帯電話で撮った写真を彼女に見せるんだ」

「え？」メロディが立ちあがった。「スターがどうやってあなたの電話を？」

「カウンターに置いておいたんです」アンドレアは持っていたアルバムを脇の下にはさんで、iPhoneを取り出した。「パスワードがなくても、写真は撮れます」

「そうね。ロック画面にボタンがある。お願い、早く見せて」

アンドレアはコードを入力し、写真をスワイプした。

メロディはアンドレアからそっと電話を受け取った。その手は震えている。スターが小麦粉で書いた文字をズームした。

助けて。

メロディの喉が動いた。頬を伝う涙を拭おうとはしなかった。さまざまなことを乗り越えてきたこの四年のあいだ、彼女は散々泣いたのだろうとアンドレアは考えた。

「あの子は無事なの？　あの子は――なにか話した？　それとも……」

アンドレアはバイブルを見た。「いいえ、マーム。話はしていません。彼女はとても痩せていましたけれど、動いていました。パンを作っていたので、カウンターに小麦粉があったんです」

娘がまだ生きていることを示すおそらくは唯一の証拠を見つめるメロディの目からは、涙があふれ続けていた。「あの子は前にもこんなことをしたの。一度は、配送運転手にメモを渡した。数カ月前には真夜中にわたしに電話をしてきて、家に帰りたいって言った」

「あなたはどうしたんですか？」アンドレアは尋ねた。

「ジャックに協力を頼んだ。彼はちゃんと二度ともあそこに行って、どうにかしようとしてくれた。でもスターは応じなかった。決して応じようとしない。あの子は——注目を集めたかったんだと思う。そうすることでなにか得るものがあるんだろうって、わたしのセラピストは言うの。人は報酬がなければなにもしないんですって。たとえそれが、負の結果であっても。慣れ親しんだものには心地よさがあるから」

「あなたは——」訊きたいことをどんな言葉にすればいいのかわからなかったので、アンドレアは単刀直入に尋ねた。「娘さんを誘拐して、洗脳解除者のところに連れていこうとしましたよね？」

「ええ」メロディは弱々しい笑みを浮かべた。アンドレアが脇にはさんでいたアルバムを抜き取り、それをきっかけにして話題を変えた。「モンタレー・ライブでのジンクス。ステファン・グラッペリが『ダフネ』に参加している。ジャズは好き？」

アンドレアは首を振った。「父は好きですが」

「申し訳ない」バイブルは個人用の電話を手にしていた。「女房からだ。無視するわけにはいかない。外で話をしてきたいんだが」

「どうぞ」バイブルがキッチンを通って出ていくと、メロディは棚の上にアルバムを置いた。それから、もう一度スターの小麦粉の写真を見つめた。アンドレアが止める間もなく、画面をスワイプして前の写真を表示させた。

アリス・ポールセンの落ちくぼんだ顔が現れた。

表情のない目。こけた頰。薄い青色の唇のまわりの乾いた泡。

恐怖の声はあがらなかった。

メロディはもう一度スワイプした。そしてもう一度。アリス・ポールセンの肩甲骨に残る鮮やかな赤色の床ずれを見ても、表情は変わらなかった。浮かびあがった肋骨《ろっこつ》。脆《もろ》くなった爪。手首にぐるりと残る薄い痣。

メロディが訊いた。「手首の痣や捻挫は、もっともよく見られるDVの兆候だって知っている?」

アンドレアはまた自分の手首を胸に抱き寄せたくなった。

「セラピストが教えてくれた。あの細いところに、たくさんの神経や靭帯《じんたい》や骨が集まっているの。そこを握られると、言われたとおりにしてしまうんですって」

苦痛による服従ならアンドレアもよく知っていたが、それをDVだと考えたことはなかった。

「スターも最初はそうやって始まったの。手首に包帯を巻いて帰ってきた。完全に依存していた。なにが起きたのか、わたしは知りたくなかった。母の家のことで手いっぱいだったし、これから自分がなにをして生きていくのかということばかり考えていた」

メロディが納得しないことはわかっていたから、アンドレアは慰めようとはしなかった。

「ディーンは獣よ——女性を虐待する男はみんなそう。彼らは本能的に、ゆっくり始めることを知っているの。まずは手首をつかんで、相手がそれを許すかどうかを見極める。次に肩、そして腕。それから、首に手をかけてくるまでそれほど時間はかからない。彼らは、だれが口を閉じていて、だれが抵抗しないかがすぐにわかるのよ」

メロディの視線が再び電話機に向けられた。農地に裸で横たわるアリス・ポールセンの一枚目の写真を表示させた。ずっとこぼれ続けていた涙は顔を伝う川になって、シャツの襟を濡らしている。

「これはいつかのスターの姿よ。なのにわたしにはなにもできない」

アンドレアは彼女の手から電話機を取り戻そうとしたが、メロディはついに叫び声をあげた——恐怖からではなく、驚きの声だった。彼女は最後にもう一度画面をスワイプして、ジュディスのコラージュの中にあったミックステープのライナーノーツを表示させていた。

「驚いた、こんなのずっと忘れていたわ！」メロディは涙を拭った。「これをどこで見つけたの？」

アンドレアは咄嗟にジュディスをかばった。「ヴォーンの家にあったエミリーの所持品の箱の中です」

「当然よね」メロディはすんなりと納得した。「わたしはエミリーと話をすることは禁止されていたんだけれど、数週間ごとにミックステープを彼女の家の郵便箱に入れていたの。これは彼女が襲われる前、最後にあげたもの。ばかみたいな字でしょう。母に背いていることがばれるといけないから、わたしだっていうことがわからないようにしていたのよ」

アンドレアはそこに書かれている文字を読むふりをしたが、すでに空で案じていた。

「エミリーとは親しかったんですか？」

「そうでもなかった。わたしはもっと親しくなりたかったけれど。いい子だったけれど、彼女には彼女のグループがあったの。わたしたちには音楽好きっていう共通点があった。彼女が死んで、ディーン・ウェクスラーがまだ地球の上を歩いているなんて、悲劇以外の何物でもないわ」

「エミリーがドラッグをやっていたという話をあちこちで聞きましたが」

「ばかばかしい」メロディはようやく携帯電話をアンドレアに返した。「誤解しないでね――ドラッグに〝ただノーと言おう〟なんてだれも従っていなかったけれど、エミリーは強いものには手を出さなかった。母さんみたいなことは言いたくないけれど、彼女は悪い仲間と付き合っていたのよ」

アンドレアは、まったく同感だった。「彼女を殺した犯人に心当たりはありますか？」

「それって――」メロディは唾を飛ばしながら言った。「クレイだってみんなが考えているわよね。彼が町を出たあとなにをしたのかを考えてみてよ。あれが彼のやり方じゃないなら、なにがそうなのかわたしにはわからない」

「リッキー・フォンテーンの仮説を聞きました」リッキーの名前を耳にしたメロディの眉が吊りあがったことにアンドレアは気づいた。「ジャック・スティルトンの仕業だと考えています」

「ありえない！」部屋中にメロディの笑い声が響いた。「リッキーは嘘つきのくず女よ。彼らは昔からジャックを嫌っていた。幼稚園の頃からね。とりわけナードは彼をいじめて喜んでいた。エミリーはすごく嫌がっていたわね。いつもジャックをかばっていたの。彼がエミリーを傷つけるなんてありえない」

アンドレアは、接近禁止命令について考えた。「リッキーは復讐《ふくしゅう》心の強い人なのかしら」

「ずいぶん控えめな表現ね。リッキー・ブレイクリーはナード・フォンテーンにしか興味がないの。彼に取りつかれているのよ。でも彼は、隙あらばリッキーを愚弄している」メロディはまた両手を腰に当てた。「ナードは、週に一度は夜遅くあの軽食堂に来るのよ。リッキーに見せつけるためにスターを連れてくる。本当にむかつくけれど、でもさっきも言ったとおり――なにか得るものがあるんでしょうね。慣れ親しんだものには心地よさがある」

アンドレアは初めてメロディの言葉の信ぴょう性に疑問を抱いた。「リッキーには接近禁止命令が出ている。ナードから六メートル以内には近づけないはずですけれど」

「わたしは農場に入ることを法律で禁止されているけれど、今朝あそこにいたわよ」メロディが指摘した。「それを取り締まる人がいなければ、法律なんて意味がないのよ」

それは間違っているとはアンドレアには言えなかった。「リッキーが言ったあることについて、あなたの意見を訊いてもいいですか？」

「わたしは喋りすぎているものね。どうぞ」

「いま農場で起きていることは、三十八年前にエミリーの身に起きたことと同じだって彼女は言っていました」

「ふーん」

まさか、でも、でたらめだ、でも、くだらない、でもなかった。

それどころか、メロディは言い添えた。「そうかもしれない」

アンドレアは胸の中で心臓が震えはじめるのを感じた。メロディはエミリーを知っていた。グループを知っている。農場でなにが起きているかを知っている。

「あのね――」メロディは言葉を切って、考えをまとめているようだった。「死ぬ前に、母が話してくれたことがある。医療情報には守秘義務があるから、わたしは知らないはずのことなんだけれど、いまさらどうでもいいわよね」

アンドレアは息を止めて待った。

「母から聞いたこと、学校で耳にしたこと、エミリーから直接聞いたことが少しずつよ」メロディは前置きをした。「エミリーはパーティーでドラッグを盛られて、レイプされたの。なにがあったのか、彼女はまったく覚えていなかった。だれにレイプされたのか、結局わからずじまいだったんだと思う。そのパーティーだけれど、あなたが考えているようなものとは違うのよ。彼女と結社のメンバーだけだった。ナード、ブレイク、リッキー、そしてクレイ」

「結社？」アンドレアは、リッキーがその単語を使っていたことを覚えていた。

「そう、結社。みんな彼らのことをすごく謎めいているって思っていた」メロディは天を仰いだ。「笑えるのはね、彼らはみんなお粗末だったたっていうこと――わたし自身、お粗末だったからそう言えるのよ。エミリーとわたしはバンドに夢中だった。『モーク＆ミンディ』（米国のテレビドラマ）の虹色のサスペンダーと、歯の矯正のためのヘッドギアをつけていたの」

アンドレアはもう少しで笑うところだった。その逆を想像していたのだ。「写真で見るエミリーはとてもかわいいわ」

「どれほどかわいくても、自分で気づいていなければ意味がないのよ。リッキーはとても嫌われていた。十代の少女とはいえ、あまりに気まぐれで芝居がかっていたから。ブレイクはいつも計算高かった。なにを話しているときでも、相手を利用することを考えていた。それからナード。彼とばったり会ったりしないように、みんな教室まで違う道を使っていたのよ。昔もいまも、彼は信じられないくらい残酷なの」

三人のことをこれほど的確に表現した人間は初めてだった。「クレイは?」

「そうね、彼らをまとめていたのがクレイよ。クレイがいたから、彼らは自分たちが結社の一員で、特別な存在だって感じることができた。クレイがいなければ、彼らはただの人。その見返りにクレイが求めたのは、無条件の献身だった。車上荒らしやドラッグなどもさせていた。クレイが彼らにさせたいと思ったことはなんでもね」メロディは肩をすくめ、彼らがクレイに差し出したものすべてが過ちであったことを示した。「彼らの中で本当に人気があったのはクレイだけ。だれもが彼を愛していた。彼には人の欠けているものを見つけて、それを埋めることのできる不可思議な力があったの。あの頃でさえ、彼はカメレオンだった」

いまもまだカメレオンであることをアンドレアは知っていた。「ディーン・ウェクスラーはどうなんです?」

「彼は着替えをしているときに女性用のロッカールームに何度もうっかり入ってくるような、気味の悪い体育の教師だった。いまは、クレイ・モロウのただの安っぽいコピーよ。ディーンのほうが年上だから逆じゃないかって思うだろうけれど、クレイの影響がどれほど害のあるものかは、なかなかわからないと思う。ディーンは祭壇で学んだのよ」娘を苦しませた男の話になると、メロディの口調が変わった。「少なくともクレイには魅力があった。ディーンはすごく粗野なの。人を支配することにしか興味がない。地獄の深淵《しんえん》から来た生霊よ」

「さっきの話に戻ってもらってもいいですか？」アンドレアは穏やかにウェクスラーから話題を戻した。「レイプされたことに気づいたとき、エミリーはどんなふうでしたか？さぞショックだったでしょうね」

「ええ、そのとおりよ。妊娠していることをエミリーが知らされたとき、母さんもその場にいたの。あんなにつらい瞬間はなかったって言っていた。エミリーは茫然《ぼうぜん》としていた。妊娠したこと以上に、裏切られたことが彼女を深く傷つけたの。結社は彼女の命だった。そのうちのひとりに考えてもみなかったことをされたというのは、想像もできないことだった。彼女は取りつかれたように、だれの仕業なのかを突き止めようとした。コロンボ捜査って呼んでいたわね」

「ドラマの刑事にちなんで？」

「ピーター・フォーク。素晴らしい俳優よね。エミリーは真剣に捜査に取り組んでいた。オタクっぽかったって言ったでしょう？　きちんと人に話を訊いていた。すべてを書き留めていた。教室や廊下でノートを眺めながら、なにか見落としているものはないかって考えていたわ。日記のようなものだったんだと思う。どこに行くにも持っていっていた。本当に気の毒だった。きっとあれこれと聞きまわったせいで、殺されたんでしょうね」

エミリーのコロンボ捜査の一部が、十代の頃のジュディスのコラージュに使われていたのかもしれないとアンドレアは考えた。あそこにあった断片的な文章は、思い込みの激しい少女が自分を鼓舞するために書いたもののように思える。

調べ続けるの！ きっと真実が見つかる！！！

アンドレアは尋ねた。「エミリーはだれを調べていたんです？」

メロディは肩をすくめた。「ジャックのお父さんが調べていたのと同じ人たちじゃない？」

クレイトン・モロウ。ジャック・スティルトン、バーナード・フォンテーン。エリック・ブレイクリー。ディーン・ウェクスラー。

「パーティーでエミリーに起きたことと、農場で起きていることがどうつながるんでしょう？ ウェクスラーは女性たちにドラッグを使っているんですか？」

「使う必要はないの。彼女たちはディーンが望むことはなんでもするのよ」メロディはもう一度肩をすくめた。「狡猾《こうかつ》でしょう？ 彼らは、簡単に操れるような女性たちを動物的な勘で選んでいる。ナードがふるいにかけるの。面接を受けたあと、スターがすごく興奮していたのを覚えているわ。あの子がすごく痩せたことに気づかなかった自分が許せない。でも女性に対して、痩せすぎだなんて言わないものでしょう？」

アンドレアはうなずいたが、メロディが同意を求めているわけではないことはわかっていた。

「農場で暮らすようになったあの子とは会わなくなった。それがパターンのひとつなの。ディーンは女性たちを家族から切り離す。最初は家に帰ってこなくなる。電話だけになって、それからたまにEメールが来るだけになって、やがて音信不通になる。わたしが話した親はみんな同じことを言っていた。いまから思えば、それってクレイが結社にしていたことなのよ。彼らは完全に孤立していた。エミリーだけは違っていたけれど、それでもクレイのせいで彼女の人生はすごく狭まっていた」

「農場の女性たちがつけているアンクレットについてなにか知っていますか?」

「ええ」メロディはひゅっと息を吸った。アンクレットの話をするのはつらいらしい。

「スターと連絡を取れなくなった数日後に見たわ。農場まで車を飛ばして、ドアを叩いて、スターに会わせてって言ったの。あの子、アンクレットがすごく誇らしげだった。まるで特別ななにかに参加できたみたいに。獲得しなきゃいけないものだったんでしょうね。デ
ィーンがいまも教師で、お気に入りの生徒に "A" を手渡すみたいに。わたしには理解できない」

アンドレアにも理解できなかった。「彼は気味の悪い教師だったって言いましたよね。体重にまつわることはありましたか?」「健康食品とかウルトラマラソンとか、八〇年代にはだれもがどうかしていると思ってい

たようなことにのめりこんでいた。太りすぎの女の子にはとりわけつらく当たっていたわね。でも彼女にはみんながつらく当たっていたから。子供って集団になると残酷になることがあるのよ。でも彼は特にその子をいじめていた。机の上にダイエットプランを置いておいたり、彼女が歩いていると口で変な音を出したり」メロディは不快そうに首を振った。

「とにかく、いまのディーンの拒食症に対するこだわりを昔のディーンから連想するのは難しくない。それにセックスはセックスよ。彼が情熱を注ぐふたつのものが混じり合ってもおかしくない」

「スターはどうなんです？　彼女はなにを得ているんですか？」

「まだわたしと話をしていた頃に、あの子に一度訊いたことがある。愛についてのくだらないたわごとが返ってきたわ」メロディが言った。「拒食症では、飢えていることに中毒になって、やがて幻覚を起こすことがあるって摂食障害の専門家が言っていた。最初は夢を見ているような恍惚《こうこつ》状態になって、そうなるととても暗示にかかりやすいんですって。最後はエネルギーを節約するために、脳が機能を停止する。そして――」

メロディは手で口を押さえた。また目に涙が浮かぶ。娘のことを考えているのは明らかだった。

「ゆっくりでいいですよ」

数秒後、メロディはゆっくりと手をおろした。「そして意識を失う。体に基本的な栄養を与えないとそうなるの。意識がなくなる。まったくなにもわからなくなる」

アンドレアはリッキーの言葉を繰り返した。「農場で起きていることは、三十八年前にエイリー・ヴォーンの身に起きたことと同じだと思う」

「そう。レイプされたとき、エミリーは意識がなかった。スターがどういうことになっているのかを初めて理解したとき、事実上昏睡《こんすい》状態にある女とセックスをしたがるなんて、いったいどんなねじくれた変態野郎なんだろうって、それしか考えられなかった」

クレイトン・モロウ。ジャック・スティルトン。バーナード・フォンテーン。エリック・ブレイクリー。ディーン・ウェクスラー。

「死体愛好症みたいなものじゃない？　女性は男がなにをしているのかわかっていない。最初から最後までずっとなにもできない。やめてとも言えないし、気持ちいいから続けてとも言えない。命のないただの穴よ。マネキンのほうがまだましね。いったいどんなサディストがそんなもので感じるわけ？」

アンドレアは自分の左手を見おろした。痣になってきている。手首のまわりに、ディーン・ウェクスラーの指が残した黒っぽい輪があった。

「オリヴァー！」

バイブルが玄関のドアを勢いよく開けたので、ふたりは同時に飛びあがった。

彼が叫んだ。「来てくれ！」

その声の緊迫感が、アンドレアの連鎖反応のスイッチを入れた。

アドレナリンについては、訓練センターで何時間も講義を受けていた。それのおかげで命が助かることもあれば、奪われることもある。エピネフリンとも呼ばれるホルモンで、血中に放出されることで、闘争・逃走反応に重要な役割を果たす。感覚が鋭くなる。神経系が興奮状態になる。顕微鏡レベルでは、気道が広がり、血管が収縮し、肺や主要な筋肉群にエネルギーが向けられる。

ドアへと突進するアンドレアはそういったことをまったく意識していなかった。自分が動いていることに気づくより早く、外に出ていた。階段のいちばん上の段で踏み切る。宙に体が浮き、歩道に勢いよく着地した。バイブルはすでにSUVの中だ。窓が開いていた。

「見ろ！」バイブルは遠くで立ちのぼる黒い煙を指さした。「判事の家だ。通報しろ！」

バイブルはひどくうろたえていて、アンドレアが車に乗るのを待とうともしなかった。彼女が九一一にかけているあいだに、車を発進させる。夕暮れが空を虹色に染めていた。道路の突き当たりで鋭く左に曲がるバイブルの車がかろうじて見えた。アンドレアは彼を追わなかった。判事の家は直線距離で三分だとさっき彼は言っていた。煙は正しい方向を示す巨大な矢印のようなものだ。

アンドレアは携帯電話を持ったまま、メロディのコテージの向かいにある庭に駆けこんだ。金網のフェンスを飛び越えたところで、ようやくオペレーターの応答があった。

「火事が――」

「ヴォーン判事の家ですね」女性が言った。

「消防を向かわせています」

アンドレアはポケットに電話を押しこんだ。木製のフェンスを乗り越える。おりたところはゴミ箱で、そのまま地面に倒れこんだ。煙のにおいがした。鼻を刺すにおい。煙の黒さが、人工の物が燃えていることを教えていた。木や乾式壁や家具。アンドレアは足を動かし続けた。肺が悲鳴をあげている。風向きが変わって、煙が顔に向かってきた。ひどく目にしみて、開けていられないほどだ。

並木を抜けるとそこは、判事の家の向かい側の通りだった。炎が家の裏手からあがっている。ゆうべはあの敷地を何時間も歩いたのだ。見取り図を頭に思い浮かべた。北と南のふたつの翼棟。中央には書斎、仕事部屋、来客用の居間と食堂。キッチンは裏手にあってガレージのそばだ。二階にあがったことはなかったが、判事と夫が北棟の二階で眠っていることは知っていた。巡回しているときに、寝室の明かりが見えていた。寝室のバルコニーの下にジュディスのアトリエ。

「くそ!」アンドレアはうめき、再び全速力で走りはじめた。

アトリエ。

テレビン油。スプレー式接着剤。絵の具。媒染剤。酸。キャンバスや木材やそのほか、燃えだすかあるいは家全体を吹き飛ばしかねない爆発の原因となる数えきれないほどの物たち。

　バイブルのSUVが私道で追いついてきた。アンドレアはその横を走りながら、車のサイドパネルを叩いた。

「アトリエ！」大声で叫ぶ。

「行け！」バイブルは速度をあげて彼女を追い越していった。

　SUVがガレージの前でタイヤをきしらせながら止まった。バイブルが飛び降りる。ガレージからぎこちない足取りで出てくる人影があった。ハリーとクランプだ。両側からフランクリン・ヴォーンを支えている。大きなブリーフケースを胸に抱えた判事がそのあとをついてくる。かなり重いらしく、危うく転びそうになった判事の腰をバイブルがつかんで、炎から離れたところへと連れていった。

　家の横手を回りこんだところで、ギネヴィアがガレージへと戻っていくのが見えた。アンドレアはためらったが、バイブルが少女のあとを追っていったのを見て、そのまま走り続けた。アトリエに火が回れば、すべては無駄になる。だれも安全な場所までたどり着けないうちに、家は跡形もなくなっているだろう。

　角を曲がったところで、足が滑った。轟音《ごうおん》をあげる炎が裏庭を照らしている。イングリッシュ・ガーデン。プール。アトリエ。喉を刺す濃い煙に巻かれて、アンドレアは咳きこんだ。炎は判事の寝室を呑みこんでいた。そこから窓の外へと舌のように伸び、木の飾りをなめ、なにかを探しているかのようにアトリエに向かっている。

　アンドレアはなにかにつまずいた。

　顔から地面に倒れこんだ。石畳に鼻をぶつけた。視界に星が飛んだ。無理やりそれを振り払いながら、なににつまずいたのかを確かめようとして振り向いた。テレビン油。絵の具の缶。ニス。ジュディスが先にアトリエにたどり着いていた。あたりを駆けまわりながら、引火性の液体をプールに投げこんでいる。

　アンドレアは起きあがった。

　アトリエに駆けこみ、危険そうに見えるもの——スプレー缶、液状接着剤の容器——を片っ端から手に取った。プールに向かう途中でジュディスとすれ違った。一瞬、目が合った。ここにある化学物質がどれほど危険であるか、ふたりは承知していた。美術学校の最初の授業は、これらにどれほどの毒性があり、どんなふうに人を生きたまま焼くかを教えることから始まる。

　アンドレアは腕いっぱいに抱えていた缶をプールに放りこむと、再びアトリエに向かった。胸の中に煙がたまっていく。闘争・逃走反応が選択を迫り、引き返せと告げていた。ここから離れれば新鮮な空気がある。それとも、地面に倒れてもいい。喉に流れる血も止まるだろう。目を閉じて、体を休めればいい。

　アンドレアは強く首を振り、自分を叱りつけた。アトリエを目指して駆けていく。ジュディスが五ガロンのバケツを引きずっていた。アンドレアは貼られているラベルを見て取った。硫酸はそれ自体は可燃性ではないが、状況によっては水素ガスを発生させる。ヒンデンブルグ号を爆発・炎上させたのと同じ種類の気体だ。

アンドレアは取っ手をつかんだ。熱い金属が手のひらを焼く。バケツはほぼいっぱいだったから、三十キロほどの重さがあった。ふたりは力を合わせてバケツを持ちあげようとした。アンドレアは重さにうめいた。金属の取っ手が剃刀《かみそり》のように手のひらに食いこむ。歯がかたかた鳴った。肺がこれ以上広がらない。視界が薄れはじめた。

「持ちあげて！」ジュディスが叫んだ。

アンドレアは持ちあげた。脚を震わせながら、芝生の上を運んでいく。背後で大きな音がした。足の下で地面が震えた。バルコニーの支柱が崩れはじめた。二階の床がアトリエめがけて落ちてくる。

「逃げて！」重さに必死に耐えながら、アンドレアは叫んだ。

不意に重さが消えた。

一瞬体が軽くなったかと思うと、アンドレアは宙に放りだされていて、気づいたときには水しぶきがあがり、頭から冷たいプールに落ちていた。体は横向きになっていて、片方の肩がプールの底をこすった。口に血が流れこんでくる。唇を嚙んでいた。ジュディスは両手を上にあげた格好で、力なく横で浮いている。バケツはプールの底におとなしく鎮座していた。アンドレアは向きを変えて、水面を見あげた。水の上を炎が走っていくのが見えた。ねじくれた金属の断片が大量に落ちてきた。きらきら光るガラスの破片も。

そしてなにもわからなくなった。

一九八一年十月二十一日

エミリーは家を目指して歩いていた。蒸し暑かった。膀胱《ぼうこう》が破裂しそうだ。これほど長い一日は初めてだった。図書館の奥の隠れ場所を出てからは、一分が一時間のようだった。一時間は一日のように感じられた。昼食を食べようとしたけれど、どれも金属の味しかしなかった。四時間目になる頃にはあまりに疲れすぎて、足を前に出すことすらできないくらいだった。そして五時間目になり、エミリーは教師が彼女を起こそうとしてパンと手を叩いた音にぎくりとして目を覚ました。

具合が悪いのだとエミリーは訴えた。教師は反論しなかった。授業終了の二十分前にエミリーを帰らせた。いまにして思えば、廊下にだれもいないあいだに帰ったことはだれにとってもよかったのだろう。時間と共に、忍び笑いやじろじろと見つめる視線は消えて、あからさまな敵意が学校中に広がっていた。数学の教師ですら、さげすんだまなざしを彼女に向けた。

どうして？

ほんの数日前まで、エミリーは十八年近くをいい子で、教師のお気に入りで、優れた生徒で、いつもノートを貸してあげたり駐車場に座って彼氏のことで泣いている友だちを慰めてあげたりする親しみやすい女の子として過ごしてきた。

それがいまはのけ者だ。

メロディ・ブリッケルだけは違っていたが、エミリーはそれをどう考えればいいのかわからずにいた。

彼女とは廊下ですれ違ったときには笑みを交わし、音楽のことを語り合い、バンド練習ではばかなジョークに笑ったりする程度の浅い付き合いだった。バンドのキャンプで何度か一緒に泊まったことはあるものの、バスから降りて家に帰ったとたんに、エミリーは結社へと引き戻された。

それなのにメロディはエミリーに手紙をよこした。通学鞄からその手紙を取り出す必要はなかった。一日中――トイレの個室にこもっていたときですら――幾度となく読み返していたから、一言一句をそらんじていた。

ハロー！

あなたの身に起きたことをすごく残念に思っている。本当に不公平だよね。もうあなたと話すことはできないけれど、あたしがいまも友だちだっていうことを覚えていてほしい。少なくともいまはそうだから。いろいろと込み入っているの。あなたと付き合うことを母さんは心配している。母さんは、あなたが間違ったことをしたって思っているわけじゃないんだよ。あなたの身に起きたことはあなたのせいじゃないって、あなたにははっきり伝えるようにって言われた。だれかがあなたを悪用したんだ！　母さんが心配しているのは、あなたと一緒にいるせいであたしが傷つくこと。だって、人ってすごく残酷だし、それでなくてもあたしはみんなから変人だって思われて、散々いじめられているからね。その変人さが、あなたとあたしの共通点だってあたしはずっと思っていた。でもあなたが変なのは、あたしみたいにどこにも属していないからじゃないよ。あなたの変人さは、愛とどんな人でも受け入れるところから来ている。それがだれであれ、住んでいるのがどこであれ、頭がよかろうがなんだろうが、あなたみたいにだれにでも優しい人は学校にはほかにいない。あなたは本当に親切なの。皆にあんなことを言われるような人じゃない。このことが片付いたら、あたしたちまた友だちになれるかもしれない。あたしはいつか世界的に有名なミュージシャンになるし、あなたは人を助ける弁護士になって、なにもかもがまたうまくいくんだよ。そうなるまで、あたしはずっとあなたを愛しているし、本当に残念に思っている！！！

調べ続けるの！　きっと真実が見つかる！！！　あなたの友人

追伸：ぐちゃぐちゃでごめんね。これを書いているあいだじゅう、ずっと泣いていたの！！！

ノートの紙は、メロディの涙が乾いたところがしわになっていた。悲しみに打ちひしがれていることを是が非でも証明する必要があったのか、メロディは犯罪現場の証拠物件のようにそこを丸で囲んでいた。

この手紙をどうすればいいだろう？　どう考えればいいんだろう？　メロディに直接会って、尋ねることはできない

〝……もうあなたと話すことはできないけれど、あたしがいまも友だちだって……〟

手紙はカセットテープに巻かれ、緑色のゴムバンドで留められていた。カセットテープにはゴーゴーズのアルバムが録音されていた。メロディは、万年筆とマーカーペンでアルバムのジャケットをとても上手に真似て描いていた。いつものブロック体ではなくて、おしゃれでファンキーな字体だった。

〝調べ続けるの！　きっと真実が見つかる！！！〟

彼女が言っているのは、コロンボ捜査のことだろう。それでパズルが解けるとでもいう

ようにエミリーがノートになにかを書き殴っているところを、メロディは見ていた。エミリーは気持ちが弱っていたときに、だれがパーティーで自分をもてあそんだのかを突き止めるつもりだと、彼女に打ち明けていた。

「〝悪用した〟」エミリーは、メロディの手紙に使われていた言葉をつぶやいた。なんていう言い方だろう。まるでエミリーが一個の値段でふたつ買えるクーポンか半額のステーキ・ディナーで、だれかがそれを利用したみたいに。

だれかじゃない――

クレイか、ナードか、ブレイク。ディーンかもしれない。ジャックかもしれない。

車がゆっくりと通り過ぎていった。

こちらを眺めている顔を見たくなかったから、エミリーは顔を背けた。涙をこらえると、喉がひりひりした。いまは完全にのけ者だ。結社を失った。ろくに話したこともない友人がひとりいるだけで、学校中が彼女に背を向けた。そしてチーズ――

ジャック。

とうとう涙があふれ出た。ジャックがパーティーにいたとナードは言った。エミリーが家に入っていったとき、目の前に立っていたと言った。

エミリーは固く目をつぶった。あのときに戻ろうとした。ナードの玄関に入った。舌を出して、クレイがＬＳＤをくれるのを待った。フォンテーン家の一段低くなった居間、大きな窓にかかる厚手のカーテン、大きな映写スクリーンを囲むユニット式のソファが見えた。

ジャックがナードの家にいたという記憶が蘇《よみがえ》ってくることはなかった。

エミリーは目を開けた。青く澄み渡った空を見あげた。

ジャックは、マリファナを巻いたものを売っている。それが事実であることをエミリーは知っていた。コートのポケットにはいつも、マリファナ煙草がいっぱいに入った袋がある。ジャックから買えることは周知の事実だった。警察署の証拠保管室からマリファナを盗んでいるのだという噂だったが、実はメリーランドにいるいとこから買っていて、自分で巻いていることをエミリーは知っていた。知らないのは、もっと強いドラッグを売っているのかどうかということだ。

エミリーはもう一度あの夜のことを思い出そうとした。

玄関から中に入った。舌を出した。クレイが、オーケストラの注意を引こうとする指揮者のようにLSDを見せびらかした。

ジャックはあそこにいなかった。それは記憶の問題でも、LSDによるブラックホールのせいでもない。だれでもわかることだ。ナードはジャックを嫌っていた。少年たち全員が、とりわけクレイが嫌っていた。廊下で彼を転ばせたり、手にしているランチのトレイを叩き落としたり、体育館のロッカーから服を盗んだり、わざわざ手間暇かけて彼につらく当たった。そしてジャックはひたすら彼らを避けていた。ナードがどれほど金を出したとしても、ジャックが自分から彼の家に来るはずがない。

エミリーはジャックと交わしたコロンボについての会話を思い出した。彼が言っていたあることが、いまは特に重要に思える――

〝他の人間に疑いの目を向けるために嘘をつくことも時々ある〟

ナードは間違いなく嘘つきだ。自分の行き先について両親に嘘をついた。煙草が残っていないとクレイに嘘をついた。歴史の試験に落第していないとブレイクに嘘をついた。リッキーに心の内を明かさず、彼女に愛情はないし、これからも持つことはないといつも嘘をついていた。彼にとってはすべてがゲームで、本当のことではなく、知ってもらいたいことだけを口にしていた。

それならどうして、ジャックがパーティーにいたと言ったナードの言葉を本当だと思わなくてはいけないのだろう？

そしてもしナードがパーティーについて嘘をついていたのなら、それは嘘のための嘘なのか、それとも自分を守るための嘘なのかどちらだろう？

このことを話し合う最適の相手はいちばん近づくべきじゃない相手かもしれないが、自宅はもう目の前だし、ジャックはおそらく納屋にいるだろう。ここ最近、彼の家庭はひどく居心地が悪いことになっている。エミリーは長い進入路を歩きながら、彼をどうやって問いただせばいいだろうと考えた。コロンボの戦略を教えてくれたのはジャックだから、それは彼には通用しないだろう。あともうひとつは使えない。彼に対しては正直になって、その見返りとして彼も正直になってくれることを祈るほかはなかった。

エミリーは声を荒らげないようにしながら、軽い口調で言ってみた。ささやくような声になった。「あなたがしたの？」

エミリーは目を閉じ、その質問を繰り返した。自分の声に耳を澄ます。非難しているように思われたくなかった。怒っているわけではない。それどころか、もし本当にチーズだったとしたら、ほっとするかもしれない。彼があの状況を利用するのは、ある意味、納得できることだからだ。彼は悲しいくらい孤独だった。ごく限られた友だちしかいない。エミリーが知るかぎり、一度もデートをしたことはない。マリファナの売買を別にすれば、同世代の人間と何日も話をしないこともあるかもしれない。

エミリーはいつしか首を振っていた。たとえジャックがパーティーにいたとしても、少年たちはもちろん、リッキーですら彼にエミリーを悪用させることはありえない。けれどディーンによれば、リッキーは前庭で意識を失っていたという。ブレイクとナードは、どちらも二階のバスルームにいたと互いに証言している。これまでのところ全員が、クレイとエミリーが外のプールの近くにいたと言っている。言い争いをしていたらしい。ジャックのことで争っていたんだろうか？

ふたりはこれまでにも何度となく、彼のことで言い争いをしている。

エミリーは自分の喉から発せられたしわがれ声を聞いた。答えの出ない推測を延々と続けるのはひどく疲れる。エミリーの頭の中で、また回転木馬が回りはじめた。家が遠ざかっていき、棒に取りつけられたプラスチックの馬が上下する。甲高い音楽が、遠くから聞こえる海鳴りをかき消す。エミリーの頰を涙が伝った。木馬の回る速度がどんどんあがる。世界がぼやける。エミリーは目を開けていられなくなった。脳はついに、ありがたいことに、機能を停止した。

どれくらいの時間が過ぎたのか、エミリーにはわからなかった。さっきは家の横手をとぼとぼと歩いていたのに、気がつけば母のイングリッシュ・ガーデンにある木のベンチに座っていた。シーズン中には花や植物が進入路にまであふれ出てくる庭だ。アキノキリンソウ。マツカサギク。トウワタ。オオロベリアソウ。対照的で形式にこだわった伝統的な建築庭園への抵抗として、十八世紀に生まれた庭園のスタイルだった。

整えられていない野生のままの植物が自分の庭に生えるのを許すどころか奨励したエスターのことを、エミリーは以前から妙に感じていた。母の厳格な性格を考えれば、きれいに刈り込まれた生垣や直線的なパターンのほうに、より惹《ひ》かれるような気がした。庭を見るたびにエミリーは悲しくなった。母には自分が決して理解できない部分があることを思い知らされるからだ。

だ。
「エミリー？」
彼女を見かけて驚いたようなクレイの口調だったが、不法に侵入していたのは彼のほう
エミリーは訊いた。「ここでなにをしているの？」
「その――」彼の視線がちらりと納屋に流れた。「気持ちを落ち着かせるものが欲しくて
ね」
エミリーは唇を結んだ。クレイはマリファナを手に入れるためにここにきて、もっとも
会いたくない人間に遭遇してしまったわけだ。
人生にはもっとひどいことがある。
「ジャックはいないよ」ジャックが納屋にいるのかいないのか知らなかったが、エミリー
は言った。
「いいんだ。あいつならあとでつかまえる」クレイは帰ろうとはせず、ポケットに両手を
突っこんだ。いかにも残念そうに納屋を振り返った。「ここ二、三日は大変だった」
エミリーは笑った。「それは気の毒に」
クレイは重々しいため息をつきながら、エミリーの隣に腰をおろした。「おれに訊かな
いのか？」
エミリーは首を振った。いまになってようやく、訊いても無駄であることに気づいたか

らだ。だれも本当のことは話してくれない。

「おれじゃない」クレイの言葉に意味はなかった。「おまえも知っているとおり、おれは――」

「あたしにそんな感情はない」エミリーがあとを引き取って言った。「うん、知ってる。あんたの子分たちみんながそう言っていたし」

クレイはまたため息をついた。砂利を蹴った。蹴った跡に一本の筋が残った。彼が帰ったあとで、エミリーがそこをきれいにならしておかなくてはいけない。驚くことではなかった。これまでほぼずっと、彼女を含め結社の仲間たち全員がクレイの過ちのあと始末をしてきたのだ。

クレイが尋ねた。「これからどうするんだ?」

エミリーは肩をすくめた。これからどうするのか、だれも訊いてくれなかった。両親が決めたことに従っているだけだ。

「なにか感じる?」

エミリーは彼の視線をたどった。腹部を見つめている。無意識のうちに、エミリーは平らな腹に手のひらを当てていた。

「なにも」エミリーは手をはずし、自分の体の中でなにかが動いているのだと考えて少し気分が悪くなった。妊娠六週目の赤ん坊がどんな形状なのかすら知らない。まだ接合子と呼ばれるんだろうか？　保健の試験のために妊娠についての勉強はしたけれど、当時は細かい点はとても難解に思えた。液体の中に細胞が集まり、どくどくと脈打ちながら腎臓や心臓に変身するのかしないのかを命じるホルモンが放出されるのを待っているさまを想像した。

「プロポーズされたらしいな」

エミリーは、脳が回転木馬の平穏さを取り戻そうとするのを感じた。現実にとどまるようにと自分に言い聞かせながら、クレイに尋ねる。「彼らがあんたをここによこしたの？」

「だれのことだ？」

「結社」エミリーは普段、彼の口の重さを好意的に受け止めていたが、いまはいらだたしいだけだった。「リッキーとブレイクとナード。あたしがあんたの人生を台無しにするって心配していた？」

クレイは地面に視線を落とした。砂利を蹴って、さっきよりも深い溝を掘った。「残念だよ、エミリー。おまえがこんなことを望んでいなかったのはわかっている」

それだけのエネルギーが残っていたなら、エミリーは声をあげて笑っていただろう。

「おまえは……」クレイの声が途切れた。「だれかを名指しするのか？」

「だれかを名指し？」赤狩りのような響きだとエミリーは思った。「だれを名指しするわけ？」

クレイは肩をすくめたが、候補者のリストはわかっているはずだ。ナード、ブレイク、ディーン、ジャック。もちろん彼自身もそこに入っている。エミリーに興味はないとどれほど言い続けたとしても、あの夜、彼はパーティーにいて、エミリーとなにかで言い争っていたのは事実なのだから。

エミリーはコロンボのひらめきを感じた。こんな状況でも、実はまだあきらめていなかったのかもしれない。「クレイ、パーティーの夜、あんたと言い争ったりしてごめん。あれは──あんたのせいじゃなかった」

彼の口が片方に歪んだ。「なにも覚えていないんだと思っていた」

「あんたに怒鳴ったことは覚えている」エミリーは嘘をついた。さらに嘘を重ねた。「あんなことは言うべきじゃなかった」

「そうかもな」彼は肩をすくめた。「自分が身勝手だってことは知っているよ、エム。おれがひとりっ子だからかもしれないな」

一緒に育っていないとはいえ、自分のきょうだいたちをあっさりといない者にしてしまう彼を、エミリーは以前から冷血だと感じていた。

「今度からもっとちゃんとすると言うのは簡単だが、それもおまえの言うとおりだ。おれはきっとやらない。自分を受け入れるべきなんだろうな。おまえはそうしている」

ぼんやりとした記憶が蘇ってきた。ふたりはナードの家のプールの脇に立っている。いつだってちゃんとやると約束するのに、一度もしたことがないとエミリーはクレイに向かって叫んでいる。彼は繰り返し同じ間違いを犯して、ほかの人間が変わることを期待している。

「でもおれはブレイクほどひどくはないだろう?」

どう答えればいいのか、エミリーは戸惑った。ブレイクが昨日したことについて言っているのだろうか? それとも普段のブレイクのこと? どちらとも考えられた。昨日のブレイクはげす野郎だった。けれどクレイと同じで、ブレイクも決して変わらないだろう。彼の自我は、決して自分が間違っていることを認めない。

「教えておいてやるが、ブレイクはおまえがドラッグとパーティーにのめりこんでいるとみんなに言っている」

エミリーは大きく息を吸って、肺に溜めた。驚く話ではない。ブレイクには、底知れないほどの残酷さがある。今朝、ジャックも言っていた。ナードはただ意地が悪いだけだ。クレイはすぐに退屈する。けれどブレイクがだれかの敵に回ったときには、徹底的に敵になる。半分が意地悪な魔女で半分が空飛ぶ猿のリッキーは、言うまでもない。

エミリーは言った。「ナードから聞いたの。ジャック——チーズがパーティーにいたって言っていた」

クレイは彼女を見つめた。淡い青色の目は日光のせいで白っぽくなっている。顎の下に産毛が見えた。彼はとてもハンサムだったけれど、エミリーはいままでのようなときめきを感じなかった。

「おまえはあの夜、酔っていた」クレイが言った。

それを否定したことは一度もなかったが、どうして彼がそんなに怒った口調になるのかエミリーにはさっぱりわからなかった。

「完全にラリっていた。どうやって家に帰ったのかすら、ろくに覚えていない。ばあさんに聞かされるまで、知らなかった」

「だから？」話の行き先がエミリーには見えなかった。

「だから、厳密に言えば、ブレイクが言っていることはまったくの的外れじゃないってことだ」クレイは視線を落とし、土に穴を掘っている自分のスニーカーの爪先を見つめた。

「おまえはドラッグにのめりこんだ。パーティーにのめりこんだ。ゲームをしたんだ。負けを受け入れなきゃいけない。尊厳を持たなきゃいけない」

エミリーは、毎回自分がショックを受けていることに驚いていた。彼らのエミリーに対する態度は、全員がまったく同じだった——最初はディーン、それからリッキー、そしてブレイク、ナード、そしていまクレイ。全員が同じ台本に従っている。まずは親しげに。それから卑屈になり、次に怒り。最後が軽蔑。

クレイは立ちあがった。両手はポケットに入れたままだ。「二度とおれに話しかけないでくれ、エミリー」

エミリーも立ちあがった。「あんたは嘘しかつかないのに、話がしたいはずがないでしょう?」

クレイはエミリーの腕をつかんだ。自分のほうへと引き寄せる。脅されるのか、警告されるのか、あるいはなにか——実際に彼がしたこと以外のなにか——をされるのだと思って、エミリーは身構えた。

クレイは彼女にキスをした。

彼はニコチンとすえたビールの味がした。ざらざらした彼の肌が顔に当たる。彼の舌が口の中を探る。ふたりの体はぴったりと密着していた。エミリーの初めての本当のキスだった。少なくとも、エミリーが覚えている本当の初めてのキスだった。

けれどなにも感じなかった。

クレイは彼女を押しのけた。手の甲で口を拭った。

「さよなら、エミリー」

エミリーは離れていく彼を見つめた。背中が丸まっている。足を引きずっている。口に手を当てた。そっと指で唇に触れた。キスをすればなにかを感じるものだと思っていた。ぞくぞくすることはなかった。心臓が飛び出しそうになることはなかった。あるのは、二年前に酔っぱらったブレイクが路地で彼女にキスしてきたときと同じ、無関心さだけだった。

クレイが家の角を曲がっていった。背中は丸めたままだ。うしろめたさを感じているようだったが、なにに対してなのかはわからなかった。

エミリーは心の奥のほうから笑いがこみあげてくるのを感じた。クレイトン・モロウがなにを考えているのかを知りたくて無駄にしてきたこの十年を、巻き戻したかった。

エミリーは足を使って、彼が砂利に掘った溝を埋めた。家を見あげた。寝室に戻る父親の姿が偶然、目に入った。納屋と庭を見渡せるバルコニーに立っていたらしい。父がどれくらいのあいだそこにいたのか、なにを見たのかはわからない。エミリーは窓越しに、父の動きを追った。サイドボード・テーブルに近づき、酒を注ぐのが見えた。

エミリーは視線を落とした。気づかないうちに、また腹部に手を当てていた。自分はひとりきりだと考えていたけれど、このつらい旅路を共にしてくれている存在がある。彼女の中にと言うべきだろうか。細胞の塊に愛着は感じなかったけれど、義務感はあった。まさにメロディが手紙に書いていたことだ――

〝あなたの変人さは、愛とどんな人でも受け入れるところから来ている〟

細胞に愛は感じていなかったが――少なくともいまはまだ――受け入れる覚悟はできていた。エミリーの妊娠は彼女が対処する問題だとほのめかしたクレイは、あながち間違っていたわけではない。これから一生、このことを抱えて生きていくのは彼女だ。エミリーはベンチに腰をおろした。なにも植わっていない庭を眺めた。

咳払いをした。「あたしは――」

声が途切れた。

だれもいないところでなにかを言うのは妙な気がしたが、その言葉を口に出すだけでなく、自分の耳で聞く必要があった。それは、この数日のあいだに失った大切なものすべてを数えあげる願い事リストだった。そして、その失ったものすべてをやがて生まれてくる赤ん坊に与えるという約束でもあった。

エミリーはもう一度咳払いをした。今度はその言葉はすらすらと、そしてはっきりと出てきた。それが重要だった。

「あたしはあなたを守る。だれにもあなたを傷つけさせない。あなたはどんなときも大丈夫」

ここ数日で初めて、エミリーはいくらかのストレスがようやく流れ出ていくのを感じた。

背後で、バルコニーのドアが勢いよく閉まる音がした。

8

海水は心を落ち着かせるようなくすんだ青色だった。アンドレアは重さもなく、縛るものもなく、逆さまになって浮いていた。温かくのんびりとしたこの場所でこうしていることもできたけれど、そうしてはいけないとなにかが告げた。両手をあげた。足を蹴った。水面に出た。日光が肩にキスをする。顎を波に洗われながら、目から水を払った。海岸を振り返った。大きな虹色のパラソルの下にローラがいた。アンドレアの姿が見えるように、背筋を伸ばして座っている。上半身は裸だった。乳房を切除した痕が見えていた。黒いフードをかぶった男が背後から彼女に近づいていた。

「お母さん！」

アンドレアはぎくりとして目を覚ました。

部屋の中を見まわした。海ではなかった。病院のベッドだ。腕には点滴がつながれている。口と鼻は酸素マスクで覆われていたが、それでも充分な空気が吸えていないような気がした。逆巻く波のようにパニックが襲ってきた。

「やあ」肩に置かれたマイクの手はしっかりしていた。アンドレアの顔のマスクの位置を直した。「大丈夫だ。息をして」

彼の顔を見て、アンドレアのパニックはゆっくりと収まっていった。その目に浮かぶ心配そうな表情が、まっすぐに彼女の心臓に届いた。

「髪をどうかしたのかい？」彼が訊いた。

アンドレアは笑えなかった。この数時間のことが一気に蘇った——火事、救急車で運ばれたこと、際限のない検査、まったく情報が与えられなかったこと。アンドレアに必要なのは鎮痛剤ではなく水分だと医師は言った。アンドレアは不満だった。鼻がずきずきする。胸はロープで縛りつけられているみたいだ。額はなにかに圧迫されているような感覚があった。唇は腫れている。手で触れてみた。

やがてアンドレアは涙がにじむほど、激しく咳きこんだ。マスクが邪魔だ。押しのけようとすると、マイクが顔からはずしてくれた。肺が顔から出てこようとしているのかと思えるくらい激しい咳の発作に襲われて、アンドレアは体を横向きにした。口を押さえようとしたけれど、点滴の管に腕を引っ張られた。両足にシーツがからまる。指につけられていたパルスオキシメーターがはずれた。

マイクは彼女の傍らに膝をついて、背中を撫でていた。「水が欲しい？」

アンドレアはうなずいた。彼がシンクのそばに置かれていたピッチャーを手に取るのが見えた。煙のせいで目がまだひりひりする。箱からティッシュペーパーを取った。思いっきり鼻をかむと、耳がつんとなった。かんだあとのティッシュペーパーは暖炉の内側のようだった。もう一枚ティッシュペーパーを取って、また耳がつんとするまでかんだ。

アンドレアは尋ねた。「ママは無事？」

「おれが知っているかぎりではね」マイクはコップから飲めるようにストローを差し出した。アンドレアの爪は黒く染まっていた。煙と煤《すす》が皮膚にしみこんでいる。看護師に渡されたスクラブに着替えていたが、それもすでに汚くなっていた。

「ローラに連絡してほしい？」

「まさか」アンドレアは水を飲むのをあきらめた。痛すぎて飲みこめない。「火事。だれか――」

「みんな逃げたよ。バイブルが手を少し火傷《やけど》した。ジュディスの娘がペットのインコを助けるために、家に戻ったんだ。バイブルが両方とも助けた」マイクはベッドの縁に腰かけた。「鳥を冗談にするのは、きみが得意だろう？　あとでからかってやるといい」

アンドレアは恥ずかしさに顔が熱くなった。グリンコで交わした会話の話だ。どうして突然連絡を絶ったのかとマイクは尋ね、アンドレアは冗談でその質問から逃げた。

「シド」いま思い浮かぶ言葉はそれだけだった。「インコの名前はシドっていうの」

マイクは長々とため息をついた。ベッドから立ちあがる。シンクに近づいて、手についた煤を洗った。「消防署長はすでに放火の可能性を除外した。判事は配電システムを一度も新しくしていなかったんだ。昔のヒューズをそのまま使っていた。二階には夫のための医療機器があった。一本の延長コードにいろいろとつなぎすぎたんだ」

「ヤンキーのけち」アンドレアは目をこすったが、すぐにやめた。「体を起こしたいんだけれど、手を貸してくれる?」

マイクはしっかりと彼女の肩を支えてくれたが、部屋が傾くのをどうしようもなかった。

「気をつけて」マイクの目に心配そうな表情が戻ってきた。だがすぐにその目が暗くなり、アンドレアは危うくベッドから転げ落ちそうになった。

降参したかのように両手をあげた。「ごめん、きみは自分の面倒は自分で見られるんだったね」

アンドレアは胸に岩をのせられた気がした。「マイク、わたし——」

「きみはボスを感心させたよ」マイクの口調がまた変わった。「燃えている建物に飛びこんだ。あの一帯が跡形もなくなるのを防いだ。無力な若い女なんていう噂はきれいに消えたね」

彼は、アンドレアが言った愚かな言葉をすべて覚えているようだ。

マイクはシンクに戻った。ディスペンサーからペーパータオルを引っ張り出し、水で濡らした。「きみの額からガラスの破片を取り除いた。四針縫ったよ」

アンドレアは皮膚を縫い合わせている固い糸に触れた。医師に縫われたことはぼんやりとしか覚えていない。「どうして鼻に蜂がつまっているみたいな感じがするの？」

「折れてはいない。プールに落ちたときに、打ったんじゃないか？」

水に落ちたのは他人の身に起きたことのように思えた。

「じっとして」マイクは濡れたペーパータオルでそっと彼女の顔を拭った。「いまはSNSに自分の写真をアップしないほうがいいな」

アンドレアは目を閉じた。肌に当たるペーパータオルが温かい。マイクは優しく額を拭くと、その手を顔の左側へと滑らせていった。アンドレアはこわばった体が緩んでいくのを感じた。もう一度彼の胸に額を押し当てたかった。

「判事の夫だが」マイクが言った。「あまりよくない」

アンドレアは目を開けた。

「元々、状態は悪かったんだ」マイクは顔の反対側をそっと拭った。「痛くない？」

少し痛かったが、アンドレアは答えた。「大丈夫」

マイクは彼女の口のまわりをそっと拭いた。下唇の裂けたところが痛んだ。この痛みは当然の報いだとアンドレアは思った。

「助けてもらう必要があることと、自分を大切に思ってくれている人に助けを求めることとは違う」彼が言った。

アンドレアは言うべき言葉を見つけられなかった。

マイクはペーパータオルを畳んで、きれいな面を表にした。「バイブルとはどうだ？」

「彼は――」咳のせいで喉にやすりをかけられたようだった。「彼はすごい人よ」

まるで猫が毛づくろいをするようにマイクの手は首へとおりていった。「おれがウィトセックに入ったときの最初のパートナーが彼だったって、聞いたかい？」

バイブルがその情報を隠していたことには驚かなかったが、彼がウィトセックにいたことには驚いた。「彼は知っているの……？」

「きみのことは話していない。だが気づいていても驚きはしないね。彼はすごく鋭いから」

バイブルはただ鋭いだけではない。「まるで魔法使いよ」

マイクの笑顔はぎこちなかった。キャットフィッシュ・バイブルの話はしたくないらしい。「念のために言っておくと、おれが救い出してやらなきゃならなかった姉はひとりだけだし、あれこれと母の世話を焼くのは、ずっと苦労してきた母はそうされて当然だからだ」

アンドレアは視線を逸らしたくなるのをこらえて言った。「あんなこと、言うべきじゃなかった。全部」

「あの言葉は本気だった？」

アンドレアは首を振った。「いいえ。あなたのお母さんのことは大好きよ。お姉さんたちもいい人だわ」

ふたりの視線がつかの間からみ合ったが、マイクはすぐにシンクへと戻っていった。新しいペーパータオルを濡らした。「おれはきみを助けてはいないよ。二年前のことを思い出してみればわかるけれど、きみはおれよりはるかに勝っていた。おれはなにをどうしたらいいのか、まるでわかっていなかった」

あの頃のことで真っ先に思い出されるのは途方にくれていたことだったから、アンドレアは首を振った。

「きみはトラウマを体験したんだ、アンディ。きみじゃなければ、あきらめていただろう。生き延びたきみは本当にたいしたものだ」

アンドレアの目から涙があふれた。それが本当であってほしいと心から願った。

マイクがベッドに戻ってきた。アンドレアはすでに手を洗っていたが、またその手を拭きはじめた。「きみがおれから逃げ出した理由はわかる。大変だったからね。きみには、自分が何者なのか、これからどうやって生きていけばいいのかを知る時間が必要だった。おれはその時間を与えようと思った。きみには待つだけの価値があるから。だがきみは戻ってこなかった」

唇を嚙むと、血の味がした。

「バイブルが言っていた噂だが――」マイクは軽くアンドレアの手を握った。緊張している。アンドレアは彼が緊張するのを見るのは初めてだった。「きみがいなくなって、おれはぼろぼろだった。ぼーっと女のことを考えているとみんなにからかわれたが、実際は胸が張り裂けそうだった」

アンドレアはさらに強く唇を噛んだ。わたしはなんて大きな、そしてこれほど人を傷つける過ちを犯してしまったんだろう。

「いや――きみに恋焦がれていたとかそういうわけじゃないんだ」マイクはいつものようににやりと笑って自分の弱さを隠そうとしたが、それは普段のうぬぼれた笑みではなかった。「もちろんいくつか詩を書いたりはしたが、きみの名前を呼びながらあてもなくさまよったりはしなかったからね」

アンドレアは笑ったが、それは胸の中ではちきれそうな後悔の思いを吐き出すためにすぎなかった。

マイクは肩をすくめた。「おれにできることと言えば、意味のないセックスに溺れることだけだった」

アンドレアは今度こそ本当に笑った。

「誤解しないでくれ。そのときのセックスには感謝しているんだ。いろいろと学んだからね」ふざけた口調が戻ってきていた。「日記をつける習慣を取り戻させてくれたＣＡ。創作ダンスに取り組んでくれたバレリーナ。おばあちゃんの家の先で、子供が巣立った母親と過ごした甘いひととき。それからスーパーモデル――山ほどのスーパーモデルがいた」

アンドレアは彼の手に指をからめた。彼にその音が聞こえるに違いないと思えるほど、激しく心臓が打っている。

「変ね。あなたがいないあいだのわたしの過ごし方と同じだわ」

マイクの眉が吊りあがった。「男のスーパーモデル？　それとも女？」

アンドレアは肩をすくめた。「乱交パーティーでは、呼ばれたところに行くものよ」

「確かに。無作法はしたくないからな」

アンドレアは彼にキスをした。

彼の肩に腕をまわす。腰に両脚をからめる。彼の体のすべてが新しく、そして同時によく知っているもののように感じられた。顎ひげは想像していたとおりにふさふさしていた。口はハチミツのようだった。

「マイク――」かろうじて顔を離したときには、アンドレアは息を切らしていた。「ごめんなさい。わたし、本当にばかだった。本当にごめんなさい」

カーテンが乱暴に開けられた。

「もう帰っていいですよ。ベッドを空けてください」甘いひとときを邪魔したことなど、看護師はいささかも気にしていないようだった。アンドレアの腕からあっさりと点滴の針が引き抜かれた。「声がかすれたり、咳が長く続いたり、精神状態がおかしくなったり、息が苦しくなったりしたら、すぐに九一一に電話してください。こちらはご主人？　パートナー？」

　マイクが言った。「こみ入っていまして」

「彼女は軽い脳震盪《のうしんとう》を起こしたんです」看護師はクリップボードを手に取った。「本人以外の人のサインが必要です」

「おれがします」マイクは言った。

「呼吸の練習をしてください。起きているあいだは一時間ごとに」看護師は書類にチェックを入れた。「七十二時間は煙草もお酒も禁止です。痛みがあるときは、トローチかスプレーを使ってください。必要であればタイレノールを。激しい運動は避けてくださいね」

「仕事はできるの？」その質問を発したのはセシリア・コンプトン副部長だった。濃紺のパワースーツのままだ。胸の前で腕を組んでいた。「それとも休息が必要かしら？」

「彼女が働きたいなら、デスクワークなら大丈夫です」看護師はポケットからのど飴《あめ》を取り出してアンドレアに渡した。「あと六時間したら、タイレノールを飲んでも構いません。二十四時間で四千ミリグラムを超えないようにしてください」

　喉の痛みが止まるのなら、ヘロインでも飲んだだろう。アンドレアはのど飴の包み紙を剝《む》いた。「ありがとう」

「オリヴァー？」コンプトンが言った。「ついてきてちょうだい」

ベッドから降りるアンドレアにマイクが手を貸した。アンドレアはぎりぎりまで彼の手を握っていたが、やがて小走りにコンプトンのあとを追った。

「マイクがいてくれてよかった」コンプトンは両手を大きく振りながら、きびきびした足取りで歩いていく。「数年前、レナードが彼と一緒に仕事をしていたのよ。マイクは信用できる人よ。あんな噂なんて一度たりとも信じなかった。正気な女なら、彼を傷つけるようなことは絶対にしない」

アンドレアは口の中でのど飴を転がした。

「こうしましょう」コンプトンはボスモードに戻っていた。「ばかみたいにインコを救出したせいで、バイブルは怪我《けが》人リストに載ったの。それにさっきの看護師の言葉はどうでもいい。あなたたちふたりは、今週いっぱい医療休暇よ。眠りなさい。海岸を散歩するのもいい。判事と家族の警備にはほかのチームを用意したから」

落胆させられることにはいい加減慣れるべきなのだろうが、ディーン・ウェクスラーが吐き気がするような行為を続けているあいだ、自分はモーテルの部屋にただ座っているのかと思うと、アンドレアはハンマーで殴られたような気がした。

コンプトンはアンドレアの気分に気づいたらしい。「あなたがリッキー・フォンテーンとメロディ・ブリッケルのふたりと話した内容は、バイブルからざっと聞いた。いい結果にならなくて残念だったわね。でもいずれなにかがわかるわ。そういうものよ」

この二十年でなにもわからなかった。エミリー・ヴォーンを勘定に入れるなら、ほぼ四十年だ。アンドレアはあきらめるつもりはなかった。悪人に悪行を続けさせるために保安官になったわけではないのだ。「マーム、わたしは——」

「ちょっと待って」コンプトンは男性用トイレのドアをノックした。「もうしばらく、ここにいられる？」

アンドレアが答える間もなく、トイレのドアが開いた。アンドレアとは違って、レナード・バイブルはいたって元気そうだった。燃え盛る家の中にいたことを示すのは、右手に巻かれた目にも鮮やかな真っ白な包帯だけだ。

アンドレアによく見えるように、バイブルはその手をあげた。「間抜けだろ」

「黙って」コンプトンが命じた。

バイブルはアンドレアにウィンクをした。「女房がここにいて、あんまりおれにつらく当たるなってボスに言ってくれるといいんだがな」

「あなたの奥さんは、そんな甘ったるいことは絶対に言わないから」コンプトンは大きく息を吸うと、ボスの立場に戻ってアンドレアに言った。「判事があなたと話したいんですって。お礼を言いたいんだと思うけれど、長くならないようにして。ドクター・ヴォーンは危ない状態なの。朝までもたないと思う」

「わかりました、マーム」

コンプトンは廊下の奥を示したが、フランクリン・ヴォーンの病室を見分けるのは簡単だった。熱気球のような分厚い胸板をしたふたりの保安官補がドアの両脇に立っている。どういうわけか、ふたりはアンドレアを知っていた。ひとりがうなずき、もうひとりがドアを開けた。

医療機器のブーンという音やピッピッという音が聞こえるのだろうと思っていたが、部屋の中は静かだった。光源は鏡の上に取りつけられた照明だけだ。部屋が暗くならないように、洗面所のドアはわずかに開けられていた。

エスター・ヴォーン判事は、夫のベッドの横に置かれた木の椅子に座っていた。火事から守り通した大きなブリーフケースが足元に置かれている。その視線はひたと夫に据えられていた。フランクリン・ヴォーンの体にはなんの管も点滴もつながれておらず、酸素を補給するためのカニューレもなかった。苦痛緩和治療を受けていることは明らかだった。

アンドレアはのど飴を頬に移動させた。「マーム？」

まるでアンドレアが大声で叫んだかのように、判事の肩がぎくりと動いた。だが振り返ることはなかった。「座ってちょうだい、保安官補」

アンドレアはためらった。ベッドの反対側には、国じゅうどこの病院にもあるような大きな布張りの椅子が置かれている。母が何度かの乳癌の手術を受けたあと、数えきれないくらいの時間を同じような椅子に座って過ごしていた。

アンドレアはベッドの向こう側に回った。座らなかった。フランクリン・ヴォーンを見ることもなかった。「わたしと話をなさりたいとコンプトン副部長から伺いましたが」

エスターはゆっくりと顔をあげた。アンドレアを眺め、煤がこびりついた肌と汚れたスクラブを見て取った。「ありがとう」

「お役に立てて幸いです、マーム」咳がしたくて、喉が締めつけられるようだった。「ドクター・ヴォーンの具合が悪いようで残念です。なにかお持ちするものはありますか？」

判事はなにも言わなかった。アンドレアはフランクリン・ヴォーンの浅い息を聞いていた。気がつけば、彼の息を数えていた。いつしか、母の病室に引き戻されていた。少しでも気を緩めれば母が死んでしまうような気がして、何日間もローラの吸入剤をすべて監視し、あらゆる薬物や検査を書き留め、ローラが身じろぎするたびに急いで手を貸した。

アンドレアはまばたきした。こみあげてきた涙が思い出のせいなのか、火事のせいなのかはわからなかった。「マーム、ほかになにもないようでしたら、わたしは――」

「ジュディスが生まれたときのことを考えていた」エスターは口を開いた。「子供の誕生は祝うべきものよ。そう思わない？」

アンドレアは唇をぎゅっと結んだ。判事はまた夫に視線を戻している。手を伸ばしたが、ベッドの手すりをつかんだだけだった。

「医者に判断を委ねられた。子供が無事に生まれたあと、エミリーを生かし続けるのかどうか、フランクリンとわたしは何度も話し合った」エスターは言った。「わたしは機械を止めたかった。フランクリンはそれはできないと言った。世界が見ているからと。わたしたちの世界が見ているからと。でもエミリーが決めてくれたの。分娩《ぶんべん》後、子宮に細菌感染を起こした。産褥熱《さんじょくねつ》ね。感染から敗血症を起こした。あっという間のことだったわ」

ベッドの手すりを握るエスターの指に力がこもった。

「去年フランクリンが脳卒中を起こしたとき、医者はわたしに決断を求めた」エスターの声が険しくなった。「ありありと蘇ってきたことがあった。彼とわたしは書斎にいたの。彼はすごく怒っていて、エミリーを生かし続けるべきだってあくまでも言い張った。もしあなたがエミリーの立場だったらどうしてほしいって、わたしは彼に訊いた。彼は真っ青になって、こう言ったのよ。〝約束してくれ、エスター。わたしのときは、絶対に長引かせないでくれ〟」

アンドレアは、ゆっくりと手すりから離れるエスターの手を眺めていた。エスターは顔を伏せ、床を見つめた。

「わたしは約束を破った。医者に特別な措置をしてもらった。長引かせたのよ」エスターは言った。「そのときは、自分にこう言い聞かせた――フランクリンはまだ生きているでしょう？　心臓はまだ動いている。まだ息をすることができる。命を奪えるのは神さまだけだって」

判事は膝に置いた手をぎゅっと握った。

「本当は、彼を苦しめたかった。あたかもその告白でエネルギーが尽きたかのように、エスターは言葉を切った。「生きていたときに、エミリーを守るべきだった。彼の怒りから。彼のこぶしから。あの頃は、あの子に対してはそれほどひどくないと自分に言い聞かせていた。わたしが我慢できるんだから、あの子もできると。あの子がいなくなって初めて、わたしはあの子をひどく裏切っていたんだと気づいた。わたしの娘なのに。あの子を守るために、わたしはなにもしなかった」

アンドレアは、判事に送られてきた最初の脅迫状のことを考えた――

夫がおまえと娘を肉体的に虐待していたのに、おまえが娘を守るためになにもしなかったことを世間に知られたらどうなるだろうな？

「わたしのキャリアが彼を去勢したんだと思っていた。痣がどうだっていうの？　平手打ちがなに？　わたしの野心が彼への侮辱だった。フランクリンは仕事で成功することができなかった。その分、家で自分の存在を主張する必要があったのね。わたしの痛みはささやかな代償にすぎなかった。でもわたしたちの悪魔の取引にエミリーを巻き添えにする権利は、わたしにはなかった。あの子の悲劇を、わたしを中傷する人を殴りつけるための武器に使う権利も」

二通目の脅迫状の文言がアンドレアの頭の中で反響した——**癌に死刑を宣告されるのは当然の報いだ！　おまえは自分のキャリアのために、子供を犠牲にした！**

「ジュディスのときには譲らなかった。一度でも彼女を傷つけたら、出ていくとフランクリンに言った。彼はあっさりと従った」彼の降伏がいまだに理解できないとでも言うように、エスターの額にしわが寄った。「どうしてわたしはエミリーのためにそれができなかったの？　どうして自分のためにできなかったの？」

アンドレアは頬の内側を噛んだ。

「エミリーが襲われたあと、辞退してはどうだとレーガンに言われた。わたしは激怒した。そのために努力してきたものすべてをあきらめることなんてできなかった。わたしが辞めたりすれば、レーガンは別の女性を任命することに二の足を踏むだろうと思った。どんな大統領もそうでしょうね。わたしは司法の世界にレガシーを残したかった」エスターはじっと夫を見つめた。「怒りも意欲も、すべてはわたしたちが脆弱《ぜいじゃく》なただの人間であることに気づかせるものでしかなかった」

おまえは癌で死にかけていて、夫は植物状態なのに、おまえの頭にあるのは自分のレガシーとやらだけだ！

「わたしの人生は強さと正直さと高潔さの柱の上に成り立っているんだと、ずっと自分に言い聞かせてきたけれど、まったくそんなことはなかった」自分に向けたエスターの口調は、これまでのどんなときより険しかった。「襲われる前の数カ月、エミリーは狡猾さとは無縁だった。わたしよりも世界を理解していた。ほかのだれよりも、わたしという人間を正確に見抜いていた。死期が近づくにつれて、あの子の明晰《めいせき》さがよくわかってきたの。傲慢さゆえにわたしは目が見えなくなっていた。わたしは偽善者よ。ペテン師」

おまえは死ぬんだ、傲慢で、愛情に飢えた、役立たずのくそ女！　おまえがペテン師だってことはだれだって知っている。必ずおまえを苦しませてやる！

「これまでだれにもこんな話をしたことはない。ジュディスにすらも」エスターは言った。「どうしてあなたに話しているのかしらね」

判事の声はほとんどアンドレアの耳に入っていなかった。判事は膝の上で両手を握り締め、背中を丸めて小さくなって床をじっと見つめていた。切望の思いが部屋を満たしていた。判事の夫は数時間以内に息を引き取る。エスター自身の残り時間もあと数カ月だ。これまで自分自身にすら認めようとしてこなかったことを、彼女は見知らぬ人間相手に打ち明けていた。

彼女を気の毒に思うべきなのだろうが、アンドレアはいつしか一九八二年のリッキー・ブレイクリーの証人供述書のことを思い出していた。漫画っぽい丸文字。Ｉの文字の点は大きな丸だった。とりとめのない長ったらしい文章を書いたとき、リッキーはティーンエイジャーだったが、アンドレアがこれまでになにかを学んでいるとしたら、高校を卒業したあと、人間はたいして変わらないということだった。

　脅迫状について、アンドレアを悩ませていることがたくさんあった。罵り言葉がないこと。性的な脅し文句がないこと。正確な句読点。シリアル・コンマ（三つ以上のものを列挙するときのandの前のコンマ）を使っていること。脅迫状を書く人間が自分の正体を隠そうとするのは当然だが、堂々として《imposing》、専制的で《imperious》、知性《intelligent》があり、なにより不屈《indomitable》な人間であるという事実を隠すのは難しい。

「マーム」アンドレアは尋ねた。「どうしてご自分に脅迫状を送ったんですか？」
エスターの口が開いたが、驚いたからではなかった。対処メカニズムが働いていることにアンドレアは気づいた。息を吸い、激しく打つ心臓を落ち着かせ、目の前のトラウマ以外のことに意識を集中させる。

　エスターはようやくアンドレアに顔を向けたが、それは彼女の質問に答えるためではなく、彼女に質問をするためだった。「どうしてわたしが怖くないの？」

「わかりません」アンドレアは答えた。「あなたのことを考えていたときには怖いと思いましたが、こうしてお会いしてみるとあなたは、娘を殺され、夫に殴られていた、途方にくれているひとりの老婦人でした」

　エスターの顎がわずかに緩んだ。「レナードは知っているの？」

「彼はいまもリッキーが脅迫状を書いたと思っています」

エスターは視線を落とした。足元のブリーフケースを見つめる。判事の家は火事で全焼し、唯一彼女が持ち出したのがそのブリーフケースだった。

「制度を操ろうなんてするべきではなかった。いまとなっては、どれほど身勝手だったかがわかる。謝るわ」

アンドレアが求めているのは謝罪ではなかった。説明が欲しかった。判事は、保安官の歴史と同じくらい長くその職についている。司法警備部門がどう機能しているかはよくわかっている。いたずらではないと思われる脅迫状が届いたとき、真っ先に行われるのは判事の身の安全を確保することだ。エスターは危険を感じていたから警備を望んだのだろうが、その理由を説明することも恐れていたらしい。アンドレアはパズルのピースがようやくはまるのを感じた。

アンドレアは尋ねた。「だれから守ってほしかったんですか？」

エスターは大きく息を吸い、か細い肩が持ちあがった。それから、病原菌のようにその名前を吐き出した。「ディーン・ウェクスラー」

アンドレアは布張りの椅子の背をつかんで、自分を支えなくてはならなかった。この町の女性の身に起きている恐ろしいことはすべて、ウェクスラーにつながっているようだ。

「〝あなたがたの敵である悪魔が、吠《ほ》えたける獅子《しし》のように、だれかを食い尽くそうと探し回っています〟」エスターの声は、最後のほうで震えた。「ペトロの手紙一の第五章八節」

アンドレアは椅子の背をつかんだままだった。ディーン・ウェクスラーがエスター・ヴォーンの恐怖心を引き起こす理由はひとつしか考えられなかったが、それを口に出すことができずにいた。

「話してください」

エスターはもう一度深呼吸をして、勇気を奮い起こした。「ジュディスが一歳になる前、一緒の時間を過ごせるように庭にベビーサークルを作ったの。わたしが納屋にいたら、急にあの子が静かになったことに気づいた。あわてて外に出てみたら、ウェクスラーがあの子を抱いていた」

エスターの目に涙が浮かんだ。いまもまだそのときの記憶に囚われている。

「ジュディスは、知らない男に抱かれていることに気づいていなかった。人懐こい子だったの。でもウェクスラーの顔は——あの子を傷つけたがっているみたいだった。もぎ取ろうとでもするように、わざわざ腕をつかんだ。その目に浮かんだ悪意、本物の悪魔——」

感情に溺れてしまいそうになったのか、エスターは言葉を切った。

「あんな悲鳴をあげたことはなかった。エミリーが襲われたことを知ったときも。フランクリンに……」エスターはその先の言葉を呑みこんだが、殴られたことを言っているのはアンドレアにもわかっていた。「生まれてこのかた、わたしは自分を強くて、決してくじけない人間だと思っていた。折れた骨は前よりも強くなって、そうして進んでいくんだと。けれどあの卑劣な悪魔がわたしのジュディスを抱いているのを見たとき、わたしは真っぷたつに裂けてしまった。彼の前に膝をついてジュディスを返してと懇願しているときに、フランクリンが家から出てきたの」

エスターが落ち着きを取り戻そうとしているのがわかった。手が震えはじめている。目に涙が浮かんだ。

「わたしは――ジュディスを抱いて家に駆けこんだ。心臓は燃えているみたいだった。フランクリンが戻ってきたときには、ジュディスとふたりで二階のクローゼットに隠れていた」つらい記憶に抗《あらが》っているのか、エスターは言葉を切った。「ディーン・ウェクスラーがジュディスの父親だってフランクリンに聞かされたのは、そのときよ」

予期していた言葉だったにもかかわらず、アンドレアは再び世界がずるりと滑るのを感じた。頭の中が千々に乱れはじめた――ウェクスラーがジュディスの父親なら、子供を作れないという彼の言葉は嘘だということで、彼がそのことで嘘をついていたのなら、ほかになにを隠しているだろう?

「ウェクスラーを追い払うためには金を払う必要があるってフランクリンは言った。ふたりは取引をしたの。フランクリンが対処することになっていた」エスターは両手を握り合わせて、震えを止めようとした。「すぐに警察に通報するべきだった。そうするべきだったっていまならはっきりわかるけれど、あのときはなにもしなかった」

アンドレアはこう尋ねることしかできなかった。「どうしてですか？」

「ウェクスラーにジュディスを奪われるのが怖かった。あの日、庭で彼が浮かべたあの悪意に満ちた表情は、とても想像できないと思う。わたしはいまでも、あの男は悪を具現化した存在だと心底思っているのよ」エスターは首にかけた十字架をお守りのように指でなぞった。「ウェクスラーは親の権利を主張することができた。ジュディスをわたしたちから奪うことができた。あの子に会う権利や、どうやってあの子を育てるかに口を出す権利を得ることができた。彼の脅威から逃げ出すもっとも都合のいい方法が、お金で追い払うことだった」

「でも」アンドレアは口をはさんだ。「ウェクスラーが親の権利を主張したら、それは強制性交を認めるっていうことですよね？」

「その点については、時代を考慮に入れなくてはいけない。強制性交にまつわる法律の立憲性は、一九八一年三月まで最高裁判所で支持されていなかった。デラウェア州の法律は、一九七〇年代まで性交同意年齢を七歳と定めていた。強姦《ごうかん》被害者保護法はその数年前に制定されたばかりだった。わたしが判事になった頃は、襲われたという女性の証言が信用されるためには、目撃者の裏付けが必要だった」

アンドレアは黙っていられなかった。「ですが判事、それほど変わってはいないはずです。不幸にもレイプされて殺された白人女性は、いまも不幸にもレイプされて殺された白人女性なんです」

「タブロイド紙にはそれでいいかもしれないけれど、法廷では通用しない」エスターは小さな十字架をつかんだまま、一拍の間を置いた。「AからBにどうやってたどり着くの？ ディーンが認めたのはセックスであって殺人じゃないし、いつでも告白を撤回することができた。わたしの地位と事態の性質を考えれば、どんな検察官も裏付けとなる証拠のない不確かな事件を訴追するのは慎重になったでしょうね。フランクリンとわたしは私立探偵を雇ったけれど、エミリーを殺した犯人を見つけることはできなかった。例のごとく、同じ問題に直面した――証拠不十分」

アンドレアは慎重に言葉を選んだ。「警察にはいつだって容疑者について情報を流す提供者がいますよね」

「ディーンの罪を立証するためにだれかを説得するか、お金を払うっていうこと？」エスターがその提案に気を悪くした様子はなかったから、考えたことがあるのだろう。「その人が証言を撤回したらどうする？ わたしたちを脅迫してきたら？ 知らない悪魔より、知っている悪魔のほうがまし。ウェクスラーは人間の姿をした悪魔だけれどね」

エスターが、誤った判断のうちでも最適なものを選択したことはわかっていた。同じ時期に別の出来事が起きたことも、アンドレアは知っていた。「ウェクスラーは、親戚から遺産を相続したと言っていました。そのお金があったから、農場が買えたと」

エスターはゆっくりとうなずいた。「あの地所はフランクリンの母親のものだった。彼女が亡くなったあとは、エミリーに、そしてジュディスに受け継がれるはずだった」

エスターはワンピースの袖口からティッシュペーパーを引っ張り出した。そっと涙を拭ってから、言葉を継いだ。

「フランクリンはあの土地を合名会社に譲渡した。合名会社は名目価格でペーパーカンパニーにその土地を売った。ペーパーカンパニーはそれを、ディーン・ウェクスラーが管理している信託に非公開で譲渡した」エスターはアンドレアの顔を見て、簡単な言葉で言い直した。「税金詐欺、脱税、横領、偽造、おそらくは資金洗浄にもあたると思うけれど、一九八三年の法律を調べてみないとわからない」

ウェクスラーがそこでやめたわけではないことをアンドレアは知っていた。「あなたは、労働委員会の件に関わっていたんですか？」

エスターはうなずいた。「便宜を図ってやる必要があるとフランクリンに言われた。彼はいつもそういう言い方をした――便宜を図ってやる必要がある。わたしはなにも訊かなかった。言われたとおりにした。ジュディスを守りたかったから」

アンドレアは判事の話の穴を指摘した。「ボブ・スティルトンの捜査資料によれば、ウェクスラーは父親にはなれないと主張していたそうです。子供の頃の病気が原因で、無精子症になったと」

「それにも証拠はなかった」エスターも資料を読んでいることは間違いなかった。「ウェクスラーの言葉を信じるほかはないとフランクリンに言われた。リスクが大きすぎたから。わたしはジュディスを守ることに必死だったから、なにも尋ねなかった。疑問を抱きはじめたときには、手遅れだった」

「ウェクスラーにDNA検査を求めなかったんですか？」

「なんのために？　一度脅迫に応じたら、ずっと応じ続けなければならないのよ。最初の土地の取引で、フランクリンとわたしは法を犯した。ディーンはその証拠を握っていた。彼がわたしたちの娘を殺したという証拠はなかった」エスターのため息からは疲労がこぼれていた。アンドレアがほんの二日ほどぶつかっていたのと同じ煉瓦の壁を、彼女は何十年も叩き続けてきたのだ。「脅しは個人的なものだから、協定を壊すことはないだろうとわたしは自分に言い聞かせていた。ウェクスラーはその気になれば、ジュディスを奪うことができたの。そしてギネヴィアが生まれて、失うものはさらに増えた」

アンドレアは自分の腫れている左手首を見た。「ウェクスラーがあの農場で女性たちになにをしているのか知っていますか？」

「何年ものあいだ、わたしは知らないでいることを選んできた。エミリーは、わざと見えないふりをする才能って呼んでいたわね」

アンドレアは如才なく振る舞おうとしたが、スター・ボネールとアリス・ポールセンのことを思い出した。「マーム、詳しいことを知らされていないと言っている人にしては、ずいぶんと詳しいことをご存じのようですね」

エスターは夫に視線を向けた。彼の息遣いは荒かった。息と息のあいだがさらに長くなっていた。「フランクリンが脳卒中を起こして、仲介役ができなくなった。ウェクスラーが直接わたしに会いに来た。わたしはもう終わりだと告げたわ。癌は手術ができないことがわかっていた。残されたわずかな時間をジュディスとギネヴィアと過ごしたかった」

ディーン・ウェクスラーが自分に逆らう女性をどんなふうに扱うのか、アンドレアはその目で見ていた。「彼はなにをしたんです？」

「ギネヴィア宛の手紙が家に届いた」エスターの手がまた喉に当てられた。金の十字架を握った。「差出人の住所に見覚えがあった。ウェクスラーは、農場のボランティアの応募用紙を送ってきたの。ギネヴィアの名前と住所は用紙にあらかじめ記入されていた」

「それだけですか？」ディーン・ウェクスラーがそんな微妙なやり方をするとは思えなかった。

「ギネヴィアの写真が同封されていた。だれかが学校から家まで彼女のあとをつけてきたのよ。一枚は、あの子の寝室の窓の開いたカーテンの隙間から撮影されたものだった」

彼女の声には絶望の響きがあった。「それで、どうしたんですか？」

「わたしはまたパニックになった。最初のときになにも学んでいなかったのね。本当のことを申し出る代わりに、制度を操った。あなたの言ったとおりよ。わたしが脅迫状を書いた。司法警備部門に介入してほしかったから」

アンドレアはやんわりと彼女の言葉を訂正した。警備をするという最初の数度の申し出を彼女は拒否している。「バイブルに来てほしかったんですね」

「レナードはいい人よ。わたしは人生の長い時間を、悪い男たちを恐れて過ごした。夫を。ウェクスラーを。わたしの部下たちを。わたしは、失うことの恐怖と共に生きてきたの──ずっと。エミリーはわたしの恐怖を見抜いて、臆病だと言った。もちろんあの子の言うとおりよ。罪を犯したんだから、あの世で苦しむことはわかっている。ただ残されたわずかな時間を、わたしを愛してくれている人たちに囲まれて過ごしたかった」

「あなたが亡くなったあとはどうするんですか？」判事に計画があることは間違いなかった。

エスターは首を振った。「あなたを過小評価していたことを謝らなくてはいけないわね。あなたには聡明《そうめい》さがあるとレナードが言っていた」

アンドレアはそれを褒め言葉とは受け取らなかった。ウェクスラーに苦しめられている女性が多すぎる。「判事、そのブリーフケースにはなにが入っているんですか？」

一九八一年十一月二十六日

エミリーは食卓に祖母と並んで座り、カボチャの種を剝《む》いていた。毎年ヴォーン家が開いている恒例の感謝祭のパーティーのためだったが、今年は来客用の居間で五十人がカクテルを楽しみ、テレビが置かれている狭苦しい趣味の部屋で二十人がぎゅうぎゅう詰めになりながらフットボールを見るような集まりではなく、出席者は四人だけだった。そしてそのうちのひとりは、ほかの三人がだれなのかもわかっていなかった。

祖母はエミリーに言った。「父さんが種の殻の剝き方を教えてくれたの。カボチャの種が大好きだったんだよ」

「どんな人だったの？」自分で語れるほどだったが、エミリーはあえて尋ねた。

「そうね、あまり背は高くなかった」祖母は次に、柔らかくて薄かった――クラーク・ゲーブルを真似ていた彼にとっては、ひどく落胆することだったらしい――という父親の髪について語った。装身具が好きだったという話題に移ったあたりで、エミリーは心をさまよわせはじめた。カボチャの種を剥く自分の手を眺める。種はエスターがあらかじめオーブンでローストしてあった。たいていの人はピーナツのように食べるときにひとつずつ殻を剥くのだが、祖母は食べることに集中できるように、いま手間をかけておくほうを好んだ。ボウルがほぼいっぱいになっていた。

「こんなふうにするんだって父さんに教わった」殻が裂けるまでどんなふうに優しく押しつぶせばいいのか、祖母は実演してみせた。中の実は緑色だった。「でもまだ食べてはだめなの。全部、ボウルに入れておくんだよ」

「いい考えね」エミリーは応じた。次の種に手を伸ばしたそのとき、背中に鋭い痛みが走って思わず叫び声をあげた。体をふたつ折りにしたくなるのをこらえて、うしろに反り返って筋肉を伸ばした。

「おやおや、大丈夫？」祖母が言った。

大丈夫ではなかった。歯のあいだから息を押し出す。背中の痛みが妊娠のせいなのか、あるいは重たい通学鞄を持ったせいなのか、はたまた学校での出来事が不安でたまらず、夜に眠れていないせいなのかはわからなかった。

「筋肉の痙攣には若すぎるわよ」エスターが食料品庫から出てきた。ザワークラウトの缶をテーブルに置くと、エミリーの背中をこぶしでぐりぐりと揉《も》んだ。「ぐっと押し返して」

エミリーはなにも押したくなかった。痛みが消えてほしいだけだった。

「よくなった？」エスターが訊いた。

痙攣がましになったので、エミリーはうなずいた。目を閉じて、母にもたれかかった。エスターは彼女を抱き止め、髪を撫でた。どちらにとっても初めてのことだった。エミリーの涙を拭いたり、膝のすり傷にキスをしたりするのは、いつも祖母だった。エスターの役目は、エミリーの言葉遣いを注意したり、ディベートの指導をしたりすることだった。エミリーの妊娠が、そんなものがあるとはだれも知らなかったエスターの母親らしさを引き出したかのようだ。あるいは祖母の認知症のせいで、埋めるべきだとエスターが感じたこともなかった自分の中の空白に気づいたのかもしれない。

「エミリー、子供を産むにはあなたはちょっと若いわね」祖母が言った。

エミリーは笑った。「そのとおりね」

エスターはエミリーの頭頂部に唇を押し当てた。「さあ、わたしは夕食を作らないと。あなたのお父さんがじきにクラブから戻ってくるから」

エミリーはキッチンで動きまわる母親を眺めた。正確に言えば、エスターは夕食を作ってはいなかった。メリーランド州の地元の料理を好む料理人が用意したものを温めているだけだ。クラブ・ケーキ。軸つきトウモロコシ。詰め物をしたハマグリと牡蠣《かき》。クランベリーのソース。サヤマメとトマト。焼いたハム。

状況が変わったことをなによりはっきり示しているのがハムだった。これまでエミリーは、肉汁の中でじゅうじゅうと焼けている丸々としたピンク色の肉の塊を見ると、ぞっとするのが常だった。その形は本物の豚を連想させた。エスターが冷蔵庫から取り出したハムは小さくて、食パンのようだった。それでも、四人で食べるには充分すぎる。

だれもなにも言わないだろうが、パーティーがなくなったのはエミリーのせいだ。

エミリーの罪の影響は、パーティーの客の数が減った以上に広範囲に及んでいた。エスターの判事の任命は不確かなものになった。彼女はいま常に電話をしているか、あるいはDCでだれかと会って、いまも自分がその地位にふさわしいことを懸命に示そうとしている。決して口にすることはなかったが、そのプレッシャーは計り知れないものだったはずだ。いらだった口調で話をしていた彼女とフランクリンが、エミリーが部屋に入ってきたとたんに口をつぐむことがあった。フランクリンがきしむ床の上を歩きまわり、エスターは机の前で戦略を立てているのか、寝室の壁越しにふたりのこもった声が聞こえることもあった。

この一週間はとりわけひどかった。エミリーは、エスター・ヴォーンの野心は母親としての義務に影を落としたのかどうかをテーマにした、『ウィルミントン・ニューズ・ジャーナル』の論説を読んだ。エミリーの目につくように、フランクリンが朝食のテーブルに新聞を広げたままにしていたのだ。

エミリーは立ちあがった。不意に泣きたくなった。キッチンにティッシュペーパーはなかったので、ペーパータオルで鼻をかんだ。エミリーが泣いていることはわかっているけれど、それについてできることはなにもないとエスターの笑みが告げていた。

エミリーは母に訊いた。「なにか手伝う？」

「ヘイスティ・プディングが外の冷蔵庫に入っているの。それを――」

「おやまあ」祖母はふたりを見つめていた。「部屋に戻って昼寝をしようかね」

自分の向かい側に立っているのがだれなのか、祖母はわかっていないようだった。幸い、祖母は長いあいだこの家で暮らしていたから、どこになにがあるのかは体にしみついている。祖母は『ヤンキー・ドゥードゥル』をハミングしながら、奥の廊下をのんびりと歩いていった。階段にたどり着いたときには、その足取りはリズムを刻んでいた。

エスターとエミリーは面白そうに顔を見合わせた。エスターは今朝から驚くほど上機嫌だ。自分の妊娠が、母との距離を縮めたのだろうかとエミリーは考えた。答えるのは難しい。母と娘の関係が新しい段階に入ったと思えるときもあれば、サーモスタットの温度が高すぎるとか、床に濡れたタオルを置くなといったことで、エスターがエミリーに小言を言うこともあった。

「プディングね？」エスターが促した。

「わかった」物忘れを妊娠のせいにできないことは、エミリーにもわかっていた。いまのことに意識を集中させるとひどく気が滅入《めい》るので、すぐに注意が逸れてしまうのだ。

ガレージは、祖母の言葉を借りるとシロクマの尻のように冷えていた。コートを取りに戻ろうとは思わなかった。いまは体が熱い。けれどももちろん、ガレージの奥までやってきたときには熱さは消えていた。

エミリーは身震いしながら冷蔵庫を開けた。祖母につられて『ヤンキー・ドゥードゥル』を口ずさみ始める。六年生の課外学習で、ルイーザ・メイ・オルコットの『リトル・メン』を読んだことを思い出した。エミルとフランツはトウモロコシ製粉所を訪れ、ヘイスティ・プディングとトウモロコシパンを何カ月も家族で食べられるくらいのトウモロコシ粉を持って帰ってきた。物語とこの歌を関連づけたエミリーは、教師から花丸をもらった。

いまはもう、どの教師からも花丸はもらえない。

エミリーは学校で完全に仲間外れにされていた。用務員ですら、彼女とすれ違うときには顔を背けた。まるで彼女の妊娠が力場を作りだしたかのようだった。たちの悪い噂が広まるにつれ、より多くの人が彼女と距離を置いた。教師たちは失望して首を振った。体育のときにエミリーが来ていたTシャツにだれかが大きな穴を開けた。教室の机には売女《ばいた》の文字が彫られた。感謝祭の休みの前には、どこかのばかが生理用ナプキンのシールの紙を剝いで、ロッカーに貼りつけた。血の代わりに赤いマーカーが塗られていた。ナプキンは絵葉書のように黒のマーカーで囲われて、その下にこう書かれていた――

ここにいたかった？

ほかのことは違うとしても、ナプキンはリッキーの仕業だろうとエミリーは思った。もっともひどいいじめは結社のメンバーによるものらしい。エミリーがドラッグと酒に溺れているというブレイクが流した噂は、ひとり歩きしていた。エミリーはドラッグを使っていただけではなく、売っていた。常習しているだけではなく、依存症だ。リッキーはさらに別の嘘を重ねていた。エミリーが体育館の裏で数人の少年たちにフェラチオをしているのを見たと、彼女の言葉に耳を傾ける相手に片っ端から話してまわった。すると当然ながら、されていたのは自分だと言いだす少年たちが現れた。ナードは予想どおり残酷で、声が聞こえるところを通りかかるたびに、下劣な言葉を投げかけた。

ある日は、下卑たやつ。

ある日は、売女。

エミリーがとりわけ落ちこんでいるように見える日には、デブのくそアマ。

クレイは完全にエミリーを無視していて、それはナードの不快な言葉よりもはるかにつらかった。クレイにとってエミリーは存在しない人間だった。カフェテリアや通りにいる彼女は、彼には壁の公衆電話や街角の郵便ポストと同じくらいの意味しかなかった。

そしてほかの人たち。メロディ・ブリッケルはエミリーを見かけるたびに笑顔を向けてきたが、その笑みは彼女が失ったものを思い知らせるだけだった。

ディーン・ウェクスラーは、エミリーを自分のクラスから追い出してほしいと要請した。学期も終わりに近づいていたので、エミリーは授業時間を自習として、図書室でひとりで過ごすことになった。

そしてチーズ――いまではジャックと呼ばなければいけない――がいた。

ジャックはどうにかしてエミリーを避けようとしていた。教室の外で話しかけてくることはほとんどなかったし、学校以外の時間は全部ふさがっているらしかった。警察署で働かされているのだと彼は言った。見え透いた言い訳だ。この夏は州の警察学校に行くつもりはないと、ジャックは繰り返し言っていた。卒業したらすぐに町を出るはずだ。

説明のつかない彼女の妊娠が、ふたりのあいだに目に見える緊張感を生んでいるのだろうとエミリーは考えた。パーティーの場にいたかどうかを、ジャックには一度も尋ねていない。ナードの罠にはまるつもりはないからだと自分に言い聞かせてはいたものの、ジャックの答えを恐れる気持ちもどこかにあった。

ジャックはナードの家にいたの？

彼はあたしになにかしたの？

エミリーは冷蔵庫をぼんやりと見つめている自分に気づいた。なにをしに来たのか、思い出せなかった。

ビール、クール・ホイップ、ソーダ、牛乳。

ジャックと話さなくてはいけない。これまでふたりのあいだに秘密はなかった。重要なことについては。エミリーは、ゆうべ、彼が納屋に入っていくのを見ていた。彼の一家にとって休暇は歓迎すべきものではないことを知っていたから、エミリーは枕と清潔な毛布を用意しておいた。彼の母親は朝食後すぐにアルコールに手を出す。署長も昼前にはそれに加わる。夕食の時間になる頃には、ふたりは怒鳴り合ったり殴り合ったりしているか、もしくは床の上で意識を失っているかのどちらかだ。

「プディング」エミリーは、ガレージで凍える思いをしている理由をようやく思い出した。クール・ホイップの容器を平鍋にのせると、お尻を使って冷蔵庫のドアを閉めた。いつも父親の車が駐まっている空間を横切った。父は本当にクラブに行っているんだろうか？従業員が休暇らしきものを取れるように、感謝祭の朝はショットガンスタート（ゴルフで参加者が全員同時にスタートすること）することになっている。父がハーフを回っていることは知っていたが、九ホールに四時間もかからないこともわかっていた。

「迷子になったの？」エスターがガレージの入り口で待っていた。

エミリーはプディングを掲げた。「あのばかみたいな歌が頭から離れなくて」

エスターは息を吸うと、大声で歌いはじめた。「〝父ちゃんとぼくはキャプテン・グディングとキャンプに行った〟」

エミリーも声を合わせた。「〝そこはヘイスティ・プディングみたいに男たちでいっぱいだった〟」

ふたりは声を張りあげて歌いながら、足を踏み鳴らすようにして家へと戻った。「〝キャプテン・ワシントンと彼を支持する紳士たち……彼は傲慢になりすぎて、一緒に馬には乗らなかったんだとさ！〟」

母親から片手で抱き寄せられて、エミリーは頭がくらくらした。エスターは確かに上機嫌だ。もう何年も一緒に歌ったことなどなかった。

「ああ、楽しかった。ね？」エスターは笑いすぎてにじんできた涙を拭った。

エミリーには、母が身づくろいをしているように見えた。「今日はすごく楽しそう」

「楽しくないはずがないでしょう？　一日中、家族と一緒にいられるんだから」エスターは数秒間エミリーの腕をつかんでいたが、やがて食事の支度に戻った。「座っていなさい。あとはわたしがするから」

解放されて、エミリーはほっとした。だれも座っていない祖母の椅子に足をのせた。背中の痙攣は収まっていたが、代わりに爪先がソーセージのように腫れてずきずきした。

エミリーは言った。「英語の課題があるの。それで単位の半分なんだよ」

「今日はそのことは考えなくていい」エスターはエミリーに背を向けていたが、背筋に力がこもったのがわかった。エスターはこちらに向き直り、胸の前で腕を組んだ。「というより、もうそんなことは考えなくていいの。通えなくなるまで待つんじゃなくて、あなたの都合で学校をやめればいいのよ」

それを聞いて、エミリーは息ができなくなった。「ママ、学校はやめられない。来年まで通えば、卒業できるだけの単位が取れるの」

「卒業までには赤ちゃんが産まれているのよ、エミリー。クラスの人たちと一緒に卒業できるなんて、思っていないでしょうね」

エミリーは、さっきまでの浮かれた気持ちがすっと消えていくのを感じた。エスターと彼女は同年齢ではないし、友だち同士でもない。エスターは彼女の母親で、母親が指示をくだしているのだ。

「そんなの不公平だよ」エミリーは言った。エスターが大人のようなことを言うのなら、エミリーは子供のようなことを言うほかはない。「それじゃあ、あたしには選択肢がないみたいじゃない」

「選択肢はある。大切なことに集中するという選択肢が」

「あたしの教育は大切じゃないの？」

「もちろん大切よ。というより、大切になるというべきかしらね」

「ママ、あたしは――」これまで口に出してはいなかったが、それはこのひと月、考えていたことだった。「それでも大学には行ける。子守を雇って、そして――」

「そのためのお金は？」意図したことではなかったのだろうが、エスターがあげた両手は、半世紀以上のあいだ、フランクリンの家のものだった屋敷を差していた。「子守を雇うお金はだれが払うの、エミリー？　大学に通いながら仕事をするつもり？　あなたが授業の予習をして、論文を書いているあいだ、子守にいてもらうの？」

「あたし――」前もって準備をしておくべきだったとエミリーは後悔した。両親に示す実際の数字が必要だった。現在のわずかな投資が将来の利益を生むと説明しなくてはいけなかった。「大学に行かないわけにはいかない」

「そうね、あなたは大学に行くでしょうね」エスターが言った。「いつかは。赤ん坊が学校に通うくらいになったら。入学して何年かしたら、そうしたら――」

「八年先じゃないの！」エミリーは唖然《あぜん》とした。「三十歳近くになってから、大学に行けっていうの？」

「そういう話だってある」エスターは言ったが、例をあげることはなかった。「大学に通いながら、小さな子の面倒を見ることはできないのよ。それは無理」

エミリーは母の偽善が信じられなかった。「ママはしてきたじゃない！」

「声が大きい」エスターが注意した。「わたしのときは事情が違ったの。わたしがハーバードに行っているあいだは、あなたのおばあちゃんがあなたと一緒にいてくれた。それにわたしには夫がいた。あなたのお父さんがそうしろと言ってくれた。わたしが家の外でキャリアを積むことを許してくれたのよ」

「許してくれた？」エミリーは笑わずにはいられなかった。「ママはいつも、女はなんでも好きなことができるって言っているじゃない」

「できるわよ。ただし理にかなった範囲内でね」

エミリーは怒りのあまり、両手をあげた。「ママ！」

「エミリー」エスターの声はしっかりと抑制が利いていた。「あなたのいまの状態の発端となった出来事について話をすることはないと言ったはずよ」

「弁護士みたいなことを言うんだね」

ふたりともぎょっとしたような顔になった。エミリーはあわてて手で口を押さえた。いつも同じようなことを思ってはいたが、一度たりとも口に出して言ったことはない。

エスターはエミリーを叱ろうとはせず、テーブルの前に腰をおろした。エプロンで手を拭いた。「いままでどおりにはいかないのよ、エミリー。あなたは女が破ることを許されていないルール——基本的なルール——を破った。あなたの前に開かれていたドアは閉じてしまったの。それが、あなたが自分の行動の結果として背負わなくてはならないこと」

「どんな行動？　あたしはなにも——」

「あなたは学校には戻らない」エスターは告げた。「先週、ランパート校長からお父さんに電話があった。もう決まったことなの。いまさらどうにもならない。あなたは退学になったの」

エミリーは目が潤むのを感じた。生まれてからずっと、エスターに教育の価値を叩きこまれてきた。母に誇りに思ってもらえるように、エミリーはすべてのテスト、すべての論文のために、何時間も勉強し、記憶し、練習した。

それなのにエスターはいま、すべては無駄だったと言っているのだ。

「エミリー、この世の終わりというわけじゃないのよ」エスターはそう言ったが、なにかの終わりであることは間違いなかった。「あなたのお父さんとわたしで話し合って、決めたことよ」

「そうなんだ、パパがそう言ってるならね」

エスターはエミリーの皮肉を聞き流した。「あなたは機会が来るのを待てばいいの。家にいて、人目につかないようにする。それなりの時間がたったら、あなたがまた世界に戻れるようにわたしたちが方法を考えるから」

「八年間、家に閉じこもっていろっていうの？」

「芝居がかったことはやめなさい。家にいなくてはいけないのは、出産までよ。裏庭なら出てもいいし、授業をしている時間は通りを散歩してもいい。適度な運動は必要だからね」

母の口調が慣れたものであることにエミリーは気づいた。フランクリンはスコッチを手に部屋を歩きまわり、エスターはエミリーができることとできないことのリストを作りながら、夜遅くまでこのことについて話し合っていたのだろう。どちらも身重の娘の望みを尋ねることなど、考えもしなかったのだ。

エミリーはおなかの子供を育てるのだと、彼女の代わりに決めたように。エミリーに学校をやめさせ、卒業をあきらめさせ、大学への進学を延期させ、人生を先送りさせたように。

「そのあとは?」ふたりがほかになにを決めたのか、エミリーは知りたかった。

その質問を同意だと受け取ったらしく、エスターは安堵したように言った。「ふさわしいときが来たと思ったら、お父さんとわたしであなたができることを探す。最初は、仲間うちの人だけがいるところで簡単なことからね。あなたの再出発を受け入れてくれる人を、わたしたちが選ぶから。子供がある程度大きくなったら、インターンシップを始めてもいいわね。それとも秘書のような仕事とか」

「ママってとんでもない偽善者だよね」

エスターは侮辱されたというよりは、面白がっているようだ。「なんですって?」

エミリーは、頭の中の事柄が口から出てこないように押しこめておくことにうんざりしていた。相手に配慮するのは疲れるものだし、だれも彼女に配慮してくれないとなれば、なおさらだ。

エミリーは言った。「女が強くあることの重要性をママは偉そうに説教してきた。無敵だというイメージを世間に与えてきた。ママは怖いもの知らずだとみんなに思わせてきたけれど、ママがしていることや選択してきたことは全部、怖がっていたからじゃない」

「わたしが怖がっている?」エスターは鼻で笑った。「エミリー、わたしは生まれてこのかた、なにひとつ怖がったことなんてない」

「パパに何回殴られた?」

エスターは冷たいまなざしでエミリーを見つめた。「言葉に気をつけなさい」

「どうなるわけ? パパに新しい痣を作られる?悲鳴をあげるまでおばあちゃんの手首をねじる? ママの腕をつかんで階段を引きずっていって、ヘアブラシで殴る?」

エスターが視線を逸らすことはなかったが、それはエミリーも同じだった。

「ママは、人からどう思われるかが怖くてたまらない」エミリーは言った。「だからパパと別れない。だからあたしを家に閉じこめておきたい。みんなに望まれるとおりの行動をしようとして、ママは一生を無駄に過ごしてきたんだよ」

「一生?」エスターはばかにしたように言った。「教えてくれるかしら、みんなってだれなの?」

「みんなはみんな。あたしに中絶させなかったのは、みんなに知られるかもしれないから。養子に出すことを許さないのは、みんながそれをママを攻撃する材料として使うから。あたしが学校をやめさせられるのは、みんながそうするべきだって言ったから。ママは自分の人生やレガシーを完璧にコントロールしているみたいに振る舞っているけど、みんながいつでも好きなときにママからすべてを奪えることが怖くてたまらないんだ」

エスターは唇を結んだ。「続けて。言いたいことは全部言いなさい」

エミリーはいたって真剣だったが、エスターはそれをはけ口が必要なだけだというふりをしていた。「あたしは自分の行動の結果に苦しんでいるんじゃないよ、ママ。ママの臆病さの結果に苦しんでいるんだ」

エスターはだれかの機嫌を取っているときと同じように、片方の眉を吊りあげた。

「ママは偽善者だよ」エミリーは同じ言葉を繰り返したが、いまはそれが啓示のように感じられた。こんなふうにだれかと率直に話したことはこれまでなかった。どうしてあたしはこんなに長いあいだ、口を閉じていたんだろう？　どうして間違ったことを言ったり、間違ったことをしたり、間違った人たちの機嫌を損ねたりすることを、これほど気にしていたんだろう？

彼らがなにをするというの？

エミリーはテーブルにこぶしをついて立ちあがった。「ママには、わざと見えないふりをする驚くべき才能があるんだね。自分のことをすごく頭がよくて、すごく聡明だって思っているけれど、ママは見たくないものを絶対に見ようとしない」

「わたしはなにを見たくないの？」

「自分が怖がっているっていうこと。ママはいつだって口の中に恐怖を溜めたまま、歩いている」

「そうなの？」

「そう。恐怖を溜めているから、口のまわりにしわができている。いまみたいに、そうやって唇を結んでいるから」

エスターの口元が緩んだ。笑い飛ばそうとしたが、笑う材料はなにもなかった。

エミリーは言った。「ママはいつだって恐怖で喉をつまらせている。パパに。友だちに。あたしやおばあちゃんにすら。必死に呑みこもうとしているけれど、でも恐怖は消えない。ママがなにか言うたびに、口にする言葉が凶器になるだけ。そもそもママが言っていることって、意味がないよ。みんなに本当のママを知られることが怖いから、なにを言っても意味がないの」

「本当のわたしって？」

「ママは臆病者だってこと」

エスターは椅子に腰をおろした。脚を組んだ。「わたしは臆病者なの？」

「そうじゃなきゃ、どうしてこんなことになったわけ？」エミリーは問いただした。「どうしてあたしの味方をしてくれないの？　どうしてランパート校長にくそったれって言わないの？　どうして合格通知を出せってジョージタウンに言いに行かないの？　あたしがインターンシップに申しこむって、上院議員に言わないのはどうして？　パパに――」

「わたしがあなたのためなにをしたのか、あなたはわかっていない」

「それなら、聞かせてよ！」エミリーは叫んだ。「ママはいつだって、ほかの女性たちの手本になれって言っていた。ママはあたしのどんな手本になってくれているの？」

エミリーは思いっきりテーブルを叩いたので、ボウルからカボチャの種がこぼれた。エスターはそれを集め、テーブルの端に寄せて手のひらで受け止めた。こぼれた種を全部ボウルに戻すまで、エスターは無言だった。

「エミリー、正直に言うけれど、わたしを手本にするのはあなたのような子じゃない。あなたの妊娠の経緯がどうであろうと、それは実際に起きたこと。危険な状況に自分を置いたあなたは、自分でそれを招いたの。もしもあなたがアラバマのトレイラーで暮らす貧しい少女だったなら、選択肢は違っていたでしょうね」

エスターの言葉は数週間前にリッキーが投げつけたものとあまりに似ていたので、エミリーは肩がずっしりと重くなるのを感じた。

「これからの数年が難しい時期になることは確かよ」エスターは言った。「でもいずれあなたは、お父さんとわたしがあなたに贈ったものに気づくはず。いま犠牲を払っておけば、あなたの時間を賢く使っておけば、最後にはまた世界が迎え入れてくれるのよ」

エミリーは口を拭った。怒りのあまり、口から唾があふれていた。「そうしなかったら？」

わかりきったことだと言わんばかりに、エスターは肩をすくめた。「みんながあなたをのけ者にするでしょうね」

エミリーの喉が動いた。いま以上にのけ者にされることなど、とても想像できない。

「もしも――」エミリーは、説得力のある代替案はないだろうかと懸命に考えた。「ママが任命されるまで、みんなのルールに従っていたらどうなの？　終身の地位だってパパはいつも言っている。任命されてしまえば、問題はなくなるでしょう？」

エスターは、自分のお腹から出てきたことが信じられないような顔でエミリーを見た。

「わたしの最大の野心が、一生を連邦裁判所判事として過ごすことだと本当に思っているの？」

そうでないことをエミリーは知っていた。

「サンディ・オコナーの指名承認をテレビで見たわよね？　ジェシー・ヘルムズは中絶に対する考え方を理由に、もう少しで彼女を追い落とすところだった」エスターはテーブルを指でつついた。「あなたはつらい思いをさせられていると思っている？　サンディは、スタンフォード大学のロースクールを卒業したとき、仕事を見つけられなかった。弁護士の仕事はあきらめて、最初の一歩を踏み出すために秘書として働きはじめるほかはなかった。そしていま彼女は最高裁判所の判事になっているの」

「でも――」エミリーは話を逸らそうとした。「ママなら変えられるでしょう？　それを――」

「外からではなにもできない」

「次に空席ができるのはずっと先のことだよね。空席ができたとしても、また女性が指名されて、承認されるにはそれからさらに十年はかかる。いまが、ママが正しいことができるチャンスなんだよ」エミリーは懇願している口調にならないように気をつけた。「あたしたちは、ママが言ったとおりにしているふりをする。あたしは学校をやめる。その代わり、上院議員の公聴会が終わって、ママが宣誓就任したら、サマースクールに行く。そうしたら――」

「連邦判事はもう決定しているのよ」エスターが言った。「夕食前に発表して、乾杯するつもりだった。今朝、レーガンからじきじきに連絡があったの。お父さんもまだ知らないわ」

　エミリーはその知らせにショックを受けた。母が舞いあがっていた理由が、これで説明がつく。休暇を家族と過ごせることを喜んでいたわけではなかった。望んでいたものを手に入れて、浮き立っていたのだ。

　とりあえずいまは。

「手続きには思った以上に時間がかかるけれど、これはどうすることもできないとレーガンに言われた。発表は三月のイースターの休暇前に行われる。身元調査の期間があって、わたしは国会議事堂でいくつかの会議に出て、それから四月の末に指名承認の公聴会が開かれるの」エスターは感情を隠そうともしなかった。「ロニーは基準を定めたがっているの。女性を昇進させるために女性を昇進させているわけではないと、国に示したがっている。ふさわしい女性を昇進させようとしているの」

「くそ」エミリーは完全に打ちのめされた気分だった。

「言葉に気をつけて」エスターが注意した。「エミリー、今朝電話をしてきたとき、ロニーは『姦通《かんつう》の女の物語』を引き合いに出したの。ヨハネによる福音書、第八章一節〜二十節。それがどういう意味がわかる？」

エミリーはなにも言えなかった。レーガンとの会話を伝えるエスターは有頂天と言っていいほどだ。この十分のあいだにエミリーが口にした言葉は、エスターの硬い殻にひびを入れることができなかった。エミリーは母親に食ってかかった。彼女の偽善を非難した。なのにいまエスターは、なにごともなかったかのように使徒ヨハネを引用している。

「なんて書かれているかは知っているわよね。ファリサイ派の人たちが姦淫《かんいん》を犯した女をイエスの前に連れてきて、こう言った。〝こういう女は石で打ち殺せと、モーセは律法の中で命じています。ところで、あなたはどうお考えになりますか。〟」

エミリーはここまでの会話を振り返り、エスターはどこで傲慢な態度を取り戻したのだろうと考えた。彼女は明らかにエミリーがゲームに参加することを、ふたりがフランクリンに取ってきた態度と同じ態度を取ることを期待している。痣を無視する。怒鳴られたことを忘れる。寝室の壁越しに聞こえてくるすすり泣きや懇願の声が、母のものではなくテレビだというふりをする。

エスターが言った。「ファリサイ派の人たちはイエスを試そうとした。彼の信念がどれほど強いものかを確かめようとした。イエスがなんて言ったのか知っている？　どう？」

エミリーは答えを知っている自分が嫌になった。その一節は日曜学校で学んでいたが、ファリサイ派の人たちはその女に石を投げる気でいながら、彼女と一緒にいた男を罰する考えはまったくなかったことを、これまで一度もおかしいとは思わなかった。

「覚えている？」エスターが訊いた。

エミリーはすらすらと暗唱した。「〝イエスは身を起こして言われた。『あなたたちの中で罪を犯したことのない者が、まず、この女に石を投げなさい』〟」

「そのとおり」エスターは満足そうにうなずいた。「善人も間違いを犯すことがあるとレーガンはわかっている。彼がナンシーと結婚する前、離婚していることは知っているでしょう？」

ロナルド・レーガンの私生活に興味があるとでも言うように、エミリーはうなずいた。エミリーは姦淫を犯した女ではない。わざと間違いを犯したわけではない。

「この難しいときにあなたを支えることで、あなたのお父さんとわたしは立派な模範となるとロニーは言っていた。気骨があることを示すと」

「なるほどね」これですべてがはっきりしたかのように、エミリーは言った。「ママは偽善的な臆病者じゃないってレーガンが言うのなら、実の娘にくそったれのなにがわかるっていうの？」

「言葉に気をつけなさいって言ったでしょう」エスターが立ちあがった。ふたりの話は唐突に終わった。「カボチャの種は応接間のカウンターのそばに置いておいて。お父さんはすぐに帰ってくるから。彼がシャワーを終えたときには、テーブルにディナーを並べておきたいのよ。おばあさんはおそらく……」

エミリーはカボチャの種を持って応接間に向かったので、エスターの言葉は聞こえなくなった。議論に勝つことでキャリアを作りあげてきた女性と議論しようだなんて、ばかなことはするべきではなかったのだ。

それだけではない。

エミリーの言葉は決して母親に届かないだろう。その大部分は、彼女の中の判事が邪魔をするせいだ。エスターは主婦で、庭師で、料理を温める人で、母親で、義理の娘で、時々校外学習の付き添いをする。強さを提示することがもっとも重要な役割とされているのが、判事だ。だれもが彼女を威圧的だと評する。パーティーでは学者のように長々と弁舌をふるう。まるで神であるかのように、彼女の意見は人々のあいだで広まる。剣のように知性を振りかざす。自分の法廷を女王のように支配する。

そして家に帰ってきた彼女を、夫は叩きのめすのだ。

エミリーはカボチャの種をひとつかみ、口に放りこんだ。歯で噛み砕いた。応接間に向かうのではなく、パティオのドアを開けた。冷たい風が顔のまわりの髪をなびかせた。エミリーはカボチャの種が入ったボウルをぎゅっと胸に抱きかかえた。

自宅のキッチンで、シーシュポス（ギリシャ神話の人物。岩を山頂まで持ちあげるという苦行を永遠に課された）に繰り返し岩をぶつけられたにもかかわらず、ジャックに会うことを考えてエミリーの頰が緩んだ。夕食が終わったら、なにか食べるものを届けるつもりだった。普段、納屋で夜を過ごすときには、彼はチョコレートバーとビーフジャーキーで空腹をごまかしている。翌日エミリーが処分している包み紙を見るかぎりではそうだ。カボチャの種があれば、しばらくは彼のおなかももつだろう。

納屋のひずんだドアはきちんと閉まっていなかった。クローゼットから予備の布団を持ってこようと決めた。彼が寒さについて不満を漏らすことはなかったが、この時期の気候はとりわけ厳しい。納屋は断熱がされていない。わずかな風にも、がたがたと走る列車のように一枚ガラスの窓は揺れた。

エミリーはドアの外で足を止め、耳を澄ました。低いうめき声が聞こえて、心臓が砕けそうになった。この世でひとりぼっちだという気持ちになったときにはいつも、ジャックのことを考えろと自分に言い聞かせるようにしていた。エスターは聖人ぶった偽善者で、フランクリンは暴君だが、少なくともエミリーは感謝祭を寒い納屋で迎えることはない。カボチャの種をそこに置いていくつもりでエミリーはしゃがみこんだが、そのときまたうめき声がした。心が痛んだ。ジャックが泣いているのを見たことはあった。実のところ、何度もある。学校で彼に距離を置かれているのはつらかったが、それでも彼が友人であることに変わりはない。

エミリーはドアを押し開けた。

最初のうち、エミリーは自分がなにを見ているのかわからなかった。頭がその意味を理解できなかった。

クレイはドアに背を向けていた。ジャックは作業台に手をついて体を支えている。ふたりが喧嘩《けんか》をしているのだとエミリーは思った。レスリングをしている。遊んでいる。けれどそのとき、クレイのズボンが足首までおろされていることに気づいた。ジャックがまたうめいた。クレイがぐっと腰を押しつけると、作業台が揺れた。

ふたりはセックスをしていた。

9

アンドレアは質問を繰り返した。「そのブリーフケースにはなにが入っているんですか？」

判事は答える代わりに、フランクリン・ヴォーンを見つめた。その顔に感情は浮かんでいなかったし、ふたりのあいだの愛を示す仕草もなかった。半世紀近く彼女の夫だった男は、数時間のうちに死んでいく。エスター自身もそれほどたたないうちにあとを追う。

彼女は言った。「癌だと知らされたとき、わたしは身辺整理をしようとした。そういったことは、ずっとフランクリンに任せてあったの。金庫には金融関係の書類と遺言状が入っているんだろうと思っていた。そのとおりだったけれど、こんなものが見つかるとは予想外だった」

エスターは、床からブリーフケースを持ちあげようとして苦労していた。アンドレアはベッドの向こう側にまわって手を貸した。ブリーフケースは思っていたよりも軽かった。片手で持ちあげて、判事の膝に置いた。

「ありがとう」エスターの指がコンビネーションロックを回した。カチリと鍵が開いた。

アンドレアは彼女を見おろすようにして立っていたから、中を見ることができた。書類の束、数枚のマニラ封筒、そして電源コードがついたままの古そうなノートパソコン。

「フランクリンはわたしよりもずっとテクノロジーに詳しかった」エスターはアンドレアを見あげた。「彼は、ウェクスラーとの会話を全部録音していたの。フォンテーンも何度か登場している。最初の頃は音声の録音だった。あとのほうになると、フランクリンは彼らとの交渉の様子を録画できるように、本棚にビデオカメラを隠していたの。はっきりと悪事を証明しているものがひとつある。彼らは、ウェクスラーに三百万ドル以上の利益をもたらした保全地役権を隠すために、フォンテーンの名前で慈善目的の土地信託を設定した。共同謀議に対する州の出訴期間は元々の犯罪が行われたときからではなくて、謀議の目的が遺棄、撤回、もしくは遂行されたときに始まるの。脅迫だけでも、四十年近く続いている。詐欺の場合に重要なのは故意を立証すること。ビデオの映像は充分な証拠になる。彼らは逃げられないわ」

喜ぶべきだとわかっていたが、アンドレアには怒りしか感じられなかった。これだけの証拠が数十年前から揃っていたのだ。「どうしてフランクリンは――彼は――」

「そうね、フランクリンは何年も前にこれを公《おおやけ》にできた。法的な責任は彼にもあるけれど、倫理が欠けていたのはわたしのほう」エスターは気を取り直そうとするかのように、唇を結んだ。「数カ月の違いなどどうということはないと、自分に言い聞かせていた。脅迫状のおかげで、ジュディスとギネヴィアは二十四時間の警護を受ける。バイブルは文字どおり世界の果てまで行ってでも、ふたりを守ってくれる。わたしの命はまもなく尽きる。わたしの死後、ウェクスラーとフォンテーンの罪は暴かれる。だれも傷つくことはない。そう自分に言い聞かせてきたけれど、でもそれは間違いだったのね？」

アンドレアは再び喉がつまったように感じた。「アリス・ポールセン」

「そう、アリス・ポールセン」エスターはブリーフケースに手を入れて、分厚いマニラ封筒に触れた。アンドレアの目を見つめて言った。「わたしの臆病さのせいで、またひとりの親が子供を失った。わたしは安らかな死を迎えることはできない。そんな価値はない」

アンドレアは、彼女がブリーフケースから封筒を取り出すのを眺めた。封筒には手書きでこう書かれていた――

わたしの死後、レナード・バイブルに託すこと。

エスターは言った。「元々の土地譲渡、保全地役権と慈善目的の土地信託に関するすべての書類がここに入っている。ノートパソコンには、音声や映像の記録だけでなく、関連のあるEメール、電信送金、銀行口座、税金関連の書類も入っている。日付、時刻、場所、わたしに法的面で介入させたときの手順もわかる。事件の概要をまとめたものも入れておいた。ディーン・ウェクスラーとバーナード・フォンテーンを、脱税、税金詐欺、有線通信不正行為――ほかにも山ほどの罪で告発できる。全部ここに入っているから」

アンドレアは驚きのあまり、封筒を受け取れずにいた。エスターは、ウェクスラーとナードを止めるために必要なものすべてを差し出してくれている。

「可能なあいだは、全面的に協力する」心を決めたいま、エスターはすべてを終わらせたくて仕方がないようだった。封筒をブリーフケースに戻し、アンドレアが持っていくのを待っている。

それ以上、言葉は必要なかった。

アンドレアの手が震えはじめた。汗ばむと同時に寒さを感じていた。ブリーフケースを胸に抱えた。今度は重く感じた。アリス・ポールセンの休まらない魂がこの中に入っている。スター・ボネールの危うい未来が。エスター・ヴォーンにはふさわしくない安らかな死が。

フランクリン・ヴォーンの病室を出たアンドレアに、保安官補たちが軽く会釈をした。廊下の突き当たりまでやってきたところで、アンドレアはようやく自分がなにを持っているのかを意識した。

ウェクスラーとナードの罪を立証する証拠。

ふたりを刑務所送りにするのに充分な証拠。農場を閉鎖するのに充分な証拠。

ようやく高揚感を覚えた。気持ちが高ぶって、頭がくらくらする。アドレナリンのせいですべてが鮮明に感じられた。角を曲がったときには、バイブルを捜しながら走り出していた。エレベーターの近くでマイクと話している彼の姿が見えた。ふたりはナースステーションの背の高いカウンターにもたれていた。バイブルは包帯を巻いた手を胸に抱きかかえている。一メートルほど離れたところで、コンプトンが携帯電話を操作していた。

「アンディ？」最初に彼女に気づいたのはマイクだった。「どうした？」

言葉が出なかった。ブリーフケースから手が滑りそうになった。最後の一メートルほどは足がもつれていた。

「アンディ？」マイクがブリーフケースを受け取った。「大丈夫か？」

「わたし――」アンドレアは言葉を切って、息を吸った。「脅迫状は判事が自分で書いたの」

コンプトンは携帯電話から顔をあげた。バイブルはぐっと奥歯を嚙みしめたが、なにも言わなかった。

「判事は――」アンドレアは再び言葉を切った。もう一度深呼吸をする。胸に手を当てて、静まるようにと心臓に言い聞かせた。「判事はウェクスラーに脅迫されていたんです。何十年も。ジュディスが赤ん坊だった頃から。ウェクスラーは自分が父親だと言ったそうなんですが、本当のところはわかりません。嘘をついているのかもしれない。でもそんなことはどうでもいいんです。彼らは終わりです。ふたりとも。ナードも関わっていました」

「オリヴァー、説明してちょうだい」コンプトンは床に膝をついて、ブリーフケースの中身を調べている。「ここにあるものはなに？」

「ノートパソコン。フランクリン・ヴォーンはすべてを記録していたんです。ウェクスラーとフォンテーンを詐欺だけでも刑務所送りにするには充分なものを」アンドレアも膝をついた。バイブル宛になっている封筒を取り出した。「エスターは――ここにすべてがまとめられています。ウェクスラーとフォンテーンのふたりが関わったことすべてが」

箇条書きにされたページを読んでいるあいだ、コンプトンは無言だった。最後の項目まで読み進んだときには、首を振っていた。「なんてこと。彼女は逮捕状請求書を書いてくれたも同然だわ。レナード――」

全員の視線がバイブルに向けられた。彼は奥歯を嚙みしめたままだ。

コンプトンは立ちあがった。彼の顔の横に手を当てた。「いまは忘れて、ベイビー。考えるのは明日にするのよ。わかった？」

バイブルは素っ気なくうなずいたが、裏切られたというような表情が消えることはなかった。「これで充分なのか？」

「ええ」コンプトンは、ナースステーションのコンセントにノートパソコンのプラグを差しこんでいるマイクに向かっていった。「マイク、この一件が片付くまで、あなたはわたしの指示に従ってちょうだい。いまこの瞬間から、証拠保全を始めます。これは規則に従って進める必要があるの。そのビデオは司法省にアップロードして。農場の捜査令状がいるわね。ウェクスラーとフォンテーンの逮捕令状も。今夜中に行う必要がある。協力を要請できるこの地域の保安官補が何人かいるから、農場の監視をさせる。ふたりに逃げられないようにしないと。あの手の男たちは必ず脱出計画を用意しているものよ。スティルトンは信用できる？」

それはバイブルに向けられた質問だった。彼は首を振って答えた。「わからない」

「それなら、逮捕するまでスティルトンは控えにまわってもらいましょう。フォンテーンは銃を携帯していた。武装していると考える必要があるわね。ボルチモアから急襲チームに来てもらう。人質を取られるような事態にはしたくないもの。女性たちの身の安全の確保が最優先よ。いいわね？」

コンプトンはバイブルの返事を待っている。

彼は答えた。「わかった」

「よろしい。逃げると決めた女性がいた場合に備えて、救急車を待機させておく。ジョンズ・ホプキンズに運ぶわ。ウェクスラーの洗脳を解く方法があるといいんだけれど。フォンテーンも同じよ。エスターが正しければ、彼は刑務所行きを恐れている。ウェクスラーを告発するような取引をしたがるかもしれない。ウェクスラーはボルチモアに移送して、じっくり考えさせましょう。バイブル、フォンテーンについてはあなたに任せる。留置場で二十四時間過ごさせれば、話す気になるわ」

「だめです、マーム」バイブルが応じた。「おれはウェクスラーを捕まえたい。今夜中に」

コンプトンが尋ねた。「どうして？」

「今夜を逃せば、二度とやつをびくつかせることはできない」バイブルが答えた。「やつをベッドから引きずり出して、スティルトンの留置場にぶち込んで、とことん追及して、自白させる。それがこの件を終わらせるもっとも手っ取り早い方法だ」

「留置場に入れたら、彼は怯えて弁護士を呼び、わたしたちが彼に会うのは三年後の裁判所かもしれない」コンプトンが言った。「このリンゴをかじれるのは一度きりよ。ウェクスラーはボルチモアに移送される道中で、これは大きな誤解だとうまく言い逃れる方法を考えはじめるかもしれない。それがわたしたちの目的でしょう？ 彼に話をさせ、説明させることが」

「やつは精神病質者だ」バイブルが言った。「やつに平静を取り戻す時間を与えれば、なにか計画を考えつく」

「あなたの意見はわかった」コンプトンはマイクに向き直った。「あなたもチームの一員だわ。どう思う？ 今夜ウェクスラーを追及するべき？ それとも時間を与えるべき？」

「今夜だとおれの直感は言っています。それに訊かれたから言うわけじゃありませんが、フォンテーンとは取引したくない」マイクは肩をすくめた。「ドラキュラの心臓に杭《くい》を打てるのに、どうして僕《しもべ》のレンフィールドを追いかける必要があるんです？」

アンドレアはうなずいていた。ナードにもなにひとつ罰を逃れさせたくない。レンフィールドというのは正確すぎる表現だ。ナードはウェクスラーのただの追従者ではない。邪悪な主人のために、被害者を調達していたのだ。

「オリヴァー」コンプトンは今度はアンドレアに訊いた。「あなたの意見は？」

アンドレアにできるのは、真実だとわかっていることを伝えるだけだった。「ナードは弁護士を立ててくるでしょう。いつもそうしていますから。彼にウェクスラーを裏切らせるのが目的なら、土壇場まで追いこまれないかぎり、それは無理だと思います。そういう事態になっても、彼は裏切らないかもしれない。虚無主義者《ニヒリスト》ですから」

「わかった。フォンテーンははずしましょう」コンプトンが言った。「ウェクスラーはどう扱うのがいちばんいい？」

「彼が間違いを犯すのは怒っているときだけです」アンドレアはウェクスラーが自制心を失うところを見た。それから十分もたたないうちに、彼は有機農業運動の先駆けとなったと自慢していた。「落ち着く時間を与えてしまえば、彼はその間《かん》に抜け道を見つけます」

「わかった。こうしましょう。バイブル、今夜はあなたとオリヴァーにウェクスラーを任せる。農場で捕まえて、そのままスティルトンの職場に連れていって。フォンテーンはボルチモアよ。オリヴァー、モーテルに戻ってシャワーを浴びなさい。ウェクスラーを勾留したら、警察署に向かう途中で拾うから。作戦開始は三時間後。二時間後には動けるようにしておきなさい」

アンドレアはこれから二時間、ただ待っているつもりはなかった。「マーム、わたしは――」

「命令に従いなさい」コンプトンは言った。「これ以上、人手はいらない。いるのは脳なの。あなたは一度ウェクスラーと対決している。あなたが彼を怖がっていないことを、彼は知っている。彼と会ったときに、火事から逃げ出してプールに飛びこんだように見えたのでは困るのよ。バイブル、彼女を納得させてちょうだい。それからわたしのところに来て。マイク、このビデオを見たいから、だれにも邪魔されない場所を探して」

マイクはノートパソコンを閉じた。もう一度アンドレアの目を見つめてから、コンプトンと一緒にその場を去っていった。

アンドレアは体を前のめりにして立っていた。全身をぐるぐる巻きにされたような気分だ。ふたりのあとをついていきたくてたまらなかった。ただひたすら待たされるのではなく、なにかがしたかった。

バイブルに尋ねた。「戦略はありますか？　どうやってウェクスラーに自白させるんですか？」

「精神病質者に戦略は通じない。あいつらはいつだって、思ってもみない角度から迫ってくるからな」

アンドレアはたったいままで、ウェクスラーを精神病質者だとは考えていなかった。だが彼は基準に当てはまる。恥や悔悟の念がない、うぬぼれが強い、人を操るのがうまい、衝動をコントロールするのが苦手。自分の父親に同じような特性があったから、このリストなら熟知していた。

「わかりました」彼女は言った。「でもなにか大まかな計画か構想みたいなものがないと――」

「こいつに授業計画はなしだ、相棒」ささいなことだと言わんばかりに、バイブルは肩をすくめた。「石蹴り遊びみたいなもんだ。枠の中に石を投げて、ウェクスラーがそこに向かってジャンプしてくるのを待つのさ」

アンドレアはまた説教されるのはごめんだった。詳しい話がしたいだけだ。「それで――どうなんです？　彼に空豆の話をさせて、そうそう、実はおれ、たくさん詐欺を働いてきてさ、自白するからどこにサインすればいいって、彼が言いだすのを待つんですか？」

「そいつは素晴らしいが、多分そうはならないだろうな」バイブルが言った。「おれたちが話を誘導する。やつをつついて、道を進ませる。最後には望みの枠に入るっていう寸法だ」

「いまはたとえ話なんてしていられません。大切なことなんです。いままであなたに深みに放りこまれるたびに、わたしはなんとかして泳いできた。でも今回は違います。概略が必要なんです」

「わかった、わかった。考えてみよう。おれが尋問の主導権を握る。それでいいか？」

それくらいは予想していた。「はい」

「するとディーンのおっさんがやってきて、こう言う。〝おれは彼女としか話さない〟」バイブルはアンドレアの胸を指さした。「で、おれは立ちあがって、あんたたちをふたりきりにする。それからどうする？」

アンドレアは唇を嚙んだ。

「あるいは、あんたに尋問を任せることにしようか。どうだ？」バイブルは答えを期待していなかった。「するとディーンはこう言う。〝いいや、おれはその娘とは話さない。話すのは男にだけだ〟。あんたは立ちあがって出ていかなきゃならない」

「それなら、わたしたちふたりで――」

「おれたちはどちらもこれから二時間かけて、頭をはっきりさせておくんだ。それが準備だ。それが戦略だ。やつがなにを言いだすか、予測することはできない。エミリーの話をしたがると考えていたら、エミリーのことを話したがるかもしれない。農場の話をするだろうと思っていたら、母親から愛されなかったとか父親がモッキングバードを撃ったとかいう話をしたがるかもしれない」

「それじゃあ、わたしたちはただ彼が話したいことを話させるだけなんですか？」

「そのとおり。ボスが言ったことを聞いたはずだ。おれたちの目的は、やつに話をさせることだ。やつを緊張させて、観衆を与えてやって、間違いを犯すのを待つ。おれたちは、どこに行き着く必要があるかだけ覚えていればいい。それはどこだ？」

「そうか」アンドレアはソクラテス式問答法にも乗り気ではなかった。「脅迫。偽の土地取引。労働委員会の件。保全地役権。脱税。偽の慈善事業。エミリー・ファッキング・ヴォーガン」

「そのうちのひとつだけでいい」バイブルは指を一本立てた。「やつに悪行をひとつ認めさせる。その話をさせてから、次の悪行に移る。そしてまた次の悪行。石を投げて、その枠にジャンプする。そうやって勝つんだ。時間はかかる」

アンドレアは言った。「急いで準備してあとは待つだけっていうのは、もういい加減うんざりなんです」

「それが世の常だ」

「くそうっとうしいったら」アンドレアのいらだちは怒りに取って代わった。「ウェクスラーはエミリー・ヴォーンをレイプして殺したか、もしくはそれをした人間を知っている。エスターの家族を四十年近く脅してきた。スター・ボネールを完全に支配していた。メロディ・ブリッケルを破産寸前まで追いこんだ。アリス・ポールセンは彼から逃げるために自殺した。農場には、少なくとも十人の生きる屍《しかばね》みたいな女性がいる。あの男が触れたものはどれもしおれるか死ぬかなのに、あいつはずっと逃げ続けてきた」

バイブルはしげしげと彼女を見つめた。「自分のことみたいに言うんだな」

「だってそのとおりだから」

アンドレアはモーテルに戻るとき、車を待っていられなかった。〝患者　所持品〟と書かれたバッグを手に持ち、病院からの短い距離を歩いた。持ってくる必要はなかったかもしれない。服はもう着られない。水に濡れた銃はボルチモアに送り返されて、明日の朝にならなければ代替品は至急されない。アンドロイド携帯はバイブルのSUVの中のバックパックに入ったままだ。iPhoneはひどく損傷していて、ひび割れた液晶画面のあいだから中の部品が見えていた。靴ですらひどい有様で、一歩ごとにプールの水が漏れ出てきた。

世界でいちばん熱くて長いシャワーのおかげで、アンドレアはようやくきれいになった気がしたが、ディーン・ウェクスラーが頭から消えることはなかった。エスター・ヴォーンから聞かされた話を何度も頭の中で繰り返した。脅迫や詐欺のことではなく、庭でジュディスを抱いているウェクスラーを見つけたとき、恐怖にすくみあがったくだりだ。その類の恐怖なら、アンドレアは分子レベルで知っていた。自分はこういう人間だと思っていたのに、トラウマのせいでそれが粉々になるときにどう感じるものかも知っていた。ローラと同じように、エスターやスターやアリスと同じように、アンドレアもふたつの違う人生を送っている。精神病質者に会う前とあとだ。

窓に近づいて、カーテンの隙間から外を見た。道路に人気《ひとけ》はなく、その向こうの森はすっかり闇に包まれている。監視チームはすでに持ち場についているはずだ。六人の保安官補が農場に通じるすべての道を監視して動きを見張り、ウェクスラーとナードの居場所を確認するだろう。急襲チームがボルチモアからこちらに向かっている。令状は手続きを行っているか、あるいはすでにサインされているかもしれない。アンドレアにできることはなにもなく、髪をかきむしりながら、ただひたすら待って、待って、待ち続けるだけだった。

時計を見た。十一時十分。ディーン・ウェクスラーと再び顔を合わせるまで、少なくとも、まだあと九十分ある。

アンドレアは冷たい窓ガラスに額を押し当てた。計画を立てるなとバイブルには言われたが、彼女には計画が必要だった。彼女にはバイブルのような数十年もの経験はもちろんのこと、生まれながらの自信もなかった。スティルトンの警察署の奥にある狭苦しい取調室を思い浮かべた。ウェクスラーと向かい合って座る自分を想像しようとしたが、浮かんできたのはあの農家のキッチンだった。スターがパンの材料を集めている。ウェクスラーが、テレビ宣教師のようにだらだらと喋り続けている。その顔に浮かぶ満足げな表情。テーブルに彼のグラスを置く許可をスターに与える前の長い間。

彼は場を支配するのが好きだ。それを人に見せるのが好きだ。

だとすると彼は、アンドレアとバイブルの両方をその場にいさせようとするだろう。

話をするのは、ほとんどがバイブルだ。わたしはなにをする？

机に近づいた。ノートはもう真っ白なままではなかった。ディーン・ウェクスラーとふたりきりで過ごしたわずかな時間について、いくつか書き記してあった。バイブルには彼なりの石蹴りのやり方があるが、アンドレアにはアンドレアのトリガーがある。今夜の目的は、ウェクスラーに場をコントロールできていないと感じさせることだ。そうすれば、彼は最初の間違いを犯すだろう。アンドレアはウェクスラーの見せかけが剝《は》がれ落ちた瞬間を三回見ているが、そのいずれも彼の古いフォードのトラックの中でのことだった。

一度目はアンドレアがエミリー・ヴォーンの名前を口にしたときだ。なんの前触れもなくウェクスラーがブレーキを踏み、アンドレアは危うくダッシュボードに頭をぶつけそうになった。

彼は教師をやめたあとも、傷つきやすい若い女性たちに囲まれていられる方法を見つけたとアンドレアが指摘すると、彼は二度目にブレーキを踏んだ。

三度目はもっと直接的で、もっと複雑だった。ウェクスラーは、アンドレアよりも大きい糞《くそ》をすると言い、アンドレアは尻から脳みそを引っ張り出してもらえと言い返した。

ウェクスラーの行為が激化したのはそのときだった。黙らせようとしてアンドレアの手首をつかんだ。

アンドレアはペンでこつこつとノートを叩いた。ウェクスラーのトリガーを見つけるのは簡単だ。彼はエミリーの名前を聞きたくない。他人を利用すると言われたくない。そしてなによりはっきりしているのは、自分が口にしたたわごとに突っ込まれるのが嫌いだということだ。

この情報をどう考えればいいだろう？　これは石蹴りの枠だろうか、それとも石だろうか？　アンドレアはペンを置いた。窓に戻り、再びがらんとした道路を眺める。腕を組んだ。窓に背中を向けた。目を閉じた。

ウェクスラーのエゴを刺激することと、彼の怒りを引き出すことのあいだには細い線がある。アンドレアは彼の暴力については心配していなかった。自分の身を守ることはできるし、バイブルがそうはさせないだろうと思っていた。問題は、間違った方向に刺激しすぎると、すべてを台無しにしてしまうだろうということだ。かといって刺激が足りなければ、アンドレアが怖がっているとウェクスラーに思われてしまうだろう。彼の行動が示しているることがあるとすれば、それは女性を怖がらせるのが好きだということだ。

アンドレアは目を開けた。二分しかたっていないと時計が告げていた。八十八分間、部屋をうろつき、窓から外を眺めていても、戦略と呼べるものは立てられそうにない。ウェクスラーを怒らせる方法ならわかるが、どうすれば彼から情報を引き出せるのかがわからなかった。ウェクスラーはクレイトン・モロウの安っぽいコピーだとメロディ・ブリッケルは言っていた。アンドレアは、クレイトン・モロウに立ち向かい、いまもその話をすることのできるただひとりの人物を知っていた。

気が変わる前に、部屋のモーテルの電話でその番号にかけた。

母親は四回目の呼び出し音で出た。「ダーリン？ 無事なの？ いま何時？」

「わたしは大丈夫よ、お母さん。こんな時間にごめん——」ふと気づいたことがあった。「発信者番号って出ていた？」

長い沈黙のあとでローラが答えた。「あなたがロングビル・ビーチにいることはわかっている」

アンドレアは口の中で毒づいた。ディーン・ウェクスラーを策略にかけて自白させようとしているのに、自分のｉＰｈｏｎｅの位置情報サービスを切っておくことに気づかないほど愚かだったのだ。「それじゃあお母さんはずっと嘘をついていたわけ？」

「あなたと同じようにっていうこと？」

そのとおりだ。

「ダーリン、大丈夫なの？」

アンドレアは頭を手で支えた。額の傷を縫った太い糸が手に触れた。鼻はずきずきする。喉も痛い。「嘘をついてごめんなさい」

「わたしは嘘をついたことを悪いとは思っていないわよ。あなたの声がきしんでるのを聞くのは面白かった」

それはそうだろう。

ローラは聞いた。「どうしてモーテルの部屋から電話をかけてきたの？　なにがあったの？」

「なにも」アンドレアは咳をこらえた。「心配しないで。ここ最近はどんな崖にも飛び降りたりしていないから」

「そういう場合は、飛びこむって言うべきじゃないかしら」

アンドレアは口を開き、そして閉じた。そういった議論をするのはこれが初めてではない。この二年は、ささいな意見の不一致でいっぱいだった。アンドレアはようやく、口から剃刀を取り出すことに決めた。

「お母さん、助けが必要なの」

「でしょうね。なにが問題なの？」

「なにも問題はない」アンドレアは言い張った。「よかったら――彼のことをいくつか教えてもらえない？」

ローラは正式な名前を尋ねようとはしなかった。クレイトン・モロウは、ふたりにとってのヴォルデモートだ。「なにが知りたいの？」

「わたし――」なにから切り出せばいいのか、わからなかった。これまでは、ローラが父親の話を持ち出すたびに、耳をふさいできたのだ。それを乗り越えるには、ディーン・ウェクスラーは四十年ほど前に、クレイトン・モロウという人間から学んだという事実に改めて目を向けるほかはない。「彼のなにを覚えている？　初めて会ったときのことだけれど」

「セックスはたいしたことなかった」

「お母さん」

「わかってるって。もっといい言い方がありそうね。セックスはたいして重要じゃなかったの。彼に興味を持ってもらえることが、媚薬《びやく》だった。彼のとりこになっていたのは、もちろんわたしだけじゃなかった。彼が男たちや、ほかの女や、子供にまで同じことをしていたのを見たわ。彼は人間を観察して、彼らがなにを求めているかを見抜いて、それを与えられる世界でただひとりの存在になる方法を見つけるの。そうなったら、彼に言われたことはなんでもするようになる」

ウェクスラーは同じパターンに従ったのだとアンドレアは悟っていた。彼はボランティアたちとは会っていないと言ったが、スターは明らかに彼の言いなりだった。早死にするために自分を苛んでいた。

「あなたがいまいる場所から考えたことだけれど」ローラは言葉を継いだ。「あなたの父親があのかわいそうな少女を殺したとは思わない。その話を聞いたときも、そしていまも」

話を逸らされるのは気に入らなかったが、訊かずにはいられなかった。「どうして？」

「あなたのいまの仕事に賛成はしていないけれど、それでもわたしはあなたの母親よ。あなたからメールでもらった授業計画書を見た。グリンコでの六つのコースは、犯罪心理学の分析に関するものだった」

驚くことではない。「それで？」

「あなたの父親が告発された罪を考えてみて。とりあえず、当局にわかっている罪だけでも。すべては、こんな陰謀、あんな陰謀。彼は決して自分の手を汚さなかった。暴力行為は彼にふさわしくない」

アンドレアはそれが事実でないことを知っていた。「そうじゃないことを証明する傷を見たけれど」

「ダーリン、八〇年代だったのよ。みんな、いくらか乱暴だった」

アンドレアはなにも言わなかった。ローラはいつも、クレイから受けた暴力を簡単に片付けすぎる。

「あなたのお父さんの趣味は、実際に罪を犯すことじゃない。彼のためにほかの人間に罪を犯させることに快感を覚えるの」

アンドレアは唇を噛んだ。それもまたウェクスラーが真似た性格特性だ。ボランティアに志願してきた人たちをふるいにかけていたのは、ナード・フォンテーンだった。ウェクスラーが三百万ドルを手に入れた偽りの慈善事業で出てくる名前はナードのものだ。判事を脅迫するという元々の計画を思いついたのはナードだろうと、アンドレアはすぐに気づいた。カメラを手にギネヴィアのあとをつけ、その写真がもたらす混乱を想像して楽しんでいたのも彼に違いない。

「アンディ？」

「お母さんは、自分の不利になるようなことを彼に話させるように仕向けた。どうやったの？　どうやって、精神病質者に本当のことを話させたの？」

電話が切れたのかと思うほど、ローラは長いあいだ無言だった。やがてローラが言った。

「彼らがあなたにしたのと同じことをするのよ――彼らの言うことを信じていると思わせるの」

ローラがクレイ・モロウの破壊的な哲学の多くを信じていたことを、アンドレアは知っていた。

「あなたの父親は――」ローラは言葉を探しているようだ。「とても、もっともらしかった。本当らしく聞こえることを言うけれど、必ずしも正確ではなかった」

「異議を唱えることは許されていたの？」

「もちろんよ。彼は健全なディベートを好んだ。でも、勝手に事実を作りあげてしまうような人を相手に、論理的な議論なんてできない。いつだって、彼だけが知っている統計やデータがあったの。彼はほかのだれよりも利口だったっていうわけよ。すべてを解明するのはいつも彼。最後には、もっと早く彼の見解にたどり着けなかった自分が恥ずかしくなるの。とんでもなく傲慢でなければ、世界中の人間は愚かで、真実を知っているのは自分だけだと心から信じることはできないわね」

アンドレアはうなずいていた。それもウェクスラーだ。「それで、どうすれば彼らの言っていることを信じていると思わせることができるの？」

「最初は懐疑的な態度を取る。ただし、完全に否定しているわけではないことははっきりさせておくの。少ししたら、いくつかの点を受け入れる。彼らの論理について語ってみる。彼らの才能に心を揺さぶられたって、彼らに信じさせる。あなたを信じてもらういちばん簡単な方法は、彼らが言ったことを全部おうむ返しに繰り返すことよ」ローラは秘密を暴露しすぎたとでもいうように、一度言葉を切った。「精神病質者はものすごく頭がいいってみんな思っているけれど、たいていの場合、彼らが狙うのはもぎ取りやすい果実だけ。説き伏せられたい、なにか信じるものが欲しいと思っているような人ね」

「ママはどうやって彼から逃げたの？」

「どういう意味？　その話なら――」

「肉体的にじゃなくて」アンドレアはスター・ボネールのことを考えた。「精神的に。どうやって彼から逃げたの？」

「あなたよ」ローラは答えた。「彼を愛していると思っていたけれど、あなたを初めてこの腕に抱くまで、わたしは愛がわかっていなかった。それ以降は、あなただけが大事だった。あなたを守るために、わたしはできることすべてをしなくてはいけないんだってわかったの」

これまでも同じような母の言葉は何度も聞かされてきたが、アンドレアは天を仰いだり、聞き流したりせず、こう応じた。「わたしを守るために、お母さんがなにをあきらめたのかはわかっている」

「スウィートハート、わたしはなにもあきらめてなんかいない。すべてを手に入れたのよ」ローラが言った。「わたしがいなくても大丈夫？」

「お母さんの声が聞きたかっただけ」涙が浮かんできたのがストレスのせいなのか、それとも疲労のせいなのかアンドレアにはわからなかった。「声が聞けたから、わたしはもう行かなくちゃ。でも週末には電話するから。それから――お母さん、愛している。すごく愛している。本当に愛している」

ローラはしばし無言だった。アンドレアが最後にその言葉を口にしたのは、本当に心からそう言ったのは、ずいぶん前のことだ。「わかったわ。週末に電話をくれるのね。約束よ?」

「約束する」

アンドレアは受話器を戻した。手の甲で涙を拭った。母と電話で話して泣いた理由を考えるのは今日じゃない。

いまは、母から聞いたことを考えなくてはいけない。つまるところウェクスラーは、クレイ・モロウの安っぽいコピーではないのかもしれない。話を聞くかぎりでは、正確な写しのようだ。アンドレアはノートを手に取り、ウェクスラーのトリガーにもう一度目を通した。これを避けるべきだろうか?　それとも使うべき?　彼を怒らせるべきなのか。それとも彼の哲学を受け入れる用意があると思わせるべきか。

あるいは、こういったことはバイブルのほうが自分よりもずっと巧みだということを受け入れるべきなのかもしれない。精神病質者の行動は予測がつかない。主導権はウェクスラーに握らせなくてはいけない。彼に喋らせて初めて、戦略を立てることができる。アンドレアにできるのは、予測できないことに対して心の準備をしておくことだけだ。

アンドレアは時計に目をやり、怒りのこもった短い悪態をついた。あと八十分。これ以上この部屋にいたら、壁をのぼりはじめてしまうだろう。警察署までは歩いて十分だ。ウエクスラーを連れた保安官補たちを階段で待っていてもいい。

アンドレアはドアに残しておくためのメモを走り書きした。すでに唯一の清潔な服、〈キャット・アンド・ジャック〉の活動的な男の子のためのズボンと、ダッフルバッグの底に入っていた黒のTシャツに着替えてある。スニーカーに足を突っ込むと、まだ濡れていたせいでソックスが丸まった。いつもの習慣で、壊れたiPhoneをうしろのポケットに押しこんだ。メモの端をはさんでドアを閉めた。曖昧な文面だけれど、通じることを祈った——現場にいる。

アンドレアが通りを渡ったところで、モーテルの看板の明かりが消えた。歩道はないが、街灯の明かりの下を歩きたかった。海の香りは、傷ついた鼻に苦い塩をすりこまれるようだった。目が痛み始めた。顔を背けて、ひんやりした夜の空気を深々と吸った。濡れた髪がうなじに張りついた。両手をズボンのポケットに突っ込んで、まっすぐ延びる黄色い線に沿って歩いた。

車の音が聞こえて振り返った。砂利敷きの路肩にあがった。うしろに森が広がっている。また監視チームのことを考えた。ボルチモアから来る急襲チーム。逮捕令状、捜査令状。農場にいるすべての娘たち。

アンドレアは警察署に向かって歩き続けた。母と交わした会話を頭の中で繰り返した。二年前に彼女が学んだいちばん重要なことは、精神病質者は火のようだということだ。彼らは燃えるための酸素を必要とする。それがウェクスラーを相手にするときの鍵かもしれない。アンドレアは沈黙を武器として使う方法を知っていた。ウェクスラーに酸素を与えないようにすることができれば、彼は自分で燃え尽きてしまうかもしれない。

また別の車が通り過ぎた。アンドレアはまた脇に寄った。ダウンタウンに向かうＢＭＷを眺めた。ブレーキランプは光らなかった。車はビーチ・ロードの突き当たりまで行き、そこで海から遠ざかるように左折した。アンドレアは道路に戻ろうとしたが、視界の隅でなにかが動いたのが見えて足を止めた。

手でひさしを作って街灯の明かりを遮りながら、モーテルの方向を振り返った。古い伐採道路を通り過ぎた記憶はない。いまようやくその存在に気づいたのは、一台の車が細い土の道をゆっくりと進んできたからだ。マフラーの低い音が聞こえた。そして、木の根や落ちた枝をタイヤが乗り越える音。

青いピックアップトラックの前部が暗がりから現れた。

古いフォードを見て、アンドレアは心臓が凍りつくのを感じた。

タイヤが路肩の砂利を踏む。ヘッドライトは消されていた。アンドレアは咄嗟に道路の向こう側に渡り、暗がりに姿を隠した。

トラックはアイドリングしている。運転手の顔は見えなかった。その顔が左に、それから右に向けられ、タイヤがゆっくりとアスファルトにのった。ダウンタウンの方向に曲がるほんの一瞬、トラックの中が見えた。街灯が顔を照らした。運転手。同乗者。
バーナード・フォンテーン。
スター・ボネール。

一九八一年十一月二十六日

エミリーの手からボウルが滑り落ちた。納屋の床にカボチャの種が散らばった。

クレイはジャックからさっと体を離した。腰まで引っ張りあげたジーンズに、ペニスが引っかかった。彼はよろめきながらあとずさり、窓のひとつにぶつかった。ガラスにひびが入った。隣のガラス、そしてそのまた隣までひびが入る音が聞こえた。

「ああ、どうしよう！」ジャックはがっくりと床に膝をついた。恥ずかしさのあまり両手で顔を追う。前後に体を揺らしはじめた。「ああ、どうしよう、どうしよう、どうしよう……」

クレイはなにも言わなかった。怯えているようにも、怒っているようにも見える。

「あたし――」エミリーはそれ以上なにも言えずにいた。いまなにを見たのかと思うと、頭がくらくらした。ここに来るべきじゃなかった。邪魔しちゃいけないことだ。「ごめん」

エミリーは出ていこうとして向きを変えたが、クレイは素早く動いて、彼女がたどり着くより先にドアを閉めた。

「こっちを見ろ！」クレイはエミリーの腕をつかむと、ドアに背中を押しつけた。「だれかに喋ったりしたら、おまえを殺してやる！」

反応するには、あまりに衝撃が大きすぎた。自分がなにを見たのか、理解しないようにしていたが、心の奥にその事実がしっかりと刻まれたことを感じていた。彼らはセックスをしていた。クレイとジャック。いつからこういうことをしていたんだろう？ ふたりは愛し合っているの？ こういうことをするのだから、もちろん相手を愛しているに決まっている。愛し合っているのなら、どうしてクレイはあんなにジャックにつらく当たっていたの？

「クレイ」ジャックがクレイの肩に手を置いた。

「離れろ！」クレイは乱暴にその手を払いのけた。「このくそったれのホモめ。二度とおれに触るな！」

ジャックは片手を宙に浮かせたまま、麻痺《まひ》したようにその場に立ち尽くした。クレイにナイフで刺されていたとしても、これほどの痛みはなかっただろうと思えるほどひどく傷ついた様子だった。

「クレイ」エミリーは彼の残酷さが我慢できなかった。「そんなことを――」

「黙るんだ、エミリー」クレイは彼女の顔に指を突きつけた。「おれは本気だ！ だれにも言うんじゃないぞ!」

「言わないよ——」ジャックの声はかすれていた。泣きはじめている。「彼女は言わない」

「だといいがな!」クレイはエミリーをつかんでいた手を放した。片方のこぶしをもう一方の手のひらに打ちつけながら、納屋の中を行ったり来たりしはじめた。「こいつがおれを脅してきたと言えばいい。結婚しろとおれを脅そうとしたと。おれが父親だとみんなに嘘をつくつもりでいたと」

エミリーは、彼女の未来を決めたときに父親がそうしていたように、うろうろと歩きまわるクレイを眺めていた。

「クレイ」エミリーは呼びかけた。

「黙っていろと言っただろう」クレイは再び彼女に指を突きつけ、じろりとにらんだ。「おまえを破滅させてやる、エミリー。言葉だけだと思うなよ」

「やれば」エミリーの言葉ははっきりしていたが、その声は弱々しかった。彼になにもしていないどころか、これまでほぼずっと彼を大切に思い、愛してきたのに。「あたしがあんたを脅そうとしたって言えばいい。あたしはふしだら女だって言えばいい。体育館の裏で口でやらせてたって言えばいい。それで、あたしの評判がどうなるっていうの? あたしはもうすっかり破滅しているんだから」

「エミリー」ジャックがささやくような声で言った。

「なに、ジャック？　みんな言っていることよ。ブレイクとリッキーのせいで。ナードのせいで。あんたのせいでね、クレイ」

クレイは厚かましくも、心外だという顔をした。「おれはそんな噂を広めたことはない」

「止めたこともないよね」エミリーは、ねじくれた倫理観の裏に身を隠している臆病者たちには、うんざりしていた。「あんたは全部止めることができたんだよ、クレイ。これを問題にならないようにできた」

「これ？」クレイは両手を広げて、肩をすくめた。「いったいなんの話をしているんだ？」

「これよ！」エミリーはお腹に手を当てた。「この赤ちゃん。あんたは結社の雰囲気を決めることができた。あたしを退学にするべきじゃないって、学校に思わせることができた」

「退学？　ばかばかしい」

「そう？」母親の言葉を引用するのは嫌だったが、それはあまりにも的を射ていた。「クレイ、正しい人間はだれなのかを決めているのはあんたなんだよ。みんながあんたを見ているの！　あんたのひとつの動作、ひとつの言葉で、だれが仲間でだれがそうじゃないかが決まる。あんたはあたしを守ることができたの」

クレイは反論しようとはせず、視線を逸らしただけだった。

「いまでも遅くない」この数週間で初めて、エミリーは本当の解決方法に気づいた。正しいことをしてほしいと母親に懇願したが、エミリーの小さな世界ではエスターよりもクレイのほうがはるかに力を持っている。「学校の人たちがあたしを間違っているって考えているのは、間違っているってあんたが思っているから。あんたはすべてを変えられる。問題ないようにできる」

「おまえ、ばかか？　おれが父親だとみんなが考えないかぎり、事態は変わらない。そうでなきゃ、おれがおまえの味方をする理由がないだろう？」

絶望にエミリーは胸が締めつけられるのを感じた。「だってあんたはあたしの友だちじゃない！」

〝友だち〟の言葉が、狭い納屋にいつまでも漂っていた。ふたりはどちらも覚えていないくらいの昔から友だちだった。結社の全員が、いつもなにかの形でそれぞれの人生の中にいた。

クレイは信じられないというように首を振った。「もうおまえの友だちではいられないよ、エミリー。おまえにもわかるはずだ。なにもかもが変わったんだ」

エミリーは喉から血が出るまで叫びたかった。彼にとってはなにひとつ変わっていない。いまもまだ人気があって、いまもまだ結社があって、いまもまだ西部にある大学に行くことになっている。彼にはまだ未来がある。

「エミリー、わかってくれ」クレイが言った。「相手はおれだって両親は考えていた。おれは聖書に誓わなきゃならなかった。無理やりおれをおまえと結婚させようとしたんだ」

「無理やり？」エミリーには発言権などないと言わんばかりだ。「あたしはあんたと結婚したくない。だれとも結婚なんてしたくない」

「くだらない。おまえが結婚すれば、全部丸く収まるんだ」

エミリーは笑いださないように、唇をきゅっと結んだ。エミリーにとってはなにも収まりはしない。彼女の中で赤ん坊が育っていることに変わりはない。議員のインターンになってマクロ経済学や不法行為の改正を学ぶ代わりに、髪についた嘔吐《おうと》物を洗ったりおむつを替えたりすることになるのだ。

クレイは言った。「嘘をついたと親に思われるわけにはいかないんだ。縁を切られる。ふたりが信心深いことは知っているだろう？　たいていのことには目をつぶってくれるが、こいつはだめだ。はっきり言われたよ。そうなれば、おれはすべて失う」

エミリーはついに笑いだした。「愛する両親を失うことを神さまはお許しにならないのね」

「くだらないことを言うな、ばかで狡猾なくそ女め」発炎筒のようにクレイの怒りが燃えあがった。「おれはこんなつまらない町にとどまったりはしない。これからの人生を、本も読まない、芸術の話もしない、自分たちが生きている世界のことを知りもしない資本主義のくだらないやつらの中で過ごすつもりはないんだ。おまえらくそったれの顔を見ることも、二度とないだろうよ」

ジャックがすすり泣く声が聞こえた。悲しそうな顔でクレイを見つめている。彼の絶望が瘴気《しょうき》のようにエミリーの心臓にまで広がってきた。ふたりは毎日、同じものを何度となく繰り返し失っていたのだ。

「クレイ」ジャックが言った。「ぼくも一緒に行けるっていったじゃないか。きみは――」その顔をじっと見つめてなければ、エミリーはクレイの変貌に気づかなかっただろう。ハンサムな顔は怪物のようにおぞましく歪んだ。怒りに目の色が暗くなった。肘を引きながら納屋の中を走ってきたかと思うと、彼はジャックの顔にこぶしを叩きこんだ。

「この変態野郎！」クレイが思いっきり殴ったので、ジャックの頭がぶつかった壁が裂けた。クレイはさらに彼を殴った。もう一度。「おまえはおれの恋人じゃないんだぞ！」

ジャックはパンチをブロックしようとして両手をあげたが、無駄だった。クレイよりもずっと体も大きく力も強いのに、彼は殴り返そうとはしなかった。歯が欠け、小指が妙な形に反り返っても、黙ってパンチを受け続けた。

「やめて――」エミリーは両手で口を覆った。目の前で繰り広げられる暴力におののいて、止めることができずにいた。クレイはジャックを殴り続け、やがてどちらも地面に倒れこんだ。彼のこぶしはパイルドライバーのようだった。ジャックが抵抗しないことがわかっても、クレイは殴るのをやめなかった。渋々手を止めたのは、エネルギーが尽きたからだ。

彼の顔には血が飛んでいた。汗だくだ。かろうじて立ちあがった。そのまま出ていこうとはせず、足を大きく引いてジャックの頭を蹴ろうとした。

「だめ！」エミリーは叫んだ。「やめて！」

その声は、空気が震えたかと思うくらい大きかった。

クレイはさっと振り向いた。その目は狂気じみている。

「やめて！」エミリーの声は恐怖に満ちていた。

クレイの動きが止まったが、それは自分がどこにいるのかを思い出したからにすぎなかった——ここはヴォーン家の地所にある納屋で、彼らの妊娠中の娘が見ている。彼は手を顔に当てた。血を拭うのではなく、冷たく険しい顔にホラー映画のメーキャップをほどこすように、血を塗りつけた。彼はついに、意図的に自分を見せたのだ。

本当の彼自身を。

小学校で出会った少年、芸術や本や世界について語っていたかっこいい若者は、恋人をもう少しで殴り殺すところだった血にまみれた残忍な男の偽装だった。

クレイは仮面をかぶり直そうともしなかった。エミリーは彼を見た。彼が何者であるかを知った。彼は最後にもう一度エミリーの胸に指を突きつけて言った。「だれかに話してみろ、おまえを同じ目に遭わせるからな」

クレイはドアの前にいたエミリーを押しのけた。エミリーはよろめき、壁にもたれかかった。ドアが勢いよく閉まり、その衝撃でひびの入っていた窓ガラスが床に落ちて割れた。クレイは自宅に向かっているのだろう。両親に見つかる前に、顔をきれいに洗うだろう。ディナーの席について、母親が作った感謝祭の料理を食べ、父親と一緒にフットボールの試合を見る。両親はどちらも、ずる賢いサディスティックな獣を自宅にかくまっていることなど知ることはないだろう。

ジャックは転がって仰向けになった。苦しそうな泣き声をあげた。

エミリーは彼に駆け寄った。膝をついた。ブラウスの裾で、彼の目から流れる血を拭った。「ああ、ジャック……大丈夫? わたしを見て」

彼の目が動いた。ぜいぜいとあえいでいる。鼻から、口から血が流れていた。片方の眉の真ん中にぱっくりと開いた傷があった。前歯が一本欠けていた。左手の小指が妙な角度で横を向いていた。

エミリーは懸命に彼を起こそうとした。あまりにも重たすぎる。結局、彼女もぺたんと床に座った。膝に彼の頭をのせる。彼がひどく泣いていたので、エミリーも泣きはじめた。

「ごめん」ジャックが言った。

「大丈夫」エミリーが落ちこんでいるときに祖母がそうしてくれたように、彼の髪を耳にかけた。「なにもかも大丈夫だから」

「ぼく、ぼくたちは——」

「気にしてないから、ジャック。あたしはただ、彼があんたを傷つけたことが残念なだけ」

「そうじゃない――」体を起こそうとしたジャックはうめいた。涙と混じり合った血が顔を伝う。「本当にごめん、エミリー。きみに知られたくなかった――ぼくがどういうやつなのかを」

エミリーは傷ついた彼の手をそっと握った。優しい気持ちで触れてくれる人がだれもいないことが、どれほど孤独なものなのかをエミリーは知っていた。「あんたはあたしの友だちだよ、ジャック。それがあんたという人」

「ぼくは――」ジャックは途切れがちな息を吸った。「ぼくはきみが考えているような人間じゃないんだ」

「あんたはあたしの友だち」エミリーは繰り返した。「それに、あたしはあんたのことが好きだし。あんたはなにも間違っていないよ」

彼のために強くならなくてはならないとわかっていた。エミリーは涙を拭った。ガレージから父親の車のドアが閉まる音が聞こえてきた。エミリーが夕食の席につく前に、父親はシャワーを浴びて何杯か飲むはずだ。

「だれにも言わない」エミリーは約束した。「絶対に話さない」

「手遅れだよ」ジャックはか細い声で言った。「クレイはぼくを憎んでいる。彼が言ったことを聞いただろう？　ぼくは彼と一緒に大学に行けるんだと思っていた。仕事を見つけて、それなのに……」

彼を慰める言葉がいくつも浮かんだが、それはすべて偽りだった。クレイは、エミリーと縁を切ったように、ジャックとの関係も絶った。クレイがただ自分に背を向けただけだったことを、幸いだと思うべきなのだろう。父親が我を忘れるところを幾度となく見たことはあったが、目の前でひとりの人間が怪物に変わるのを見たのは初めてだった。

「だれにも言わないから」エミリーは言った。「恥ずかしがることだとは思わないけれど、でもあんたが――」

「ナードは知っている」ジャックはドアに背をもたせかけた。天井を見あげた。とめどなく涙が流れている。「ぼくとクレイが一緒にいるところを見られたんだ。彼は知っている」

エミリーの口が開いたが、本当に驚いたのはナードがそのことを学校じゅうに話していないことだった。「え？」

「ぼくは――」ジャックは言葉を切って、唾を飲んだ。「父親はおまえなのかってナードに訊いた」

エミリーは壁に頭をもたせかけて、天井を見あげた。あたしはコロンボ捜査に何時間も費やした。ジャックは答えを見つけたの？　どうして教えてくれなかったの？

「ごめん」ジャックが言った。「ナードは――ナードは白状しなかった。失せろって言われたよ。ぼくとクレイが一緒にいるところを見たって言われた。これ以上あれこれ訊いてきたら、そのときは……」

エミリーは胸の中で心臓が激しく打つのを感じていた。ナードがどれほど悪辣になれるかは知っている。これほどおいしい秘密を彼が黙っているなんて、筋が通らない。

ジャックは鼻をすすった。「でも、もうみんなには訊いてあったんだ。クレイにも」

「でも――」単刀直入に言う以外、どう表現すればいいのかエミリーにはわからなかった。

「クレイは女の子には興味がないわけだし」

ジャックは首を振った。「彼は女の子も好きだよ。ぼくとは違う。彼は普通で通る」

彼の声には自虐の響きがあった。

「本当かどうかは知らないが、みんな否定した。全員が、もっともらしい話をしたよ」

「全員って?」エミリーは、彼の行動がなかなか理解できずにいた。先月、コロンボ捜査の話をしたときは、彼はなにも言わなかったのだ。「だれと話をしたの?」

「ナード、ブレイク、クレイ、リッキー、ウェクスラー。きみが話したのと同じやつらだ」ジャックは苦しそうに鼻で息をしている。「ごめんよ、エミリー。きみが自分で調べていることはわかっていたけど、きみはそのことで頭がいっぱいだった――もちろん、理由があったからね。でもぼくはもう少し冷静でいられるから、答えを見つけられるんじゃないかって思ったんだ。ほら、きみのような感情を抜きにして。ぼくを重要視している人間はだれもいない。学校ではぼくは見えない存在だ。それにいろいろと耳に入ってくることもあるし、答えを出せると思った。でもだめだった。ぼくはきみを裏切ったんだ」

「あんたは裏切ってなんかいないって、ジャック」エミリーは大きく息を吸った。「父親はあんたみたいなことをナードがほのめかした」

ジャックは乾いた笑い声をあげた。「なるほどね、情報源が彼だからな」

「パーティーであたしたちがやったLSDはあんたから買ったって言っていた」

「そうだ」ジャックが答えた。「いとこから手に入れたんだ」

エミリーは顔を戻して彼を見た。彼は、こんな状況になったから彼女を避けていたわけではなかったのだ。隠していることがあったからだ。「あの場にいたの、ジャック？　なにか見たの？」

「いいや。本当だよ。見ていたらきみに話していた」ジャックもまた彼女を見た。「だれかが来る前に、ナードに帰らされた。あのあと、クレイはすごく動揺していた。パーティーできみが彼に怒り狂っていたと言っていたよ。彼はプールが見えるあの大きな窓からきみを見ていたんだ。きみは外にいて、服を着ていなかった。彼がきみに服を着させたんだ。すごく寒い夜だったからね。そうしたらきみは彼を怒鳴り始めた」

「どうして？」

「どうしてきみがあんなに怒っていたのか、彼にはわからなかった。ヒステリックになっていたと言っていたよ。彼にできるのはナードを見つけることだけだった」

エミリーはその様子を思い浮かべた。記憶を掘り起こすのではなく、そうだったかもしれないことを頭の中に投影してみた。プールのそばに裸で立つあたし、服を着せるためにあわてて出てきたクレイ。違う――それでは、紳士的すぎる。彼は、なにが起きているのかを知りたかっただけだ。裸のあたしを見て、なにか冗談を言っただろう。そして、あたしがひどくぴりぴりしているのでいらつきはじめる。でもあたしがぴりぴりしていたのは、だれかにレイプされたからだ。

エミリーは訊いた。「そのあとなにがあったか、クレイから聞いた？」

「みんな、きみを車で家まで送っていけないくらいクスリで酔っていた」ジャックは腕で顔の血を拭った。「ナードがミスター・ウェクスラーに電話をかけた。彼がなにも喋らないことはわかっていたから。ほかにどうすればいいのか、わからなかったんだ。きみはまともじゃなかった。きみを落ち着かせるために、ブレイクはベンゼドリンをいくつか飲ませた。ウェクスラーとナードに車に押しこまれたときも、きみはまだクレイを怒鳴り続けていたそうだ」

エミリーは顔を背けた。彼女はＬＳＤに酔っていただけではなかった。不安を抑えるために処方される向精神薬を、友人に飲まされていた。そして彼らは彼女をあのおぞましいディーン・ウェクスラーに託し、彼の車でふたりきりにさせたのだ。

　エミリーは尋ねた。「クレイは本当のことを話したと思う?」

「わからない。彼は嘘つきだ。だがあいつらはみんな嘘つきだ」ジャックはまた泣きはじめた。「ごめんよ、エミリー。もっと前にきみに全部話すべきだった。恥ずかしかったんだ。このことを——ぼくのことを黙ったまま、クレイがぼくに打ち明けてくれた理由をどう説明すればいいのか、わからなかった」

「人から非難されるのがどういうものかは知っている」エミリーは言った。「あたしはあんたを非難したりしないよ、ジャック。あたしが口を出すことじゃないもの」

　ジャックはひゅっと息を吸った。「本当にごめん」

「なにも謝る必要なんてない」彼を自己嫌悪の渦に陥らせることはできなかった。その闇が底なしであることをエミリーはよく知っていた。「あんたとクレイのことにナードはどうして気づいたの?」

　ジャックは肩をすくめた。「考えられるのは、クレイとぼくが父さんのハンティング・トラックに乗っていたときだ。農場の地所から続く伐採道路にいたんだ。ダウンタウンに近いところに出る道だよ」

　その道なら知っていた。その古い農場は祖母が所有している。いずれエミリーのものになるように、信託財産にしてあった。

　エミリーが訊いた。「ナードに見られたことをクレイは知っているの?」

ジャックはうなずいた。「なにを考えている？」

手元にコロンボ捜査のノートがあればいいのにと思ったが、両親に見つからない唯一の場所が鞄だったから、ずっとそこに入れたままだ。

エミリーは言った。「ナードがだれにも話さなかったのって変だよね」

驚いたのか、ジャックの口が開いた。「ナードについて、クレイがなにか知っていたとでも？」

「かもしれない」筋は通るとエミリーは思ったが、これまでも筋が通っていたことはたくさんあった。「ナードは絶対にクレイに歯向かわない。彼はひとりになるのを怖がっているもの。彼はだれか支えてくれる人、なにをすればいいのか、どんな人間でいればいいのかを教えてくれる人を必要としている。クレイは、学校中をナードの敵に回すことができる。だれも信じないよ、クレイが――」

「ホモだなんてね」ジャックがそのあとを引き取って言った。彼の口から出たその言葉は汚らしく聞こえた。「そのとおりだ。結局は、みんながナードに背を向けるだろう。ペンシルベニアに行く生徒は多い。嫌な噂は大学にまでナードについてまわる。なにがあろうと、彼は口をつぐんだままでいるさ」

同じ結論に達していたエミリーはため息をついた。「頭の中に歯車があるみたいな気がする。ぐるぐる回っていて、目当ての人間を示そうとするの。ときにはそれはクレイで、ナードで、ブレイクで、それから――」

「ぼく？」

「そう思ったことなんて一度もない」エミリーは言った。「そうだったらいちばんいいのにって、自分に言い聞かせたことはあったけれど」

「ぼくはきみが好きだよ、エミリー。結婚してもいい。ぼくがどういう人間かをきみがわかってくれるなら。変えられないんだ。どうにかして変えようとしたんだよ」

「あたしもあんたが好きよ、ジャック。でも、あんたが望むようにあんたを愛してくれる人がきっといる」エミリーはそう言ったあと、付け加えた。「あたしたちにはどちらも」

ジャックは両手で顔を覆った。彼はとてもつらい人生を送ってきた。彼が孤独なことは知っていたけれど、これほど孤立していたとはたったいままで考えてもいなかった。

「ジャック、あんたが悪いんじゃない」エミリーは顔を覆っている彼の手をそっとはずし、自分の手を重ねた。「あたしはただ、だれがあたしを傷つけたのかを知りたいだけ。その人に罰を与えるのはあきらめた。その人と結婚したいなんて思わないし、はっきり言って、これ以上関わっていたくない。そんな最低な男があたしの人生に存在して、あたしやあたしの子供のことを決めるなんて、考えただけでぞっとするどころか、吐き気がする」

「ぼくも捜すよ」ジャックは腕で涙を拭いた。「きみのコロンボ捜査はどうなった？　なにか進展は？」

「一時は、ブレイクかもって思っていた」エミリーは打ち明けた。「彼って、すごく計算高いでしょう？　人をゲームの駒みたいに使う。手柄を全部自分のものにして、一切非難されないような解決策を考えつくのがすごく速い」

ジャックはうなずいた。「どうして彼を除外したんだ？」

「彼は三人の中でいちばん人気がない。正直なところ、クレイとナードが彼を守るとは思えないの。前にも言ったけれど、彼らは互いに頼り合っている。クレイはナードの称賛が必要で、ナードはクレイの冷静さ――そう呼べるとしたら――を必要としている。ブレイクは間違いなくスケープゴートだよ」

「いちばん簡単な解決方法だっただろうな」ジャックはうなずいた。「ブレイクのせいにしてしまえば、自分たちにかかる火の粉は振り払える」

エミリーは肩をすくめたが、実は同じ結論に達していた。思いとどまる間もなく、頭の中の歯車が再び回りはじめた。「ナードかもしれないって思ったこともあった。彼はすごく残酷で身勝手だもの。いつだって自分の欲しいものを手に入れる。でももし彼だとしたら、クレイは彼を見捨てると思わない？　クレイはまず自分を守るもの」

「ナードは、ぼくとクレイが一緒にいるところを見ている」ジャックは改めて言った。「あいつらは互いに銃を向け合っているってことだ」

「ナードは信用できない。秘密を守れないもの。ほとんど病気だよ。だれかを傷つけるチヤンスだと思ったら、考えるより先に毒をばらまいている。そういうことをしたらどうなるかを警告する脳の部分が壊れているんじゃないかな」

「いい点だ。クレイが卒業を早めて、できるだけ早く西部に行くのはそれが理由だよ。ナードが口をつぐんでいるとは思えないって、クレイは言っていた」

「クレイはどうなの？　彼は女の子も好きだってあんたは言った」エミリーは顔が赤くなるのを感じたが、ここまで来たら引き返せない。「ひょっとしたらあたし——あたしが彼を挑発するようなことをしたのかな？　体を投げ出したとか？　彼はそれを受け入れたけど、そのあとで腹を立てたとか？」

ジャックはエミリーを見つめた。「エミリー、きみは妊娠していても四十五キロくらいしかない。クレイはきみを受け流せたと思うよ。それにいままでだって、チャンスはいくらでもあった」

エミリーは全身が熱くなるのを感じた。クレイは、彼に熱をあげている彼女をジャックと一緒に笑っていたに違いない。

「ウェクスラーはどうだ？　あいつは気味が悪い。女子生徒を見る目つきはぞっとするよ。それに、いつもどうにかして話題をセックスに持っていこうとするんだ。教室でもだぞ」

エミリーはパーティーの夜、ディーン・ウェクスラーの車に乗ったことを考えたくなかった。彼女はほとんど意識がなかった。彼はどんなことでもできた。エミリーを彼の車に乗せたとき、ナードはおそらくそのことを承知していたはずだ。

エミリーはジャックに言った。「でもディーンは、子供が作れないってあたしに言った」

「確かにね。だけどそれは、コンドームをつけたくないときに男が言いそうな台詞だ」

エミリーは笑った。「コンドームのことなんて、あんたもあたしと同じくらいしか知らないと思うけど」

ジャックは顔を伏せた。いまのジョークは生々しすぎたらしい。「ぼくは見えない存在だって言ったよね。あいつらがロッカールームで、しょっちゅうセックスや女の子の話をするのを聞いていた。いい話じゃなかったよ。とりわけナードがね。でもクレイはいつも彼のジョークに笑っていたし、ブレイクはそいつに油を注いでいた」

エミリーは実際にそれを目にしていた。ナードに悪意のある行動を取らせることができると、クレイは喜ぶ。ブレイクはそれに嬉々《きき》として参加しながら、ナードをそそのかす一方で、彼の残酷さを見下すのだ。その邪悪な輩《やから》たちにリッキーも加えるべきだろうとエミリーは思った。いろいろな意味で、いちばん卑劣なのは彼女かもしれない。

エミリーは言った。「どうしてあたしはいままで、あの人たちがこんなにひどい人間だって気づかなかったんだろう？　彼らのことが大好きだった。いちばんの友だちだった。心の底から信じていた」

ジャックは急に恥ずかしそうな顔になった。

「言って。もうあたしたちのあいだに、秘密なんてないんだから」

そのとおりだったから、彼はうなずいた。「ごめんよ、エミリー。きみみたいないい子がどうしてあいつらとつるんでいるのか、みんな不思議に思っていたんだ」

エミリー自身にもわからなかった。それとも、その理由を認めたくなかったのかもしれない。クレイは自分たちがとても特別で、とてもいかしているように感じさせてくれた。

「どうしてそう言ってくれなかったの？」

「それは――」ジャックは肩をすくめた。「あいつらがひどいってことは、だれだってわかってたから」

エミリーはいまになってようやくそのことに気づいたが、ほんの数週間前にリッキーからポリアンナだと責められていたから、二重の意味で落ちこんだ。

それでもエミリーは彼らを擁護しなくてはいけないように感じていた。少なくとも、一部分は。昔はみんなそれほどひどくはなかった。ナードだけが、エミリーの髪を引っ張ったり、リッキーのブラジャーのストラップをつまんだりして、のちの残忍さの片鱗《へんりん》を見せていた。クレイもかつては優しかった。遠い昔、ブレイクは傷つきやすかった。リッキーですら親切で、小学三年生の頃、だれかに美術の作品を台無しにされたときには、彼女の味方をしてくれた。けれどいまから思えば、そもそも作品を壊したのはリッキーだったかもしれない。彼女は心底意地の悪い娘だ。

「エミリー、きみがひとりぼっちになることはないよ。ぼくが必要なら、ぼくはここにいるから。きみがぼくを必要とするときには」ジャックが言った。「夏学期は、警察学校から受け入れる用意があるって言われている。父さんにうるさく言われるのが嫌で申しこんだだけなんだけれど、クレイはぼくに一緒に来てほしくないらしいから、そうするほかはなくなったよ。ぼくはロングビルに残って、警察学校を出たら父さんのところで働く」

エミリーの心は沈んだ。この町を出ていく必要がある人間がいるとすれば、それはジャック・スティルトンだ。彼のような人たちがもっと幸せに生きているボルチモアやほかの大きな町に行くべきなのに。

「だめだよ」エミリーは言った。「ジャック、簡単なほうに流れちゃだめ。自分の幸せのために闘わないと。小学生の頃から、ここを出ていきたがっていたじゃない」

「ほかになにができるっていうんだ？　クレイが言ったことを聞いただろう？　彼の気持ちは変わらない。ぼくの成績はひどいもんだ。くそみたいな高校をぎりぎりで卒業できる程度だ。軍にも入れない。性的志向をずばり訊かれるからね。答えるわけにはいかない。いや、答えられるけれど、そうしたら刑務所行きになりかねない。父さんに知られたら、殺されるよ。少なくともロングビルではそうだ。ぼくはここにいる人たちを知っているし、彼らはぼくを知っていると思っているんだ」

「ジャック――」エミリーには反論できなかった。彼もまた彼女と同じくらい、身動きがつかなくなっている。「あんたが本当に警察官になるのなら、それを我慢できるなら、ひとつ約束してくれる？」

「もちろんだ。きみのためなら、どんなことだってするよ」

「だれがあたしにこんなことをしたのかを突き止めてほしい」エミリーは言った。「あたしのためじゃない。こんな冷淡で悪辣な男なんてあたしの人生には必要ないから。次に犠牲になる女の子たちのために、そいつを捕まえてほしいの」

ジャックはその言葉に驚いたようだったが、反論はしなかった。「きみの言うとおりだ。犯罪者には決まったやり口がある。同じ手口を繰り返すんだ。だから捕まえることができる」

「約束して」エミリーの声が裏返った。ほかの少女が自分と同じ道をたどるなどと、考えたくもなかった。「お願い、ジャック。約束して」

「エミリー、ぼくは――」

「あたしが泣いているから約束するんじゃだめ。約束するのは、それが重要だから。そいつがあたしにしたことが重要だから。あたしが重要だと感じているから」エミリーは膝立ちになり、胸の前で両手を組んだ。不意に、自分が失ったすべてのものに対する悲しみが押し寄せてきた。「そいつはあたしをレイプしただけじゃないんだよ、ジャック。そいつはあたしがそこにいないことを知っていた。あたしがただの――容れ物だってことを知っていた」

「エミリー――」

「そうじゃないなんて言わないで」エミリーは砕けそうになる心に必死で抗っていた。「そいつがあたしを傷つけたのは、あの夜だけのことじゃない。そいつはあたしの魂を汚した。あたしを何者でもなくしたの。そいつのせいで、あたしはめちゃめちゃになった。そのために努力してきた人生、計画してきた人生が失われた。それも全部、あたしの望みやあたしの欲望は、自分のものに比べればなんの価値もないってそいつが考えたから。ほかの女の子をこんな目に遭わせちゃいけない。絶対に」

「わかったよ、エミリー。なにがなんでも、こんなことをしたやつを見つけ出す」ジャックも膝立ちになった。指が折れた手をそっと彼女の背に回した。「約束する」

10

アンドレアは暗がりに身を隠しながら、古ぼけたフォードのトラックのあとを追った。ナードがハンドルを握っている。スターは助手席のドアに体を押しつけ、できるかぎりナードとの距離を取ろうとしていた。彼は気にしていないようだ。片手をだらりと窓から垂らし、煙草を吸いながらゆっくりと車を進めている。

アンドレアは背後に延びる暗い道路に目をこらした。官給品の黒のＳＵＶが見えれば、六つの監視チームのいずれかが農場からトラックを尾行しているということだ。だが監視チームは農場の入り口と出口に配置されている。おそらくは前世紀に地図から抹消されているだろう古い伐採道路など、見張ってはいない。

アンドレアは視線を戻した。トラックはまだ動いている。通りに公衆電話はない。モーテルまでは十分かかる。これこそコンプトンが恐れていたことだ。ウェクスラーとナードのような男たちは常に脱出計画を立てている。急いで逃げ出そうとしているナードを見ても、アンドレアは驚かなかった。彼はクレイ・モロウから距離を置いた。ディーン・ウェクスラーから離れることもあるだろう。

アンドレアは開けた場所に飛び出すと、思い切って警察署に続く階段を駆けあがった。ドアを引っ張ってみたが鍵がかかっている。中をのぞいた。明かりはない。ガラスを叩いた。

反応はない。

「くそ」アンドレアはつぶやくと、階段を駆けおりた。逮捕状はすでに判事の前にあるはずだ。いまにもバーナード・フォンテーンは参考人から容疑者になる。アンドレアが彼を見失えば、二度と見つけられないかもしれない。そうなれば、彼が裁きを受けることはない。メロディ・ブリッケルは二度と娘に会えないかもしれない。

レストランには電話がある。

軽食堂までは百メートルほどだ。ネオンピンクの光に向かって走るアンドレアの頭に、あらゆる悲劇的な結末がよぎった。

彼女に援護はない。水浸しになった彼女の銃はボルチモアに運ばれている。ナードは武器を密《ひそ》かに携帯していた前歴がある。その形状から、それがマイクロコンパクトガンであることはわかっていた。おそらくはもっとも人気がある9ミリ口径のシグザウエルP365だろう。弾倉に十発、薬室に一発。同じ車にはスターが乗っている。ほんの一瞬で、彼女が同乗者から人質に代わる可能性がある。

トラックのブレーキランプが灯《とも》ると、アンドレアはドア口に身を隠した。食堂から数メートルのところにナードは車を止めた。フォードのエンジンが止まった。サイドブレーキが引かれる。ナードが歩道に煙草を弾《はじ》き飛ばした。トラックを降り、ドアを閉めた。両手を上にあげて背筋を伸ばすと、カーゴパンツから白いTシャツがはみ出た。

アンドレアは息を止めて待った。

スターはトラックに座っている。ナードが手首をくいっと曲げて合図を送るまで、動こうとはしなかった。彼女がドアを開けた。体の向きを変えた。シートから滑りおりた。足が地面に触れた。ナードの一メートルほどあとを追っていき、ふたりは食堂の中に姿を消した。

アンドレアは改めて自分の有様を確認した。悲惨な状況をいま一度確かめるのではなく、体の状態を自覚するためだ。闘争・逃走反応は荒れ狂っている。汗をかいている。心臓はシンバルのように打っている。アドレナリンのせいでめまいがする。浮き足立っている。筋肉が張り詰めている。こぶしを握っている。息を止めている。

アンドレアは口を開いた。息を吸った。

息を吐き、吸い、もう一度吐いて吸い、めまいが治まるまで繰り返した。

頭の中で、見なかったことを数えあげていった。トラックはスピードを出していなかった。ナードは尾行されていないかどうかを確かめるように、何度も振り返ることはなかった。町を出ていくために車を走らせ続けることはなかった。ナードがトラックの後部にいるあいだ、スターが運転することはなかった。ふたりの態度に取り乱したところはなかった。

アンドレアは不意にあることに気づいて、愕然《がくぜん》とした。ナードは逃げようとしていたわけではない。リッキーにちょっかいを出しにきたのだ。彼は週に一度は食堂に来ているとメロディ・ブリッケルが言っていた。観客として、常にスターを連れてきていたと。

アンドレアは建物から離れた。最後にもう一度、背後を振り返る。道路は空だ。だれも来ない。両手をだらりと垂らし、歩道を進んだ。あと十歩で食堂の入り口に着く。ネオンサインの向こうに目を向けた。中にいるのは三人だけだ。歪んだ三角形を作っていた。

半円形のブースに座っているナードが鋭角の頂点にいる。リッキーはカウンターの向こう側でレジの近くに立っていた。スターは店の奥のスツールに座っている。目の前のタイル張りの壁をじっと見つめていた。体の前で両手を固く握っていて、そのせいで角ばった肩甲骨が二枚のサメのひれのように背中から突き出して見えた。

アンドレアは店の入り口までやってきた。ガラス張りのドアから中をのぞきこんだ。その目が、隅にある防犯カメラを捉えた。レジの奥に延びるカウンター。トイレから厨房、そしてその先に遊歩道と大西洋がある出口へと続く長い通路。アンドレアはドアノブに手をかけた。闘争・逃走反応が彼女を支配しようとする。肌がべたべたした。ズボンのウェスト部分に汗がたまっていた。目が痛くなるくらい視界が鮮明だった。

そういったことに、彼らが気づくことはないのだとアンドレアは自分に言い聞かせた。大事なのは、軽食堂に入っていった彼女がどう見えているかだ。

ドアを開けた。

「やだ、なに」リッキーが言った。

アンドレアはひどい有様だった。火事を生き延びた。危うく鼻を折るところだった。額を切った。唇が裂けている。汗まみれで震えているように見えたとしても、もっともな理由がある。

ナードがわめいた。「おやおや、リッキー・ジョー、ポーキー・ピッグのおでました。接近禁止命令を破らないようにするんだな」

スターはなにも言わなかった。振り向きすらしない。

「ろくでなしは無視して」リッキーは手にしたナイフで、床に貼った赤いテープの線を示した。「七・五メートル」

接近禁止命令。リッキーにそれを破らせるために、ナードはここに通っていたのだ。それを破らないために、リッキーは床に線を引いた。ふたりがごまかしたりしないように、隅のカメラが見張っている。スターがここにいるのは、見ている人間がいなければゲームの意味がないからだ。

どちらにしろ、どうでもいいことだった。アンドレアが必要としているのは電話だけだったから。

アンドレアはカウンターに向かって歩いた。ナードに視線を向けた。彼は広げた両腕を、ブースの背もたれに引っかけていた。テーブルには大きなスパゲッティの皿がのっている。アンドレアに見つめられて、乾杯をするかのようにビールのジョッキを掲げた。

リッキーは彼の料理を温めていた。彼が来るのを知っていたのだ。

「あんた、大丈夫なの、ハニー?」リッキーはチューインガムを嚙みながら訊いた。朝食の客のための、フルーツを切っている。手首のバングルがカウンターに当たってかたかたと音を立てていた。まるで、ひとりでパーカッションを奏でているようだ。ナイフでまな板をトントンと叩き、ガムをパチンと鳴らし、バングルがかたかたと音を立て、そしてまたナイフでまな板を叩く。

「大丈夫」アンドレアはナードから目を離さずにいられるように、カウンターの前に立った。店の奥の鏡に店内がすべて映っている。レジは彼女の左側にあった。リッキーはカウンターをはさんで、アンドレアの斜め右にいる。スターは隅のほうに座っていた。アンドレアが入ってきても、彼女はまったく注意を示さなかった。彼女の前にはなにも置かれていない。アンドレアが店に入ってきたときから、ずっと同じ姿勢のままだった。

「火事の話を聞いたよ」リッキーは片目でアンドレアを見つめながら、カンタロープ・メロンを切っている。リッキーの家でのふたりの話し合いは、あまりいい終わり方をしていない。いまもまだ警戒しているのがよくわかった。「サンドイッチなら作れるよ。パスタは切らしていてね」

アンドレアはレジの貼り紙に気づいた。

〝電話はお貸しできません〟

「ハニー？」リッキーが訊いた。

口を開く前に、唾を飲みこまなくてはならなかった。「いいえ、いらない。テキーラをもらえる？」

「そっちのほうがよさそうだね」リッキーは音を立ててまな板にナイフを置いた。銘柄を尋ねようともせず、下の棚からミラグロ・シルバーを取り出した。「あたしの家ですら、煙のにおいがするよ。あの家は古くからあるのにね。なくなったなんて信じられない。だれも怪我はしなかったんだよね？」

「ええ」アンドレアの手から汗がカウンターにぽたりと落ちた。リッキーを自分の側に取り戻さなくてはいけない。「これは話してはいけないことなんだけれど――」

リッキーはグラスに並々と酒を注ぎながら、耳をそばだてた。

「判事のご主人――」

「フランクリンね」

「ええ」アンドレアは身を乗り出して、声を潜めた。「元々具合が悪かったんだけれど、でも火事のあとは……」

リッキーはわかったと言う代わりに、ゆっくりとうなずいた。「あの一家はいくつもの悲劇に見舞われて、気の毒だね。ジュディスは大丈夫なの？」

「悲しんでいる。あなたが声をかけてあげれば、助けになるかもしれない」

リッキーはもう一度うなずいた。「なにか食べるものを持っていくよ。人間はどんなときも食べなきゃいけないからね」

「判事もきっと喜ぶでしょうね」アンドレアはうしろのポケットから携帯電話を取り出した。壊れていることをたったいままで忘れていたような表情を装った。「まずい」

「確かにまずいね」リッキーはアンドレアの前にテキーラを置いた。「電子レンジにでも入れたの？」

「火事のせいでだめになったのよ」アンドレアは声が細くなってきたことに気づいた。咳払いをした。「貼り紙は見たけれど、電話を使わせてもらえるかしら？」

「あれは観光客用」リッキーはレジの下に手を伸ばした。電話機を取り出して、カウンターに置いた。

アンドレアは古めかしい電話機を見つめた。うしろからコードが延びている。受話器は螺旋状《らせんじょう》のコードで本体につながっている。数字ボタンは本体についている。アンドレアは、話を聞かれないようにコードレス電話を奥の廊下に持っていって使うつもりでいた。コードでつながれた固定電話はどこにも持っていけない。

「大丈夫、ハニー？」リッキーはまな板の前に戻っていた。意味ありげにナードをちらりと見た。

「ええ、大変な一日だったから」アンドレアは鏡に目を向けた。ナードがこちらを見ている。リッキーも見ている。スターだけがなにも気にしていない様子だった。

アンドレアは受話器を持ちあげた。「長距離電話だって言うのを忘れていたわ。でも現金で払うから」

「気にしないで」リッキーはイチゴをひとつかみ、手に取った。「早く終わらせてくれればそれでいい」

アンドレアは覚えている唯一の番号にかけた。呼び出し音が一回鳴ったところで、応答があった。

「ダーリン？」ローラは眠っていなかったようだ。「どうかした？」

「お母さん、病院を出たあと、電話を折り返さなくてごめんね」

「え？」ローラの声が驚いたように甲高くなった。「いったい、いつ病院にいたの？」

「そうなの、眠れなくて」リッキーが聞き耳を立てていることはわかっていた。「頼むのを忘れていたのよ。わたしの代わりにマイクに電話をかけてくれない？　彼の番号は、だめになった電話の中なの」

リッキーは自分も会話に加わっているかのように、壊れたiPhoneを見て顔をしかめた。

「マイク？」ローラが訊き返した。「あのマイク？　マイクと病院にどういう関係があるわけ？」

「軽食堂に一杯やりに来ているって伝えてほしいの」指のあいだでショットグラスを回すアンドレアの手は落ち着いていた。「隣人から仕事場に連絡があったのよ。マイクの手助けが必要なんですって。レンフィールドが逃げ出したらしいの」

「わかった」ローラの声は恐ろしいほど冷静になった。かつて犯罪に関わっていた頃には、彼女はもっぱら暗号やコードで連絡を取り合っていたのだ。「書き留めるわね。マイクに電話をして、あなたは軽食堂にいると伝えればいいのね。合っている？」

「もちろん」

「そのあとの箇所はよくわからないけれど、あなたが言ったとおりに伝える。〝隣人から仕事場に連絡があった。マイクの手助けを必要としている。レンフィールドが逃げ出した〟」

「そういうこと」アンドレアは言った。「ありがとう、お母さん。愛している」

アンドレアは受話器を戻した。テキーラをひと口、飲んだ。グラスの上で指が滑った。

リッキーは、カウンターの上の電話はそのままにしてナイフを動かし続けていたが、視線がアンドレアから離れることはなかった。「お母さん？」

アンドレアはうなずいた。「飼っている猫が逃げ出したらしいの。戻ってくるのは、わたしの彼が呼んだときだけなのよ」

「あたしもペットが飼えればよかったんだけど」リッキーの顔には笑みが浮かんでいたが、その口調は険しかった。「電話するにはちょっと遅い時間じゃない？」

リッキーはまたナードを見た。好奇心が疑惑の領域にまで広がってきたようだ。

アンドレアが番号ボタンを押すところをリッキーが見ていたのはわかっていた。「母はジョージアに住んでいたんだけれど、去年ポートランドに引っ越したの」

「メイン州の？」

「オレゴン州」アンドレアはナードの様子を確かめたくなるのをこらえた。背中に穴が開くくらい彼女を見つめているのが感じられる。「あそこは三時間遅れだから、母はテレビを見ていたわ」

「オレゴンはいいところよね」リッキーは追及の手を緩めない。「どのあたり？」

「ローレルハーストよ。ポートランドの東のほう。母はジャンヌ・ダルクの像がある公園の近くに住んでいるの。コーヒーハウスではとてもいいライブをやっているんですって」

リッキーの体から力が抜けた。ほんの少しだけ。「素敵ね」

「ええ」アンドレアはテキーラを飲み干した。鏡越しにナードに目を向けた。

彼は皿を押しのけていた。空のジョッキをテーブルに戻した。「ウェイトレス？」

リッキーはそれを無視したが、ナイフがまな板に当たる大きな音がした。

「おい、ウェイトレス」ナードが繰り返した。「そのテキーラはまだあるのか？」

リッキーは、ナードに向かって使いたくなるのをこらえているかのように、渋々カウンターにナイフを置いた。ボトルを手に取った。カウンターにショットグラスを乱暴に置いた。

アンドレアはナードを見た。薄ら笑いを浮かべている。アンドレアは計算した。ローラはすぐにマイクに電話をかけるだろう。彼が応じることは間違いない。保護プログラムを受けている人間が電話をするのは、生きるか死ぬかの場合だけだ――

アンドレアが軽食堂にいる。レンフィールドが逃げ出した。あなたの助けを必要としている。

病院でマイクは、ナードのことを説明するのにレンフィールドという名前を使った。それにアンドレアが助けを求めれば、なにかまずいことになっているとすぐに理解してくれるはずだ。

アンドレアの視線は壁の時計に流れた。秒針が数字から数字へと動いていく。ローラがマイクにメッセージを伝えるのに二分。マイクがそれをコンプトンに伝えるのに二分。コンプトンがチームを動員するのに四分。いちばん近いチームは農場にいるが、赤色灯とサイレンを使えば十五分の距離は十分に縮まるだろう。

すべてがアンドレアの計算どおりに進めば、全部で十八分だ。ローラへの電話を切ったのが十一時五十九分。もっとも早くだれかがここに到着するのが十二時十七分。

「気をつけて」リッキーはカウンターにテキーラを滑らせた。

グラスはスターの骨ばった肘のすぐ手前で止まった。

これは、リッキーがナードと行っているゲームの一部だとすぐにわかった。リッキーは赤い線を越えることができない。スターはただ観客としてここにいるわけではない。ナードの給仕をする役目もあるのだ。

「ほら、動け」ナードはこぶしでテーブルを叩いた。「そいつを持ちあげなきゃどうしようもないだろう」

驚いたことに、リッキーは笑った。意地の悪い満足そうな表情でスターを眺めている。スターがゆっくりとした機械のような動きで飲み物をナードに運んでいくあいだ、カンカンと歯切れよくナイフでまな板を叩いていた。スターの痩せこけた体の上で、黄色いワンピースがゆらゆらと揺れた。なにも履いていない足が床をこすると、ささやくような音がした。

アンドレアは再び鏡に目を向けたが、今度は外を見たかったからだ。通りには青いトラックがあるだけだ。もう一度時計を見た。一分しかたっていない。

「ウェイトレス」ナードはもう一度リッキーを呼んだ。「おれのデザートはどうした？マネージャーに話をしなきゃいけないみたいだな。ここのサービスはひどい」

リッキーはアンドレアの手前、目をぐるりと回したが、彼の命令に従った。包丁を使ってチョコレートケーキを大きくひと切れ切り取った。皿にのせてカウンターに置き、スターが取りに来るのを待つ。

スターがおぼつかない足取りで近づいてくるのを見ながら、アンドレアは奥歯を噛みしめた。いま一度頭の中でタイムラインをたどった。ローラからマイク。マイクからコンプトン。コンプトンから監視チーム。彼らは、店に突入してはこないだろう。三人を仮の人質として考えるだろう。ナードは武器を持っていると想定しているはずだ。アンドレアと同じように、三人の人質を殺す十回のチャンスがあるシグザウエルP365だと考えているだろう。

リッキーや彼女自身についてはなにもできないが、スターは彼女からほんの数センチのところにいる。ナードのケーキがのった皿に手を伸ばしているところだ。荒れた唇は開いていた。彼女の息は、胸が悪くなるような薬っぽいにおいがした。

アンドレアは言った。「あなたのお母さんと話をした」

スターはなにも言わなかった。

「あなたを恋しがっている。あなたに会いたがっている」

「ちょっと」リッキーはアンドレアに言った。「あんたがなんとかしようと思っているのはわかるけど、でも――」

スターの手から皿が落ちた。磁器の薄い皿がふたつに割れた。ケーキが転がり落ち、カウンターを汚した。

「ああもう」リッキーは片付けようとして雑巾に手を伸ばした。

ナードが訊いた。「なにごとだ?」

「あんたのいまいましいスケルターがお皿を割ったの」リッキーは向きを変え、シンクで雑巾を濡らした。「ナード、さっさと帰ってくれない?」

スターはうつむいている。目はこぼれることのない涙に光っていた。

アンドレアは彼女に言った。「通路の奥に行って。裏口から出るの」

「どこから出るって?」ナードが立ちあがった。「スター、つけ《ヒール》。おまえの定位置に戻れ。いいワンコでいるんだ」

カウンターの端の元の場所に戻っていくスターを、アンドレアは止めることができなかった。スターはスツールの上でゆっくりと体を回し、再びなにもないタイル貼りの壁を見つめた。

「おいおい、南部のお嬢ちゃん」ナードはゆっくりと近づいてきた。「おれはかわいいスターを、ちょっとばかり連れ出しただけだ。このあとは、無事に返さなきゃならないんでね」

アンドレアは立ちあがった。ナードが近づいてきているのに、座ったままでいるつもりはない。

「落ち着けって、ロボコップ」ナードは両手を見せたが、足を止めることはなかった。「スターは農場でいちばんいい子なんだ。聞いていないか？　トロフィーを獲得したんだぞ」

返事を考えている時間は、アンドレアにはなかった。

ふたつのことが続けざまに起きた。

リッキーが笑いだした。

ジャック・スティルトンが店に入ってきた。

色あせたボン・ジョヴィのTシャツを着て、裾をジーンズのウェスト部分にたくしこんでいるが、ビール腹が窮屈そうだ。ベルトには銃。制式拳銃ではなくリボルバーだ。４５４カスール弾を装塡《そうてん》している、シングルアクションのルガー・ブラックホーク。一発でボウリングの球をぱっくりと割ることができる。

スティルトンが不安そうに店内を眺めるのを見て、アンドレアの心は沈んだ。

彼は窮地を救ってはくれない。自分が唯一の客でないことを知って、いらだっているのがわかった。彼も酔っている。五メートル離れたところからでも、アルコールのにおいがした。

「目をぎらつかせたあのくそ野郎を見ろよ」ナードはカウンターに落ちたケーキを手ですくった。「ウェイトレス、割り引きしてくれるんだろうな」

リッキーは彼を無視して、スティルトンに訊いた。「なんの用、チーズ？」

「酒だ」彼は質問するような口調で言ったが、言葉はややもつれていた。通りに彼のパトカーが駐まっているのが見えた。彼は非番で、酔っている。ウェクスラーとナードを勾留したらスティルトンに連絡するとコンプトンは言っていた。いまなにが進行中なのか、彼は知らないのだ。

「まったく、あんたたち間抜けはだれも窓の大きなネオンサインが読めないわけ？　ここは十二時に閉めるの。ああ、ごめんね、あんたのことじゃないから」

アンドレアはリッキーの謝罪に反応しなかった。ナードがスターに近づいていくのを眺めていた。シャツの背中の部分にシグザウエルの輪郭が浮かびあがっている。彼はうめき声をあげながら、カウンターにいるスターの隣に座った。両方の手を使って、ケーキを食べ始めた。

リッキーはうんざりしたような声をあげてから、スティルトンに訊いた。「さっさとしてよね、チーズ。ブルー・アールにする？　それとも生ビール？」

「どっちでも楽なほうでいい」スティルトンはテーブルに近づき、ドアに背を向けて座った。警戒しているようなまなざしでアンドレアを眺めた。「ここでなにをしているんだ？」

ナードが言った。「チーズがネズミのにおいを嗅ぎ取ったぞ」

「うるさい、どあほう」スティルトンはアンドレアから視線を動かさなかった。「判事の警護をしているんだと思っていた」

アンドレアは握り締めていたこぶしを緩めた。心臓があまりに激しく打っていて、シャツに当たるのが感じられるほどだ。「別のチームが病院で判事の家族を警護しています」

「おいおい、無作法な保安官補。それだけじゃないだろう」ナードはケーキを食べ終えていた。両手をシャツで拭いたので、胸のあたりにチョコレートの筋ができた。「チーズ、おまえと仲良しの保安官補は、かわいそうなスターを助けようとしたんだ。そうだよな、リッキー？　母親が彼女を取り戻したがっているんだと」

リッキーは天を仰ぎながら、カウンターにビールの缶を置いた。アンドレアに頼んだ。「お願いしていい？」

アンドレアはスティルトンの近くに行く理由ができてほっとした。彼にビールを渡すと、元の場所には戻らずに彼の隣に腰をおろした。

「見てみろよ、リッキー。チーズに彼女ができたぞ」ナードが言った。「無作法な保安官補、あんたの幻想を壊すようだが、チーズは女のあそこを見ると腐っちまうぜ」

リッキーは笑いながら、フルーツを容器に入れた。

彼女の一風変わったユーモアのセンスなど、アンドレアにはどうでもよかった。スティルトンの巨大なリボルバーをちらりと見た。グリップにかかっているストラップは留まっていない。彼の注意を引こうとしたが、彼はビールを飲むことしか頭にないようだ。

アンドレアは時計を見た。十二時五分。あと八分。最短で。

スティルトンの銃を奪えるだろうか？　彼は抵抗する？　ナードが背中に手を回して銃を取り出す前に、リボルバーを握って、立ちあがって、狙いを定めることができる？

問題はスターだった。彼はナードのすぐ横に座っている。射撃場ではアンドレアの銃の腕は悪くなかったが、これは現実だ。体中の神経がぴりぴりしていた。息が浅くなっている。背中を汗が伝っている。他の人間を危険な目に遭わせることなく、目的の人物を倒せる確信がなかった。

アンドレアは時計を見た。十二時五分。秒針はほとんど動いていなかった。

「まったく」リッキーも時計を見た。「ラストオーダーだよ。あたしはあと六時間で起きて、またこれと同じことをやらなきゃいけないんだから」

「座を白けさせるなよ」ナードは、アンドレアとスティルトンの顔が見えるようにスツールの上で向きを変えた。彼には、なにかがおかしいと気づく動物のような本能があるらしい。分別のある人間なら、その警告に従って帰っているだろう。ナードは肘をついてカウンターにもたれた。「ウェイトレス、おれにもその缶ビールをくれないか?」

リッキーは嫌味な反応を見せた。スティルトンの視線が自分に向くのを待ち、それから彼の銃を見つめる。彼はナードを勾留することができる。いますぐに終わらせることができる。

スティルトンの目が細くなった。警察官としての彼はアルコールに溺れてしまっているが、それでも緊迫感が漂っていることは感じているはずだ。アンドレアは針が動いていますようにと祈りながら、また時計を見ずにはいられなかった。秒針が頂上に来るまで、時計を見つめ続けていた。

十二時六分。

電話が鳴った。

空気があまりにも張り詰めているせいで、アンドレアは息が苦しかった。

また電話が鳴った。スティルトンはポケットに手を入れた。アンドレアは発信者を見た。

〈USMS　コンプトン〉

スティルトンは説明を求めるかのようにアンドレアを見た。アンドレアは彼の頭がはっきりしていることを、ふたり揃って殺されるような間違いを犯さないことを祈りながら、ごく小さく首を振った。

スティルトンは咳払いをした。「もしもし」

彼は電話を耳に軽く当て、曲がった小指で支えていた。アンドレアにもコンプトンの声が聞こえたが、話の内容まではわからなかった。

「はい」スティルトンが言った。

彼は長いあいだ、コンプトンの話に耳を傾けていた。彼女がなにを言っているのか、アンドレアには想像がついた。ウェクスラーは勾留した。ナードは軽食堂にいる。逮捕状は発行された。武器を持っている可能性があるので危険。

スティルトンはいちばんまずいことをした。返事をしながら、ナードを見たのだ。

「いま軽食堂にいるんです」彼は言った。「はい、もちろんです。了解しました。大丈夫です」

アンドレアは、スティルトンが電話を切るのを眺めていた。彼は電話機を裏返してテーブルに置いた。ゆっくりと体を動かして、椅子の背に腕をかけた。指はリボルバーのグリップからほんの数センチのところにある。

だがホルスターから銃を取り出すことはなかった。

「ナード」スティルトンが言った。「エミリーのことを話してくれないか?」

アンドレアは口の中に血が流れこんでくるくらい、強く唇を噛んだ。

「最悪」リッキーが言った。「やめてよ、ジャック」

ナードは鼻を鳴らした。肘はカウンターにのせたままだ。彼もスティルトンもどちらも、いつでも銃を取り出せる。「尻の軽い女だったよな?」

歯を強く嚙みしめているせいで、アンドレアの顎が痛んだ。どうしてスティルトンはエミリーの話をしているの? コンプトンが許可を与えたことは間違いない。どうして彼を逮捕しないの?

スティルトンは言った。「おまえが彼女をレイプしたことはわかっている」

「そうなのか?」ナードは首を傾け、スティルトンが銃を帯びていることはわかっていると態度で示した。「おれは法律には詳しくないが、時効は成立しているんじゃなかったかな——たしか三十五年前に」

「それなら、認めろ。おまえは彼女をレイプした」

「はいはい、もうおしまい」リッキーが両手のこぶしでカウンターを叩いた。「チーズ、あんたは酔っている。ナード、あんたのたわごとにはもううんざり。みんな、出ていって。あんたもだよ、ハニー」

だれも動かなかった。血液が全身を駆けめぐる音が聞こえるくらい、店内は静まりかえった。

ナードが言った。「そうさ、おれは彼女とやったよ」

リッキーは息を吞んだ。アンドレアの心臓が止まった。スティルトンはまだ動かない。

「は?」ナードは彼女たちの反応を喜んでいるようだ。「だれも考えたことがなかったなんて言わせないぜ。もちろんやったさ。彼女のおっぱいを見たか？」

　アンドレアは不意に襲ってきた圧倒的なパニックを抑えこもうとした。何日も答えを探してきて、いまそれが目の前にあるというのに、彼女の頭の中にあるのはだれもここから生きては出られないということだけだった。

「スティルトン」アンドレアは言った。「ナードは銃を持っている」

「おれもだ」スティルトンはリボルバーのグリップに指を巻きつけたが、どういうわけかホルスターから出そうとはしなかった。彼はナードに言った。「おまえは彼女とやったんじゃない。レイプしたんだ」

「おれは、あの若い娘の穴という穴にペニスを突っ込んでやったぜ」ナードはスティルトンのぞっとしたような表情を楽しんでいた。「あいつ、やりたくてたまらなかったみたいだぜ。もっとほしがってたな」

「ナード」リッキーが警告した。

「ほら」ナードは咳払いをすると、床に痰《たん》を吐いた。「おれのＤＮＡをジュディスと比べるといい。彼女の母親の中におれが出したってことが、証明できるさ。念のために言っておくと、エミリーの中で出したのは一回じゃなかったがね」

　スティルトンのこめかみがぴくぴくしはじめた。リボルバーのグリップを握る指に力がこもりすぎて、関節が白くなっている。彼はナードを撃つだろう。止めることはできない。

ひどく酔っているから、スターのことも殺してしまうかもしれない。

「ジャック」アンドレアは声をかけた。「落ち着いて――」

「ディーンはどうなんだ？」その男の名前を口にしたとき、スティルトンの声が喉に引っかかった。自分が耳にしたことが信じられないかのように、打ちひしがれて見える。「ディーンが彼女を車で家まで連れて帰った」

ナードの薄ら笑いは、サディスティックな笑みに変わった。「彼が車でなにをしたかなんて、だれにわかる？　我らがミスター・ウェクスラーは、ノーと言えない娘が好きだからな」

「くそっ」リッキーが言った。「ナード、黙って」

「こいつが肝心な点だが、農場にいる女性たちが、彼は父親になれないってことの証明だ」ナードは止まらなくなっていた。スティルトンの苦痛が楽しくてたまらないらしい。「教えてくれ、チーズ。おまえが酒に溺れるようになったのはエミリーのせいなのか？　おまえはいまも、脳死状態で赤ん坊を生んだ女がいなくなったことを悲しんでいるのか？」

「ナード！」リッキーが叫んだ。「あんたが言っていること全部、くそったれの保安官が聞いているんだよ」

「おれはこのくだらない町にはもううんざりなんだよ。四十年もたったたっていうのに、だれも彼もが父親はだれだ、父親はだれだって、いまだにめそめそしているんだからな」ナードは泣き真似をして言った。「これで、闇に包まれた重要な秘密が明らかになったわけだ。たいしたことじゃないか。最悪のシナリオだな。おれには美しい孫娘との面会権があるってわけだ」

スティルトンは椅子が倒れるほどの勢いで素早く立ちあがった。ようやく銃を抜いている。ナードの胸に銃口を向けていた。親指で撃鉄を起こす。「これで終わりだ、くず野郎。脅迫のこともわかっているんだ」

「スター！」アンドレアは無駄だと知りながら、彼女の注意を引こうとした。彼女は弾が届く範囲にいる。その背中はターゲットも同然だ。「スター、移動して！」

「脅迫？」ナードは気にかけていないようだ。「おれの飲酒運転をおまえが握りつぶしてから二十年だぞ。困った羽目になるのはおまえのほうだ」

スティルトンは笑った。「おれじゃないさ、間抜けめ。判事だよ。彼女が全部渡したんだ」

今度ばかりは、ナードも咄嗟に反応できなかった。

口を開いたのはリッキーだった。「いったいなんの話？」

リッキーの手には再びナイフが握られていた。スターはまだ弾の届く位置にいる。アンドレアは胸の中で心臓が震えるのを感じていた。スターは動かないだろう。リッキーは予測不能だ。スティルトンは銃を構えているのがやっとだ。ナードはいまにも、ここにいる全員を殺すことのできる銃を手に取ろうとしている。

「チーズ」ナードが言った。「自分のしていることを考えるんだな。おれがなにを知っているか、考えてみろ」

「保安官に話せばいいさ。いまさらどうでもいい」スティルトンの声がまた裏返った。泣きはじめている。「いまの電話はだれからだと思う？　保安局の副部長だ。ウェクスラーはすでに逮捕された。こうしているあいだにも、おまえをひっつかまえるためにチームがこっちに向かっている。おまえが次にお天道様を拝めるのは、檻《おり》のあいだからになるってことだ」

スターはようやく動いたが、ただ振り返っただけだった。彼女はスティルトンに訊いた。

「ディーンは無事なの？」

「無事なやつなんていない」スティルトンはナードに歩み寄った。顔を大粒の涙が伝っている。リボルバーを構えるのに両手が必要だった。「三十八年前、彼女をレイプしたろくでなしを見つけるってエミリーに約束した。四十年近く、おれはその約束に囚われてきたんだ、このくず野郎。ほぼ四十年たって、おまえを捕まえた。ようやく捕まえた」

ナードの顔に薄笑いが戻ってきた。「くそくらえ」

またもやふたつのことが続けざまに起きた。

ナードが背中に手を伸ばした。

スティルトンが引き金を引いた。

発砲音はまるで大砲が発射されたかのようだった。アンドレアは両手で耳を押さえ、しゃがみこんだ。ナードの右半身がうしろに弾かれるのが見えた。銃弾は彼の首を引き裂いていた。スターの顔と胸に血が飛び散った。

リッキーが悲鳴をあげた。

「なに――」ナードは首の横を手で押さえた。シグザウエルP365が床に落ちた。目を大きく見開いている。唇が震えている。

「動くな！」スティルトンは再び撃鉄を起こし、二発目を撃とうとした。

「だめ！」アンドレアは銃口を押しさげた。ナードは銃を持っていない。シグザウエルを拾おうとはしていない。もうなにかをできるような状態ではない。

首の両側には総頚動脈が一本ずつある。構造は異なるが、どちらもその役割は酸素を豊富に含んだ血液を心臓から脳へと送ることだ。動脈瘤《どうみゃくりゅう》や血栓など血流を阻害するものがあると、重い脳卒中を起こす場合がある。動脈の血液が体外に流れ出た場合には、五秒から十五秒のうちに失血死する。

ナードの手だけが、いま血液を動脈内に保っていた。

「き、救急車を呼ぶから」リッキーはよろめきながら電話に近づいた。番号ボタンを叩いた。

「おまえはエミリーを殺した」スティルトンはナードに言った。「そう言え。おまえの口から聞かせろ」

ナードの口が開いた。喉からごぼごぼという音が聞こえてくる。歯がかたかた鳴りはじめた。肌が色を失っている。スポンジから水が染み出るように、指のあいだから血がにじみ出ていた。

「頼む」スティルトンが懇願した。「おまえは助からない。本当のことを言ってくれ。おまえが殺したことはわかっているんだ」

「助けて！」リッキーが受話器に向かって叫んだ。「夫が――彼が――ああ、神さま！助けて！」

「言え！　こっちを見て、言うんだ」

ナードの目が焦点を結んだが、それもほんのつかの間のことだった。彼はまっすぐにジャック・スティルトンを見た。口の端が震えて笑みを作った。

スティルトンは言った。「頼む――」

ナードは首から手を放した。最後の演目を紹介する興行師のような仕草だった。切断された動脈から、血液がほとばしった。

床に倒れたときには彼は死んでいた。

アンドレアとリッキーは、バイブルが運転するSUVの後部座席に座っていた。リッキーは泣き続けていた。救急隊員がくれた薄い綿の毛布にくるまって体を震わせている。彼女は病院に行くことを拒否した。証言も拒否した。ただ家に帰りたいだけだと言った。

彼女の望みを拒絶する法的な理由はなかった。正直なところ、アンドレアは軽食堂から離れられればそれでよかった。ナードが死んだことを喜ぶべきだとわかってはいたが、不公平だという思いを拭うことができずにいた。彼が、エミリーをレイプした償いをすることはない。彼女を殺した罪で裁判を受けることはない。その死は暴力的なものではあったが、それでも彼は自分のやり方で死んでいくことができたのだ。彼に安らかな最期はふさわしくなかった。エスター・ヴォーンの言うとおり、彼にはその資格がなかった。

「彼の――」リッキーがすすり泣きの合間に訊いた。「彼の遺体は――どうなるの？」

アンドレアはバイブルと視線を交わした。リッキー・フォンテーンを家まで送っていくと申し出たことには理由があった。ナードはレイプを認めたが、殺人には言及しなかった。表面的にはたいした違いではないが、事件を合理的疑いの余地のないものにするためにはそれぞれを立証する必要がある。エリック・ブレイクリーは四十年前に溺死した。クレイ・モロウは刑務所の中だ。バーナード・フォンテーンは当然ながら話せない。ジャック・スティルトンは、エミリーの殺人に関わっていないことだけは立証した。ディーン・ウェクスラーは、四人の保安官補に付き添われて農家の階段をおりながら、黙秘権を行使すると宣言した。

バーナード・フォンテーンがエミリー・ヴォーンを殺したことを証明できるのは、この世界でリッキーひとりだけだろう。

アンドレアは言った。「ナードの遺体は州の遺体安置所に運ばれる。そこで詳しく調べることになるわ」

リッキーはまた声をあげて泣いた。震えがひどくなった。肩に巻きつけた薄い毛布をつかんだ。手首につけた銀のバングルは音を立てなかった。無駄に終わったが、リッキーはナードを蘇生《そせい》させようとした。彼の血がバングルを糊のように貼りつけていた。

「着いたぞ」バイブルは、リッキーの家へと続く傾斜の急な私道に車を止めた。後部座席を振り返り、ふたりに向かって言った。「すまないが、おれは電話をかけなきゃならない。なにか用があったら、言ってくれ。マーム――」

バイブルが腕に手をのせると、リッキーは視線を落とした。

彼は言った。「お気の毒です」

アンドレアはSUVを降りた。リッキーに手を貸すため、車の反対側に回った。ぎらぎらする投光照明はリッキーに残酷だった。この一時間ほどで、彼女は一気に年を取っていた。顔のしわが深くなっている。目が黒く落ちくぼんでいる。彼女はアンドレアに寄りかかりながら、階段をのぼった。ドアに鍵はかかっていなかった。リッキーがドアを開けた。

アンドレアは誘いを待たなかった。居間へと進み、明かりをつけていく。それから短い階段をあがってキッチンに入った。テーブルの上のシャンデリアのスイッチを入れ、コンロに近づいた。ケトルには水がいっぱいに入っていた。アンドレアはガスのつまみをひねり、火がつくのを待った。

リッキーに呼びかけた。「すぐにお茶の用意ができるから」

耳を澄ましたが、リッキーの返事はなかった。階段の縁まで歩いた。居間にいるリッキーの頭頂部が見えた。ソファに座っている。毛布を肩にしっかりと巻きつけたまま、前後に体を揺すっていた。彼女はおそらくショック状態だと、救急隊員から言われていた。アンドレアもショックを受けていたが、この件には必要以上に入れこんでいたから、その波に呑まれてしまうわけにはいかなかった。

シンクに洗っていないマグカップが、窓枠にスポンジが置かれていた。リッキーの声が聞こえるように、耳に神経を集中させる。かすかな泣き声が居間から伝わってきた。アンドレアは慎重な手つきでマグカップを洗い、水気を拭いた。冷蔵庫に近づいた。写真や絵葉書やメモやレシートを眺めた。かなり昔のものなのか、何枚かはインクが薄れていた。個人的なものは一枚もなかった。絵葉書のほとんどは観光客が送ってきたものらしく、軽食堂のことが好意的に書かれていた。それを見たアンドレアは、リッキーのイヤーブックに記されていた当たり障りのない文言を思い出した。

〝コーラスは楽しかった！ 化学Ⅱを忘れないで！ いつまでも変わらないでね！〟

カウンターに置かれていた赤い薬瓶のひとつを手に取った。無意識のうちに、手がｉＰｈｏｎｅを捜していた。ラベルに書かれている薬の名前を調べることはできない。わかったのは、ジアゼパム――バリウム――、アセトアミノフェン／コデイン――タイレノール３――、オキシコドン――パーコセット――だけだった。癌治療を受けていたとき、ローラはその三種類の薬をすべて試したが、痛みを和らげることができたのは経口のモルヒネだけだった。

ケトルが鳴りはじめた。アンドレアは火を消した。キャビネットを探そうとして手を伸ばしたが、考え直した。

再び、階段の縁まで歩いた。リッキーに呼びかける。「紅茶はどこかしら？」

リッキーは消えてしまいたいとでもいうように、毛布を頭からかぶっていた。

「紅茶は？」アンドレアは繰り返した。

「キャビネット――」リッキーの声はしわがれていた。「シンクの脇のキャビネット」

キャビネットに入っていたのは数種類のスパイスとカモミールティーの大きな箱だけだった。アンドレアはマグカップに湯を注ぎ、ティーバッグを入れた。カウンターの上にコースターがあった。アンドレアが階段をおりて居間に入ったときには、リッキーはソファに座ってはいなかった。毛布を肩に巻きつけた格好のまま、コンソール・テーブルの前に立っていた。泣きすぎて顔が腫れている。救急隊員は彼女の汚れを取ろうとしたが、ナードの血はシャツを汚し、染めた髪にこびりついていた。

アンドレアはコンソール・テーブルにコースターとマグカップを置いた。引き出しがふたつとも開いていることに気づいた。リッキーはスナップショットを何枚か取り出していた――誕生パーティー、結婚式の写真、その片方がついいましがた死んだ軽食堂のカウンターに座っているナードとクレイ。

リッキーは額に入ったグループの写真を手に取った。「もうふたりしか残っていない」その声には孤独の響きがあった。彼らは彼女の世界そのものだったのだ。とりわけナードが。

リッキーが言った。「これで終わりなんだよね？　ナードがやったって、あんたが判事に言えば」

アンドレアはうなずいたが、言い添えた。「そんなに簡単ならよかったんだけれど、でもナードはすべてを告白したわけじゃないから」

リッキーは浅く息を吸っただけで、アンドレアを見ようとはしなかった。

「ナードは彼女と性的関係を持ったことは認めたし、いずれにせよＤＮＡ検査でそれが事実であるかどうかは証明されるけれど、エミリーの殺人についてはなにも言わなかった」

アンドレアは待ったが、リッキーは手の中の写真を見つめるだけだった。「リッキー、ナードは彼女のことをなにか言っていなかった？　プロムの夜になにがあったかについては？　エミリーがなにか言ったとか、それとも――」

「彼女を結社に連れてきたのはクレイだった」リッキーの声は生気がなかった。目には表情がない。「ナードは彼女が好きじゃなかった。あの子はすごく退屈だったの。あたしたちとは違った。エミリーはあたしたちの仲間じゃなかった」

アンドレアは、リッキーが額入り写真をそっとテーブルにもどすのを眺めた。

「あれはナードが十八歳のときだった。ほら、十八のときって、どんな相手とだってやるじゃない？　ネズミみたいなくそ女とだって」

リッキーの口調に怒りが混じってきたのがわかった。彼女はいまも、ナードがエミリーをレイプしたことを信じたくないのだ。

「チーズが言ったことだけど――彼はなにもわかってない。エミリーはレイプされたって訴えたけれど、それは妊娠したせいで親がものすごく怒ったから。あの子はひどい嘘つきだった」リッキーは軽食堂で写したナードとクレイのスナップショットを見つめた。ナードの少年らしい丸みを帯びた顔を指でなぞった。「パーティーの夜、あの子はみんなといちゃついていた。最初はクレイ、それからブレイクにちょっかいを出そうとした。ブレイクはあの子から逃げるために、バスルームに鍵をかけて閉じこもった」

リッキーは、そうすれば彼を守れるとでもいうように手のひらを写真に当ててナードを隠した。

「エミリーはあたしの親友のはずだった。でも、ナードとやったからあたしはあの子を憎んだ。ナードはあたしのものだったのに。あたしだけの。それなのに――」彼女の声が途切れた。「彼は死んだ。彼が死んだなんて信じられない」

リッキーがまた泣き崩れた。毛布で顔を覆った。号泣と言っていいほどの泣き方だった。長年背負ってきた重荷についに耐えられなくなったかのように、両肩が丸まっていた。

「リッキー、ナードが話をしたことはあった？　なにがあったかについて？」

「ああ、もう」リッキーは部屋を見まわした。「ティッシュが欲しい」

アンドレアはリッキーの肩に優しく手をのせた。「よかったら――」

「ちょっと待ってて」リッキーは身をくねらせて毛布を床に落とすと、階段をあがっていった。手すりをつかんで体を引っ張りあげていく。首を振りながら、キッチンに姿を消した。

アンドレアはかがみこんで、毛布を拾った。コンソール・テーブルの引き出しの角に、頭をぶつけそうになった。

引き出しの中をのぞいた。

リッキーは開けっぱなしにしていった。中に入っていたものをいくつかアンドレアに見せた。ほかのものをアンドレアが見ても文句は言わないだろう。

アンドレアは立ちあがると、数歩あとずさり、キッチンの中が見えるように爪先立ちになった。リッキーは階段に背中を向けている。シンクの両側に手を当てて体を支えていた。肩を震わせて泣いていた。

アンドレアは毛布を床に落とし、テーブルに戻った。ニューメキシコ州発行のエリック・ブレイクリーの死亡証明書を手に取った。古いものだったが、タイプライターで打った字の凹凸はまだ残っていた。アンドレアはそれを脇に置き、左側の引き出しを探った。棺や火葬や〈マギーズ・フォーマル・ウェア〉の領収書が見つかった。アンドレアは金属のケースのことを思い出した。リッキーがそれを彼女の祭壇にしまっていたのは、なにか理由があったに違いない。引き出しの奥まで手を差し入れた。

ポケットインデックスは以前に見たときのままだった。銀のポインターは、いまもA－Bを差していた。

親指の爪で底のボタンを押した。ケースの蓋がぱっと開いた。書かれている名前はひとつだけ――ブリッケル、メロディ。住所は、バイブルとふたりで昨日訪れた場所になっていた。七桁の電話番号はいまも変わっていないのだろうと思った。

幼稚園の先生のような、きれいな字だった。どの供述書の文字もこれとは違っている――ジャック・スティルトンの字はほとんど読めない草書体だったし、リッキーのｉの点は丸だった。クレイはところどころに大文字を使い、ナードはびっしりとつまった殴り書きで、エリック・ブレイクリーのブロック体は筆圧が高すぎて紙が破けそうになっていた。メロディのミックステープの文字とも違う。

これはどうやって使うのだろうとアンドレアは考えた。ページは縦開きになっている。アルファベットのつまみが上下に並んでいる。各欄に予備のページがある。ポインターには、前のページが邪魔にならないように押さえるための留め具がついていた。アンドレアは蓋を閉じた。ポインターをC－Dに合わせた。ケースは再びさっと開いた。ページの上部に下線つきで書かれた文字が目に入った――

コロンボ捜査。

アンドレアの心臓が喉までせりあがった。この美しい文字はエミリー・ヴォーンのものなのだ。

もう一度あとずさった。リッキーの様子を確かめる。彼女はまだシンクの前にいた。まだ泣いていた。

アンドレアはコロンボの下の最初の文字を読んだ。

クレイ？

ごくりと唾を飲んでから、読み進めた――

ディーン・ウェクスラー――一九八一年十月二十日：〝おれは父親じゃない〟と彼

は言った。パーティーにあたしを迎えに来たことは認めた。家まで連れて帰るようにナードから電話があったと言った。彼が来たとき、あたしはプールのそばでクレイと喧嘩をしていたと言った。人前で彼を責めたりしたら、痛い目に遭わせると言った。あたしの手首をつかんだ。すごく痛かった。

更新：図書館で調べた。彼が父親じゃないっていうのは本当のことなのかもしれない。でもだからといって、彼がなにもしていないというわけじゃない。そうでしょう？

アンドレアは次の書き込みを読んだ。

リッキー・ブレイクリー――一九八一年十月二十日：あたしは嘘つきで、パーティーのときだけじゃなく、バンドのキャンプやディベート・クラブやほかのところで、彼女たちの知らない大勢とセックスをしていたと彼女は言った。あたしをポリアンナだと非難して、ナードをあたしと結婚させようと両親が画策していると言った。それが金持ちのすることだからと。あたしが結社のすべてを台無しにしたとも言った。ああ、それからあたしが無理やりクレイと結婚したがっているとも言っていたけれど、あたしの両親がナードの親とすでに取り決めをしているのなら（本当に？・？・？）、それは筋が通らない。あたしとは二度と口をききたくないらしい。あたしをばかなあばずれって呼んで、彼女の家から出ていけって言った。彼女が意地悪なことは知っていたけれど、本当にひどかった。どうしていままであたしは彼女を友だちだなんて思っていたんだろう？

アンドレアはページをめくった。裏にも書かれている。筆記体の文字は小さくなって、行間も狭まっている――

ブレイク（同じ日）――彼はパーティーでは漏らしてしまうくらい、〝ぐっすり寝込んで〟でいたと言った。ずっとバスルームに閉じこめられていたらしい。あんなことをしたのは自分じゃないと言った。あたしに結婚を申しこんだけれど、それは打算的なものだった。あたしが断ると、赤ん坊は〝トイレに流す〟べきだと言った。あたしに言い寄ってきて、実際にあたしにあそこを触らせた。ぞっとした。ブレイクはナードと同じくらいひどかった。どうしてあたしはこれまで、彼があんなに忌まわしい人間だっていうことを認めなかったんだろう？

ページをめくるアンドレアの手は震えていた。

ナード・フォンテーン――一九八一年十月二十一日：あたしは彼が大嫌いだ。本当に不愉快な男。息子に近づくなと書いたばかみたいな手紙が彼の親から届くと、その同じ日に彼は図書館にいるあたしのところにやってきて、ぺらぺらと喋り続けた。パーティーの夜、ミスター・ウェクスラーを呼んだことは認めたけれど、彼にあたしを〝迎えに来てもらう〟のと引き換えに、ＬＳＤを渡さなきゃならなかったと言った。ナードによれば、あたしはクレイと言い争いをしていたらしいけれど、彼らはみんな話を合わせていて、その話の中ではあたしは悪人ということになっている。ジャックがパーティーにいて、彼があたしたちにＬＳＤを売ったってナードは言った。あたしを傷つけたのはジャックだってほのめかしている。あたしは信じていない。ジャックはＬＳＤを売ったのかもしれないけれど、絶対にあたしにそんなことはしない。ナードはひどい嘘つきだ。ただ人を傷つけるためだけに、残酷なことを言ったりする。そのとおりになった！

次の書き込みはクレイについてだった。これまででいちばん短い。

クレイ――一九八一年十月二十一日：彼の言ったとおりの言葉：おまえはゲームを

したんだ。負けを受け入れなきゃいけない。尊厳を持たなきゃいけない。

クレイについての書き込みのあとは、日記形式になっていた。インクの色が変わっている。日付は飛び飛びになっている。文字はさらにつまり、両脇の余白にまで書かれていた。アンドレアはざっと目を通しながら、三十八年前のエミリー・ヴォーンの思考を読み取っていった。

ジャックはしていない。あたしを助けるって約束してくれたし、彼が助けてくれることはわかっている……学校に行った最後の日、クレイはこんなことになって残念だって言った。でもあたしを黙らせておくために、優しくしただけだと思う。これがあたしの将来にとってどういう意味を持つのか、彼はわかっていない……ナードは学校中のみんなの前であたしの胸をつかんだ。すごく痛かったのに、あたしが泣くと彼は笑った……あたしのロッカーに赤い色をつけた生理用ナプキンを貼りつけたのはリッキーだと思う……Tシャツに穴を開けたのはリッキーだと思う……英語のノートをびりびりに破ったのはリッキーだってわかっている……フルートのケースにウンチをなすりつけることができたのは、リッキーだけ……あたしは死んで当然だってリッキーは言った……今夜のドレスを引き取りにマギーズに行ったら、リッキーがダウンタウンにいた。彼女はあたしを追いかけてきた。あんなに怒っている彼女を見たのは初めてだ。今夜ナードの近くにいるあたしを見かけたら、この手で死ぬまで殴りつけてやると彼女は言った。どうでもいい。どっちにしろ、あたしはプロムに行く。彼らはだれもプロムには来ないだろう。庶民たちと関わったりはしないから。

アンドレアはページをめくった。W－Xの欄まで来ていた。そのあとは線が引かれているだけで、なにも書かれていない。最後の書き込みは、一九八二年四月十七日、プロムの日だった。

アンドレアはタキシードの領収書を手に取った。二十ドルでタキシードは買えないが、レンタルなら納得できる。領収書の上部にあるロゴは、〈マギーズ・フォーマル・ウェア〉のものだった。日付は一九八二年四月十七日。品名はB－tuxになっていて、アンドレアはそれを黒のタキシード《black tuxedo》だと考えていた。

間違っていた。

一九八二年当時、エリック・ブレイクリーはすでに大人の体つきをしていたから、男性用のタキシードを着ただろう。女性用のタキシードをレンタルすることは、不可能だったはずだ。現在ですら、女性警察官が着る仕事用のズボンはほとんど見つからないのだから。子供用で使えるものを探し、それで間に合わせるほかはない。Bがボーイズ《boys》の意味であることに、ほかの人間はともかくアンドレアは気づくべきだった。リッキーがその日、〈マギーズ・フォーマル・ウェア〉にいたと、エミリー・ヴォーンが記している。リッキーは全員がお揃いの装いでプロムに行けるように、少年用のタキシードを受け取りに言ったのだろう。

アンドレアはグループの写真にもう一度視線を向けた。全員が同じ色合いの服を着ていることに、初めて気づいた。

結社。

エミリーは写真からはずされていた。リッキーがエミリー・ヴォーンを殴りつけてから四十年近い歳月がたっているが、彼女はいまもまだエミリーの顔を見ることができずにいる。

アンドレアは写真を置いた。階段をあがった。

リッキーはまだシンクの前にいた。アンドレアに背を向けたまま、尋ねた。「なにも問題ない、ハニー?」

「ええ」わざと軽い口調を装っているとアンドレアは思った。「あることを考えていたの」

「どんなこと?」リッキーの声はやはり少し変だった。

「訓練センターで、絶対に思い込みはするなって教わった。でもエミリーの事件では、だれもがとても間違った思い込みをしてしまったんだと思うの」

リッキーはアンドレアに背を向けたままだ。「そうなの？」

「パーティーで彼女をレイプした人間と、彼女を殺した人間は別だとわたしは思う」

リッキーはシンクの上の窓を見つめた。ガラスには鏡のようにアンドレアの姿が写っていた。

「エミリーは、コロンボ捜査って彼女が呼んでいたものを残していた。パーティーで彼女の身になにが起きたのかを知っているかもしれない人間すべてについて、メモを残していた。てっきりノートに書いていると思っていたんだけれど、そうじゃなかったのね。アドレス帳だった」アンドレアはリッキーの様子を見ていたが、なにも反応はなかった。「襲われたとき、エミリーはアドレス帳を持っていたけれど、警察が見つけることはなかった。彼女は裸にされていた。ハンドバッグはなくなっていた。どうなったのか、知っている？」

リッキーはなにも言わなかったが、コンソール・デスクの引き出しになにが入っていたのかはわかっているはずだ。

「路地にあった船積みの木枠には黒い糸がついていた」アンドレアは言葉を切った。「あの夜、あなたは黒のタキシードを着ていたのよね、リッキー？　プロムに行ったことは、あなたからすでに聞いている」

リッキーがうなだれた。シンクを見つめる。両手はカウンターを握り続けている。ゴムのブレスレットと銀のバングルが手にからまっている。手首を切ろうとしたときの古い傷が光って見えた。

バイブルの言葉がアンドレアの脳裏に蘇った――他殺があれば、自殺がある。

「あんたは――」リッキーは咳きこんだ。「あんはもう帰って。あたしは休みたいの」

「ほぼ四十年」アンドレアは言った。「罪悪感を抱えて生きるのは、疲れたんじゃない？」

「あたし――あたしは――」リッキーはまた咳をした。「帰って。お願いだから、帰って」

「帰らない。なにがあったのか、話して。判事やジュディスのためじゃない。あなた自身のために」

「あたし――いったいなんのことを言っているのか――話せない。わかるでしょう？　話せないの」

「話せる」アンドレアは譲らなかった。「あなたは充分に苦しんだ。自分がしたことに耐えられなくて、いったい何度命を絶とうとした？」

罪が重石のようにリッキーにのしかかった。彼女はシンクの端に額を押し当てた。「お願い、言わせないで」

「あなたは内側から引き裂かれている」アンドレアは言った。「言うのよ、リッキー。その言葉を口にするの」

キッチンに沈黙が広がった。どこかで時計が時を刻んだ。リッキーはようやく大きく息を吸った。

「そうよ」ささやくようなしわがれ声だった。「あたしは彼女を殺した。これでいい？あたしがエミリーを殺したの」

アンドレアは口を開いたが、ただ息を吸っただけだった。

「ナードに近づくなって言ったのに」リッキーはシンクに肘をついて、両手で顔を覆った。「体育館の外でナードと話している彼女を見つけた。いちゃついていた。彼のボタンを押してた。彼女は――ナードに近づかずにはいられなかった。どうして距離を置いてくれなかったわけ？」

アンドレアはなにも言わなかった。

「そんなつもりは――」リッキーは口に手を当てて咳をした。「あたしは彼女に警告したかっただけ。でも、我を忘れた。彼女はあそこにいるべきじゃなかった。来るなって言ったのに。あたし――あたしは自分を止められなかった。なにもかもがあっという間だった。自分が路地に入ったことすら覚えていない。板を手にしたことも。あたしはすごく腹を立てていた。ものすごく」

リッキーがそれほどの激情に駆られたのは理解できた。わからなかったのは、そのあとなにがあったのかということだ。襲われたとき、エミリー・ヴォーンの体重は七十キロ近くあった。リッキーひとりで彼女を運ぶのは無理だ。

アンドレアは尋ねた。「お兄さんが、エミリーを路地から運ぶのを手伝ったの？」

リッキーは首を振ったが、こう答えた。「だからブレイクは出ていったの。だれかに見られたんじゃないか……逮捕されるんじゃないかって怯えていた。本当のことを話さなきゃいけなくなるんじゃないかって……」

リッキーの声はかすれてすすり泣きに変わった。「どうしてエミリーの服を脱がせたの？」

「証拠かなにかが残っているかもしれないってブレイクが言ったの……わからない。あたしは言われたとおりにしただけ。全部、家の裏で燃やした」リッキーは鼻をすすった。

「ブレイクはそういうことが得意だった。策略を見抜いたり、ほかの人が見逃してしまうような細かいことに気づいたりするのが」

反論はできなかった。彼はリッキーの痕跡を四十年近くも、隠し通したのだ。

「ごめんなさい。本当にごめんなさい」

泣いているリッキーの肩がまた震えはじめた。いまは自分のために泣いていて、これまで以上に激しく泣いている。やがて落ち着いたようだったが、いつまでそれが続くかはわからない。アンドレアはリッキーの肩に手を置いた。外へ連れ出すつもりだったが、シンクの中の汚れた皿に黒っぽい液体が飛び散っていることに気づいた。

初めは食器用洗剤かと思ったが、その黒い液体の中に一部が溶けた錠剤が星座のように散らばっているのが見えた。

リッキーがまた咳きこんだ。胆汁が口から滴り、シャツに流れた。まぶたが震えている。ゆらゆらと体が揺れていた。

アンドレアは、カウンターの上の赤い薬瓶に目を向けた。

バリウム。鎮痛剤。

ボトルは三つとも空だった。

リッキーの喉から聞こえる音は、ナードが軽食堂で放った音と気味が悪いほど似ていた。リッキーはくずおれかけた。アンドレアは彼女のウェストをつかんだ。そのまま床に寝かせるのではなく、右手で左のこぶしを包みこみ、背後からリッキーの腹部をぐっと押した。

「いや――」リッキーはシンクに吐いた。溶けた錠剤と消化されていない食べ物のかけらが皿の上で跳ねた。「お願い」

アンドレアは再びお腹を上に向かって押しあげた。もう一度。リッキーが床に胃の中のものを勢いよく吐き出すまで、さらにもう一度。オレンジと黄色の錠剤が、リノリウムの上に胸の悪くなるような虹を作った。アンドレアはありったけの力をこめて、再び腹を押した。

リッキーは体が震えるほど激しくえづいた。なにも出てこなくなるまで、何度もえづき、体を震わせることを繰り返した。リッキーにできるのは、迷子の子供のように訴え、泣くことだけだった。

「どうして？　どうして死なせてくれなかったの？」

「あなたには」アンドレアは言った。「その資格がない」

11

ひと月後

アンドレアはボルチモアの自宅のアパートで階段のいちばん下の段に座っていた。携帯電話を耳に当て、エスター・ヴォーン判事の葬儀の様子について語るバイブルの話を聞いていた。癌は予想よりも早く彼女を連れていった。あるいは、いつ退場するのかを彼女自身が知っていたのかもしれない。彼女は検察官にすべてを語った。死亡宣言書を録音した。それからボルチモアにある自宅に戻り、ジュディスとギネヴィアと一緒に軽いランチをとり、昼寝をするために横になり、そのまま二度と目覚めなかった。

「判事はあれだけのことをしていたわけだから、あまり多くの参列者はいなかった」バイブルは言った。「だが美術学校時代のジュディスの友人たちが大勢来ていたよ。まったく、ああいった連中はよく飲む」

アンドレアは微笑んだ。実のところ、酒を飲むことが美術学校に行くただひとつの理由のようなものだ。

「ナードとリッキーのことはなにか言っていた?」

「ジュディスは実際的な女性だよ」バイブルは言った。「彼女の父親が悪党だったのも納得だね。リッキーについては——おれにはよくわからない。彼女が自白して、これから死ぬまで刑務所で過ごすことは、ジュディスも喜んでいた。ようやく犯人がわかって、エスターもいくらかはほっとしたと思うね。エスターが幸せなら、それはつまりジュディスも幸せだってことだからな」

　いかにもジュディスらしいとアンドレアは思った。エスター・ヴォーンは不屈の精神で違法行為を行ったが、ジュディスをずっと愛し続けてきた。本当の彼女は、娘を殺され、夫に殴られてきた途方に暮れた老女にすぎなかったのだ。

「相棒、用意されたごちそうを見せたかったよ。ヘイスティ・プディングを食べたことがあるか? 判事の好物だったそうだ」

　アンドレアは、耳にこびりついて離れない最悪の歌でその名前を聞いたことがあるだけだった。「なにが慌《ヘイスティ》ただしいんです?」

「知るわけないだろう。多分、プディングが好きだったヤンキーの農夫にちなんでつけた名前なんじゃないか」バイブルが答えた。「実を言うと、おれはそいつをたんまり食っちまったもんで、今月はパンをあきらめなきゃならないんだ。あんたも聞いたことが——」

「痩せた保安官は妻が大好きだ」アンドレアはあとを引き取って言った。「でもそれって、どういう意味なんです？」

バイブルはくすくす笑った。「一年に一度、体力テストを受けさせられることは知っているだろう？　以前は、ちょっと太りすぎのやつをクビにすることができたんだ。だがいまは差別になるっていうんでそれができなくなった。なんで、テストにパスしたら、二週間の休みがもらえて、きれいな妻と過ごせるってわけだ。あるいは夫と」

聞いたことのあるご褒美だった。ＵＳＭＳの就業規則集のうち、重要な箇所にハイライトをつけたプレゼンテーションをゴードンがパワーポイントを使って作っていた。それに対してアンドレアは、シティバンクが学生ローンの最後の支払い分を彼女の葬儀費用保険から取っていくだろうと言っただけだった。

「どうした、相棒。大丈夫か？」バイブルが聞いた。

「大丈夫」アンドレアはそう応じたが、ディーン・ウェクスラーの司法取引が却下されて、あの精神病質者が刑務所に入れられるまでは、心の底から大丈夫だとは思えないだろう。

彼がエミリー・ヴォーンになにかしたのかどうかを立証することはできなかった。だが幸いなことに米国政府は、税金詐欺、脱税、有線通信不正行為など税金に関わる犯罪を深刻に受け止めている。ウェクスラーに認められるもっとも有利な取引は、連邦刑務所での二十五年の禁固刑だった。彼は六十歳を超えている。模範囚だったとしても、出所する頃には八十代になっている。

彼が、クレイ・モロウと同じ居心地のいい〝クラブ・フェッド《Club Fed》〟に送られることはないという取り決めが盛りこまれていたことを知って、アンドレアはほっとしていた。ウェクスラーは、ニュー・ハンプシャーにあるバーリン連邦政府矯正施設で刑期を務めることになる。中程度の警備の施設だが、共同寝室と全国的な連邦職員の問題のせいで、なにもかもがより危険になっている。ウェクスラーは囚人服を着て、床にモップをかけ、自分のトイレを掃除し、加工食品を食べて、毎朝六時に置き、七時半までにはベッドを整えなくてはならない。彼の手紙はすべて検閲される。電話は録音される。訪問者も制限される。なにひとつ彼のものはない。自由時間でさえも。

それでも、充分ではなかった。

アリス・ポールセンの遺体が発見された日、彼の古いフォードのトラックに乗っていたときに、自分がどれほど幸せかについて彼が語った言葉を思い出すことが、アンドレアにとっての唯一の慰めだった。ウェクスラーは、教師をやめたあとの人生がいかに素晴らしいものかを滔々《とうとう》と語った。その人の人格にふさわしい代価を人生が支払わせるのであれば、ディーン・ウェクスラーは今後決して顔をあげることはできず、どこまでも広がる空を二度と見ることはできないだろう。

アンドレアは咳払いをした。つらいことを尋ねなくてはいけない。「女の子たちはどう?」

「女の子たちか」バイブルが繰り返した。それは彼にとってもつらいことだった。ふたりは一日おきに、自分たちが関わっている仕事や天気予報やカシーやボスのことを話題にしたが、最後はいつも農場の女性たちに戻ってくるのだった。

ウェクスラーが逮捕されたあと、女性たちをボルチモアのジョンズ・ホプキンズ病院に搬送するため、数台の救急車が待機していた。十二人のうち、応じたのは三人だけだった。ひとりは回復することなく息を引き取った。ひとりは病院から抜け出した。ひとりは栄養失調がひどかったため、彼女のためにCDCから専門家が呼ばれた。

スター・ボネールは残ったボランティアの女性たちを集めた。どういうわけか、彼女たちの事実上のリーダーとなった。彼女たちは、ウェクスラーが出廷するときは必ず裁判所にやってきた。彼が刑務所に戻されると、彼女たちも農場にある自分たちの檻へと戻っていった。

バイブルが言った。「女房のカシーだが、今朝メロディ・ブリッケルがスターと話をしたときに一緒にいたんだ。政府が農場を押収するときには、彼女たちにはいくつか選択肢があることを伝えた。グループホームとか、あるいは彼女たちにはどこかに家族がいるはずだからな。カシーとメロディはなんとかしてわからせようとしたらしい。無駄だったみたいだが、とりあえずそうすることで、気分はましになったんじゃないのかな」

「そうでしょうね」アンドレアは、階段をおりてくる足音に気づいた。

マイクがワインのボトルを掲げた。

「ごめんなさい、バイブル。もう切らないと。手をお大事にね、鳥頭さん」

「インコのジョークはもうやめてくれ、相棒。卑怯《ひきょう》だぞ」

アンドレアは笑って電話を切った。マイクは彼女のうしろの段に腰をおろした。アンドレアは彼の脚にもたれて、彼を見あげた。「ママとゴードンはわたしの本の荷ほどきをしている」

マイクは警戒しているような顔をした。「どんな具合?」

「集計表を作ろうかってゴードンが言っている。アルファベット順にするか、それとも内容で分けるか、すでに白熱した議論が交わされたのよ」

「きみの意見は訊かれた?」

「全然」

「きみは、ふたりが帰ってから色で分類するつもりなんだろう?」

「そうよ」アンドレアは彼の唇にキスをした。彼の顎ひげに指を引っかけた。頬をいたずらっぽく引っ張る。「ママを怒らせせないでね」

「ベイビー、おれが絶対にそんなことはしないってわかっているだろう?」

彼がいずれそうすることはわかっていたが、避けられない事態を遅らせるに越したことはない。

長い廊下を歩いていくと、動作感知装置が反応して明かりがついた。アンドレアの新しい部屋は以前のものより狭かったが、少なくとも母親のガレージの上ではない。どこの上でもなかった。彼女の手が届いたのは、地元の人間がSOBOと呼ぶ南ボルチモアにある地下の部屋だけだった。アンドレアが保安官補であることを知ると、大家は家賃を値下げした。それでも、社会保障給付金を受け取るまでは、ヌードルを食べて過ごすことになるだろう。彼女が引退する頃まで、社会保障が存続していればだが。

アンドレアはドアを開けながら、最後にもう一度、警告するような目つきを彼に向けた。

マイクは彼女の両親を見て、言った。「おやおや、パパとママがいるぞ」

ローラは両手で本を持っていた。

ゴードンが咳払いをした。

マイクはばかみたいなにやにや笑いを顔に貼りつけ、部屋へと入っていく。「いいところじゃないか、アンディ。ここを見るのは間違いなく初めてだが、寝室がどこにあるかはわからないな」

ローラの鼻の穴が広がった。

ゴードンはもう一度咳払いをした。

アンドレアはワインボトルをつかんだ。アルコールなしではとても切り抜けられない。

小さなキッチンは居間を出たすぐ横にあって、さらに小さな寝室に隣接していた。バスルームは、ドアが便器をこするくらい狭かった。窓は三つだけ。キッチンシンクの上の窓は細長く、反対側の歩道へと渡っていく人々の靴を眺めるには最適だ。

アンドレアは、ここが大好きになると確信していた。

ワイングラスを探しはじめたが、すぐにあきらめた。両親が手伝いに来るまで、ほとんどなにも荷ほどきをしていなかった。ふたりが来てくれることがわかっていたからでもある。がらくたと記された箱から、水飲みグラスをふたつ、ジャムの瓶、マグカップを見つけ出した。

キッチンの蛇口をひねり、食器用洗剤を吹きかけ、スポンジを手に取った。ゆうべ使った皿にソースがこびりついている。頼んでもいないのに、ナード・フォンテーンが首から手を放したときの様子が脳裏に蘇った。スターの全身に血が飛び散った。彼女は悲鳴をあげなかった。顔の血を拭おうとすらしなかった。なにをすればいいのかだれかが命じてくれるのを待ちながら、スツールに座ったままカウンターの上で両手を組み、白いタイルの壁を見つめていた。

アンドレアは目を閉じた。大きく息を吸った。

時折、こういうことがある。トラウマが蘇る。暴力の瞬間。痛みの瞬間。それと闘うのではなく、それのために自分のこれまでの人生を違うものに変えようとするのではなく、受け入れることをアンドレアは学んでいた。記憶はいま現在の彼女の一部だ。リッキー・

フォンテーンに自白させたときの勝利の記憶のように。

アンドレアは隣の部屋の物音に耳を澄ました。しばらく人が住んでいなかったせいで、室温がさがっている。ローラがマイクに説教をし、ゴードンがふたりを笑っているのが聞こえた。うしろのポケットからｉＰｈｏｎｅを取り出した。ｉＣｌｏｕｄアカウントには、彼女がこっそり撮った十代のジュディスが作ったコラージュの写真のバックアップがある。オリジナルは火事で焼けてしまった。アンドレアが持っているのは、それが存在していたことの唯一の証明だ。

メロディ・ブリッケルのミックステープのライナーノーツは、スクロールして飛ばした。アンドレアがのちに気づいた事柄は、メロディの手紙で確認できた。ジュディスが作品の中央に扇のように貼りつけていた、胎児の超音波写真。エミリーが笑ったり、遊んだり、死ぬ以外のあらゆることをしていた写真。

アンドレアは、ジュディスはクレイに似ていると必死になって自分に思いこませようとしたが、実際のところ、彼女は母親にそっくりだった。エミリーの明るい青色の目はクレイの淡青色とはまったく違う。ジュディスの鋭い頬骨と顎にあるわずかな割れ目は、ヴォーン家かフォンテーン家の遠い祖先から受け継いだものかもしれない。アンドレアが、家族の遺伝子プールからピグレットの鼻を受け継いだように。

アンドレアは画面をスワイプし、ジュディスがほかのスナップ写真と一緒に貼りつけていたグループ写真が出てきたところで手を止めた。リッキーが、四十年の歳月に敬意を表して名誉ある席を与えていた写真と同じものだ。

結社。

エミリーとリッキーは似たような服を着ていて、リキッドのアイライナーとスパイラルパーマがいかにも八〇年代風だ。少年たちは全員がぼさぼさの髪をして、〈メンバーズ・オンリー〉のジャケットの袖をまくっていた。リッキーは、二卵性双生児の兄よりもナードに似ていた。ブレイクとクレイは兄弟でも通るだろう。全員が集まると、スポーツマンやお嬢さまはいないが、『ブレックファスト・クラブ』（一九八五年公開のアメリカの青春映画、スポーツマン、お嬢さま、秀才、不良、不思議ちゃんの異なる五人の高校生が主人公）のためにポーズを取っているように見える。それらしいのは秀才と不思議ちゃん、そしてもちろんひとりを除く全員が犯罪者だった。

ゴードンの大きな笑い声にアンドレアは我に返った。応じているローラの声にはからかうような響きがある。今度ばかりはマイクも口をはさめないようだ。

アンドレアはポケットに電話を戻した。泡だらけの水の中に手を入れて、皿を洗いはじめた。指が皿の滑らかな縁をなぞった。再び彼女の心は軽食堂へとさまよいはじめた。

デラウェア州警察の捜査によって、ジャック・スティルトンがバーナード・フォンテーンを撃ったのは正当な行為であると認められた。アンドレアはその結論に同意できないわけではなかったが、スティルトンはいずれナードを殺す方法を見つけていただろうという気がしていた。彼は二発目を撃とうとしていた。それを止めたのはアンドレアだ。ナードに対する彼の憎しみは理解できた。スティルトンはあのろくでなしに何十年もいじめられていた――スティルトンによれば、九〇年代には、飲酒運転の容疑をもみ消さなければゲイであることを暴露すると言って脅されたらしい。彼の人生がどれほど困難なものであったのか、アンドレアには想像もできなかった。高校時代の親友が殺されたことで苦しみ、その犯人に裁きを受けさせることのできない自分の力のなさに絶望した。ナードが事件解決の鍵であることがわかっていながら、恐ろしくて彼と対峙《たいじ》することができなかった。スティルトンはアルコール依存症で女性嫌いだったが、同時にエミリー・ヴォーンのたったひとりの本当の友だちだった。

「やあ」マイクの腕がアンドレアのウエストに絡みついた。うなじに唇を押し当てる。

「大丈夫かい？」

「ええ」喉がつまったような感じがして、彼には嘘をついてはいけないと思い出した。「スターのことが頭から離れないの」

マイクは再び彼女の首に唇を当てた。彼は威張り散らす三人の姉から、すべての問題に答えがあるわけではないことを教えられていた。「残念だよ」彼はそう言っただけだった。

ローラが咳払いをした。ワイングラスを三つ、手に持っている。「バスルームって書いてあった箱に入っていたわよ」

アンドレアは肩をすくめた。「そこでお酒を飲まないなら、お風呂に入る意味がないでしょう?」

ローラは顔をしかめながら、マイクにグラスを渡した。「タイムズ紙の判事の追悼記事を読んだわ。レーガンが彼女を任命したのももっともね。鼻もちならない偽善者」

マイクが言った。「ガラスの家に住む犯罪者は……」

「それとはまったく違う」ローラはばかにしたように言った。「魂を腐敗させないかぎり、あそこまでの権力レベルにはたどり着けないの。わたしの汚らわしい兄を見てごらんなさいよ」

携帯電話が鳴りはじめたので、アンドレアは心の底からほっとした。発信者は〝バイブル、レナード〟となっていた。いつもは〝ＵＳＭＳバイブル〟と表示されるのに、妙だと感じた。

彼女はマイクとローラに言った。「あなたたちふたりが仲良くできないのはわかっているけれど、正々堂々とやってよね」

アンドレアは母親が反論するのを待たずに、部屋を出た。階段のほうへと歩きながら、電話に応答した。「また鳥の話がしたくてかけ直してきたんですか?」

長い沈黙があった。連邦刑務所の典型的なＢＧＭである怒鳴り声と口汚い罵り言葉が聞こえた。

クレイトン・モロウが言った。「やあ、アンドレア」

アンドレアは思わず手で口を押さえた。

「おまえが故郷を訪ねたと聞いてね」

アンドレアは手をおろした。口を開けて、大きく息を吸う。叫ぶことはなかった。パニックは起こさなかった。事実を自分に言い聞かせた。彼女の父親は刑務所の中にいる。持ちこみが禁止されている携帯電話だが、手に入れるのは簡単だ。彼女が応答するように、クレイはバイブルになりすましたのだ。

彼には目的があった。

「アンディ？」クレイは言った。「リッキーとナードのニュースを聞いた。ずいぶんと有害な関係だな。ふたりは昔から互いにふさわしかったよ」

アンドレアはもう一度深呼吸をした。ディーン・ウェクスラーはクレイ・モロウの安っぽいコピーかもしれないが、クレイの非情な口調はバーナード・フォンテーンを思い出させた。

「探していたものは見つけたか？」

アンドレアは立ちあがった。母親が廊下にやってくるリスクは冒せない。急な階段をのぼった。ドアを開けて、通りに出た。車が通り過ぎていく。クラクションが鳴り響く。歩道は歩行者たちでいっぱいだ。アンドレアは建物にうしろ向きにもたれた。マイクがまだシンクの前にいるなら、細長い窓越しに彼女の足が見えるだろう。

クレイに訊いた。「なにが望み？」

「それだ、あのきれいな声だ。おまえに訪ねてきてほしいんだよ。娘のおまえを承認リストに載せておいた」

アンドレアは手が震えるのを感じた。絶対に彼を訪ねたりしない。

「おまえの伯父のジャスパーだが、おまえが彼に協力していることはわかっている」

「ジャスパーに協力したわけじゃない。あんたが絶対に刑務所から出てこないようにしたかっただけ」

「おやおや、おれは無実なのに。だが、おれが間違っていたらそう言ってくれればいいが、おれが実際にだれかを殺していればいいのにと、おまえは思っているように聞こえる」

電話を握るアンドレアの指に力がこもった。仮釈放のための聴聞会は五カ月後だ。必ず却下されるように、ジャスパーがなりふり構わず手を打っていることはわかっている。アンドレアに関して言えば、精神病質者の父親のために自分の人生は一瞬たりとも止めたりしないと誓いを立てていた。彼を刑務所に閉じこめておくためにその誓いは破ってしまったが、失敗したと考えるつもりはなかった。

「とにかくだ」彼が言った。「愛《いと》しのジャスパーの貪欲な過去について、とても面白い話がある。おまえは興味を持つだろうな」

「どんな話？　彼はあなたのこれまでの聴聞会全部に出ている。いままでは、その情報を使って彼を黙らそうとは思わなかったわけ？」

「好奇心がそそられるだろう？　どうしておれが、彼を破滅できるかもしれないことを黙っていたのか？」クレイは黙って含み笑いをした。「おれに会いに来るんだ。失望させないと約束するよ」

アンドレアは返事をしようと口を開いたが、言葉は出てこなかった。口の中に冷たい空気を感じた。全身を流れる酸素のことを考えた。血流にのって全身を巡っている。彼女の体に命を与えている。

クレイトン・モロウは、ジャスパーに泥を塗るために電話をしてきたのではない。アンドレアを彼の軌道に引き戻すのが目的だ。彼に自分の人生を止めさせるわけにはいかない。彼は精神病質者だ。彼にとっての酸素が目的だ。彼の炎を燃やすためにアンドレアが必要なのだ。

「アン――ドレ――ア」彼は歌うように言った。「おまえは――」

アンドレアは電話を切った。

ポケットに電話を戻した。通りに目を向けた。バイクがゆるゆると通り過ぎていく。買い物をしようと人々がせわしなく歩いていく。子供たちが宿題の話をしている。ミレニアル世代の子たちがラテを飲んでいる。長いリードをつけたグレートデンが、舞台用のポニーのようにアンドレアの前を駆けていった。

アンドレアは壁から体を起こした。アパートの中へと入っていく。階段からは、マイクの低い声や、ローラの温かな笑い声や、しきりに咳払いをするゴードンの声が聞こえていた。

先月ローラは、まるでそれが乗り越えなくてはならない崖であるかのように人生のあらゆる困難に挑もうとすると言って、アンドレアを責めた。自分ではどうすることもできない重力に身を任せようとすると言って。

いまのアンドレアの人生は飛び込み台に似ている。

彼女はようやく飛び方を学んだ。

落ち方はすでに知っている。

謝辞

まず初めに、なにがあろうとそこにいてくれたケイト・エルトンとヴィクトリア・サンダーズに感謝します。なには実のところ山ほどあったので、改めて謝罪と感謝を。船が常に正しい方向に向いているようにしてくれたダイアン・ディケンシード、驚くほど冷静だったエミリー・クランプ、わたしの正気を保ってくれた、少なくとも時間を守らせてくれたわたしの同僚バーナーデット・ベイカー＝ボーマンに特別の感謝を。

ハーパーコリンズ社のリアテ・ステーリク、ジェン・ハート、ハイディ・リキター＝ジンガー、ケイトリン・ハーリ、ミランダ・メッツ、キャスリン・チェシャー、エリザベス・ドーソン、サラ・シア。イジー・コバーン、シャンタル・レスティーヴォ・アレッシイ、ジュリアナ・ボイシク、そして世界中のＧＰＰの方々。ＷＭＥでは、ヒラリー・ゼイツ＝マイケルとシルヴィー・ラビノー。メイド・アップ・ストーリーズの驚くべきブルーナ・パパンドリア、スティーヴ・ハテンスキー、ジャニス・ウィリアムズ、そしてキャシー・ヘイヴァー。ほかに類を見ないほどのプロフェッショナルであり、本当の善人であるシャーロット・スタウト、レスリー・リンカ＝グラター、ミンキー・スピロ。エリック・レイマンとジェフ・フランケルは、いつものごとく助けになってくれました。そしてもちろん、ネットフリックスの素晴らしい人々を忘れるほどわたしは不注意ではありません。

米国連邦保安局においては、わたしの面倒なすべての質問に答えてくれたキース・ブッカー、マーク・キャメロン、ブルック・デイヴィス、ヴァン・グレイディ、チャズ・ジョンソン、ケヴィン・R・カムロウスキー、デイヴィッド・オネー、そしてJ・B・スティーヴンスに心からの感謝の意を捧げます。すべての間違いはすべてわたし自身の責任です——彼らが労を惜しんだからではありません。

アラフェア・バーク、パトリシア・フリードマン、チャールズ・ホッジズ、そしてグレッグ・ガスリーは法律面の手助けしてくれました。サラ・ブレーデルは、デンマークの平均的なハリネズミの知能を確認してくれました。デイヴィッド・ハーパーはささいな医学的な質問に答えてくれただけでなく、次のサラとウィルの物語にも——次はなにが出てくるのだろうと思いめぐらしている方々がおられるでしょうから——関わりたくてうずうずしています。クリスチャン・ブッシュとメラニー・ハメットは、拍子記号の変化やそのほかの音楽上の奇妙な点について説明してくれたので、わたしは本の中で恥をかかずにすみました（それでも恥をかいているのかもしれませんが、わたしが言いたいのは、彼女たちはできることをしてくれたということです）。ロングビル・ビーチは完全に架空の町ですが、デラウェア州に関することについてはカーリー・プレイスが手を貸してくれました。

最後の感謝の言葉は例によって、あきらめずにいてくれる父と、わたしを吊るさないでいてくれるＤＡに――あなたはわたしの心です。わたしの家です。

訳者あとがき

白状してしまうと、初めて本書『忘れられた少女』（原題：*Girl, Forgotten*）を読んだとき、かなり読み進むまで『彼女のかけら』の続編であることに気づかなかった。著者カリン・スローターのホームページにも、本書は一話完結のスタンドアローンとして紹介されていたし、そういった情報は記されていなかったからだ。なにより、『彼女のかけら』（原題：*Pieces of Her*）のアンディと本書のアンドレアはあまりに違いすぎていて……というのは、言い訳だろうか。Ｎｅｔｆｌｉｘでドラマ化もされた『彼女のかけら』は、ごく平凡な母親だと思われていた女性ローラが、銃乱射事件に巻き込まれた娘アンディを守るため、顔色ひとつ変えずに犯人の手からナイフを奪い取り、喉を掻き切るという衝撃的なシーンで幕を開ける。アンディはそれまで知らなかった母親の一面を目の当たりにして愕然とするが、それは始まりでしかなかった。何者かが自宅に侵入し、母親を窒息死させようとしているのを見て、アンディは咄嗟にフライパンで男を殴りつけて殺してしまう。そこからアンディはローラの指示に従って逃亡を続けるのだが、そのあいだにローラの思いもよらぬ過去が明らかになっていく。当時のアンディは三十一歳で、サヴァンナ芸術工科大学を中退後、これといった人生の展望もなく、警察署のオペレーターとして働いていた。突如として逃亡犯となった自分にうろたえ、なにをしていいのかもわからないアンディはとても幼くて、読んでいてやきもきさせられたものだが、物語が結末を迎えたときにはずいぶんと大人になっていた。それでも、保安官補としての四か月のトレーニングを優秀な成績で終えた本書のアンドレアが彼女だと気づくのに時間がかかったのは、冒頭部分の幼いアンディの印象が強かったからかもしれない。

保安官補となったアンドレアは、殺害予告を受けた連邦判事の護衛の任務を与えられる。だがそれは名目で、本当の目的は三十八年前に判事の娘エミリーが殺された事件の真相を突き止めることだった。殺されたとき十八歳だったエミリーは妊娠七カ月で、ドラッグで意識がないときに何者かにレイプされたと主張していた。父親である男が、口封じのために彼女を殺したのだろうと言われていたが、真相はわからないまま三十八年の月日が過ぎた。父親の可能性がある男として、彼女が属していたグループの仲間である少年たちや高校の教師など五人の名前があげられていたが、そのなかにアンドレアの生物学上の父親であるクレイがいた。アンドレアはある理由から本来の任務の傍ら、父親が関与したかもしれない三十八年前の事件の捜査を始めるのだった。

物語は三十八年前と現在が交互に語られる形で進行するが、エミリーの視点である三十八年前の物語がせつない。自分が妊娠していることを知らされたときの彼女の絶望感には、読んでいて心が押しつぶされそうだった。それは、全面的に信頼していた仲間に裏切られたことを意味していたからだ。その後、守ってくれるはずの母親は彼女のことよりも自分のキャリアを優先し、友人や教師たちからは冷ややかなまなざしを浴びせられる。学校は退学になり、輝かしいものになるはずだった未来はすべて消えてしまう。妊娠したエミリーに母親は〝あなたは女が破ることを許されていないルール——基本的なルール——を破った。あなたの前に開かれていたドアは閉じてしまったの。それが、あなたが自分の行動の結果として背負わなくてはならないこと〟と語っている。三十八年前当時、十代の少女の妊娠に世間が向ける目は冷たかった。相手と結婚することが、自分の尊厳を守る唯一の方法だった。一方で少年には、軍に入隊するという逃げ道があったと文中に記されている。現在ではジェンダーフリーという言葉も広く知られ、性別による格差や差別には厳しい目が向けられつつある。それでも社会のひずみは常に弱者に重荷を背負わせ、女性や子供が理不尽な目に遭うことは多い。だがカリン・スローターは彼女たちを一方的な被害者にはしない。彼女の物語に登場する女性たちは常に、痛みを乗り越えて前を向く。エミリーも悲劇的な死を遂げるものの、死の直前には性被害を受けた被害者ではなく、運命に立ち向かおうとするひとりの女性となっていた。暴力シーンの描写が生々しいと評されながらも、カリン・スローターの作品が広く愛されるのはそういう点なのだろうと思う。

前述のとおり、本書はスタンドアローンということになってはいるが、結末で物語の続きがあるようなことがほのめかされている。著者は〈グラント郡〉シリーズと〈ウィル・トレント〉シリーズを途中からクロスオーバーさせるといったことをしているので、本書もシリーズ化されないかと実はひそかに期待している。

本国アメリカではカリン・スローターの作品の映像化を希望する声が多いようで、上記の『彼女のかけら』に続いて、〈ウィル・トレント〉シリーズも全米ネットワークABCでドラマ化された。本書が刊行される頃にはすでに一話目が放送されているはずだ。トレーラーに登場する犬を抱くウィルがとてもキュートなので、いまからわくわくしている。さらに、詳しい情報はないが、スタンドアローン作品である『グッド・ドーター』も映像化が決定しているらしい。カリン・スローターの一ファンとしては喜ばしいかぎりである。

謝辞にもちらりと触れられていたが、〈ウィル・トレント〉シリーズの次作がアメリカで八月に刊行される。日本でも年内に刊行予定となっているので、そちらも楽しみにお待ちいただきたい。

二〇二二年十二月

訳者紹介　田辺千幸

ロンドン大学社会心理学科卒、英米文学翻訳家。主な訳書にスローター『ざわめく傷痕』『凍てついた痣』『グッド・ドーター』『罪人のカルマ』『贖いのリミット』(以上、ハーパーBOOKS)、ロボサム『誠実な嘘』(二見書房)、ボウエン『貧乏お嬢さまの困った招待状』(原書房)がある。

ハーパーBOOKS

忘《わす》れられた少女《しょうじょ》 下

2023年1月20日発行　第1刷

著　者　カリン・スローター
訳　者　田辺千幸《たなべちゆき》
発行人　鈴木幸辰
発行所　株式会社ハーパーコリンズ・ジャパン
東京都千代田区大手町1-5-1
03-6269-2883(営業)
0570-008091(読者サービス係)

印刷・製本　中央精版印刷株式会社

ISBN978-4-596-75990-0

カリン・スローターの好評既刊
〈ウィル・トレント〉シリーズ

ブラック&ホワイト

鈴木美朋 訳

素性の知れない犯罪者を追い、
潜入捜査中のウィルは警官を
標的にした強盗事件に出くわす。
狙われたのは、かつてウィルが
取り調べた曰くつきの
女刑事だった——。

定価1284円(税込) ISBN978-4-596-54115-4

贖いのリミット

田辺千幸 訳

血の海に横たわる元警官の
惨殺死体が発見された。
現場に残された銃の持ち主は
捜査官ウィルの妻アンジーと判明。
背後に隠された闇とは。
シリーズ最高傑作!

定価1360円(税込) ISBN978-4-596-54128-4